एक अधूरी प्रेम कहानी

विजय वर्मा

क्रम-सूची

क्रम-सूची

भूमिका

मैं दुनिया को अपने तरीके से देखने और अपनी भावनाओं और विचारों को कलम में व्यक्त करने का आनंद लेता हूं। मैं हमेशा कलम लिखने का शौक रखता हूँ, और मैं अपने शब्दों के माध्यम से अपने दर्शकों के साथ अपने जीवन के बारे में बात करना चाहता हूं, चाहे वह खुशी, दुख, प्यार या निराशा हो।

पावती (स्वीकृति)

मैं अपने परिवार, दोस्तों और शिक्षकों को धन्यवाद देना चाहता हूं जिन्होंने मेरे लेखन को प्रोत्साहित और समर्थन किया है। मैं इस पुस्तक को प्रकाशित करने के लिए भी आभारी हूं। मैं उम्मीद करता हूं कि आप इसे पसंद करेंगे।

1

धारावी की दास्तान

धारावी मुंबई शहर का जाना माना और एशिया का सबसे बड़ा स्लम बस्ती। जिसमे करीब १० लाख लोग चाल। खोली में रहते है। रघु बिस्तर पर लेटा सोच रहा था कि आज की रात पता नहीं कैसे कटेगी ..एक तरफ करोना के कहर से परेशानी, तो दूसरी तरफ पैसे की तंगी हो चुके है ..जिंदा कैसे रहूँ ?..

ये "चाइना वाली बीमारी" जब शुरू में यहाँ फैला था तो मुझे ज्यादा चिंता नहीं हुई थी और उन मजदूर भाइयों पर हँसता था जो ईंट भट्टा साईट पर मुंबई से वापस घर जाने की बातें करते थे। अगर यहाँ से जाऊंगा तो वहाँ खाऊंगा क्या? और यहाँ से बिना साधन के गाँव जाने की कोशिश करूँगा तो पता नहीं घर पहुँच पाऊँगा या नहीं।

अपना ठेकेदार राम लाल "हरामजादा" कह रहा था कि पेमेंट में देरी होगी क्योंकि बैंक का कुछ लफड़ा हो गया है।

लेकिन मुझे सब समझ में आ रहा है ..अभी ईंट भट्टा का काम तो बंद ही रहेगा और हमलोग को बैठा कर तो खिलायागा नहीं।

वैसे भी धारावी कोरोना के कारण काफी बदनाम हो गया है, यहाँ के लोगों को तो काम भी नहीं मिल सकता और पुलिस भी इस एरिया से बाहर जाने नहीं देती। कहती है पूरा इलाका सील हो गया है।

घर से रामवती का बार बार फ़ोन आ रहा है। कह रही थी, तुम जल्दी वापस आ जाओ। मेरा छोटा सा बेटा तो रो रो कर बोल रहा था ..मैं कोरोना से मुंबई में मर जाऊंगा। अब बिहार यहाँ से नजदीक है क्या, जो पैदल ही मार्च कर जाऊँ?

और मैं जाने की सोच कैसे सकता हूँ। अगर मैं गया तो यहाँ सुमन का क्या होगा, उस बेचारी का तो यहाँ और कोई नहीं है।

कुछ दिनों पहले ही दोस्ती हुई थी, उससे। हालाँकि उसका ठेकेदार दूसरा है लेकिन हम दोनों का साईट एक ही है, मैं उस दिन को नहीं भूल सकता.. जब सुमन को औरतों वाली मासिक तकलीफ के कारण उसकी तबियत ठीक नहीं लग रही थी। मिटटी को सांचे में डालते हुए उसकी साँसे तेज हो रही थी, इसलिए वही पास में रखे पुआल पर लेट कर आराम करने लगी और उसकी आँख लग गई।

मैंने देखा, इतने में घूमता हुआ ठेकेदार उधर आया और उसे सोता देख कर अपने जूते की ठोकर से लात मारी और जब तुरंत सुमन नहीं उठ सकी तो ठेकेदार ने उसके बाल पकड़ कर खीचते हुए अपने चेहरे को उसके मुखड़े के पास ले जा कर गुस्से में कहने लगा ....क्या तुझे यहाँ आराम फरमाने के लिए पैसे देता हूँ, सोने का इतना ही शौक है तो मेरी खोली में आ जाना।

इतना सुनना था कि मुझे बहुत जोर का गुस्सा आ गया। लोग शायद ठीक ही कहते हैं, मैं बचपन से गुस्सैल स्वभाव का हूँ और अब तो मेरे हृस्ट – पुष्ट बदन को देख कर लोग मुझे *मतवाला सांड* कहने लगे है।

उस ठेकेदार को मैं तो पहले से जानता हूँ ..,एक नंबर का अय्याश है और उसकी गन्दी नज़र भी सुमन पर रहती है, ...मैं तो बस गुस्से में उसके कॉलर पकड़ कर दो घूंसा मुँह पर दे मारा। फिर क्या था ...चेहरे पर काला निशान बन चूका था। उसे इस तरह की आक्रमण की उम्मीद नहीं थी। तब तक सभी मजदूर दौड़ कर आ गए और सिक्यूरिटी गार्ड उसको सहारा देकर ऑफिस में ले गया।

इस लफड़े के कारण मैं गुस्से में गेट की तरफ चल दिया...थोड़ी देर में देखा तो सुमन भी तेज़ कदमो से भागते हुए हमारे पास पहुँची और मुझे देख कर कहा ..तुम नहीं होते तो आज भी ठेकेदार हमारे साथ गन्दी हरकत करता।

मुझे उस पर दया आ गई और जोश में बोल पड़ा ..रघु के होते हुए किसी से डरने की ज़रुरत नहीं है। वैसे उसकी सुन्दरता और जवानी पर सभी लोग मरते थे, मुझे भी वो अच्छी लगती थी।

थी तो वो विधवा, लेकिन अभी उम्र सिर्फ २० – २२ साल की थी और जवानी से ओत प्रोत। आज पहली बार वो मुझे वैसी नज़र से देखी थी और मुस्काई भी थी। वो भी धारावी में ही पास की खोली में अपने बाप के साथ रहती थी।

धीरे धीरे वो मेरे करीब आने लगी थी, कभी सब्जी देने के बहाने, तो कभी सत्तू वाली रोटी खिलाने के बहाने। हमारी प्रेम के किस्से लोग दबी जुवान से करने भी लगे थे। लेकिन मेरे गुस्सैल स्वभाव के कारण डर से कोई कुछ नहीं बोलता था।

हमलोग तो लोगों से छुप कर एक दिन सिनेमा भी देखने गए थे और शाम के वक्त चौपाटी बीच पर बैठ कर घंटो बातें करते रहे थे। वहाँ पर लपटते – चिपटते प्रेमी जोड़ो को देख कर वो कभी कभी शरमा जाती थी। अब तो उसको देखे बिना चैन ही नहीं मिलता है।

लेकिन कल ही उसके बूढ़े बाप की अचानक तबियत बिगड़ गई और करोना के शक में उसे पुलिस वाले उठा ले गए और हम लोगों से मिलने भी नहीं दिए। उसे पता नहीं, कहाँ छुपा कर रखा है।

ऐसी स्थिति में उसे क्या छोड़ कर जाना ठीक होगा? अगर सुमन का ख्याल ना होता तो मैं कब का और मजदूर भाइयों के साथ गाँव निकल लिया होता।

इधर रामवती रोज़ ही फ़ोन करके परेशान किये जा रही थी कि अगर मैं यह इलाका नहीं छोड़ा तो कैरोना से मेरी यहाँ मौत हो जाएगी। मेरे मन में भी ऐसा डर बैठ गया है कि यहाँ तो सरकारी अस्पताल में इतने लोगों के लिए पर्याप्त इंतज़ाम भी नहीं है। और मुझ जैसे मजदूर को रोड पर ही मरता हुआ छोड़ देंगे। मरने के बाद, सुमन अगर मेरी लाश यह कह कर मांगेगी कि *"मेरा मरद"* है तो उसे भी नहीं सौंपेंगे। उससे तरह तरह के प्रूफ और डॉक्यूमेंट मांगेगे।

सोचते सोचते एक सप्ताह बीत गया और घर वाले फ़ोन कर के काफी परेशान कर रहे है कुछ समझ नहीं आता कि अपनी जान बचाऊँ या सुमन की। इन्ही बातों

में उलझा था कि रामदीन दौड़ता हुआ मेरी खोली में आया और कहा ...रघु भाई, एक गुड न्यूज़ है। मैं आश्चर्य से उसको देखते हुए पूछा ...क्या है भाई?

अभी अभी खबर मिली है कि एक स्पेशल ट्रेन यहाँ से बिहार के मजदूरों के लिए जा रही है। इतना सुनना था कि सभी मेरे यार वापस गाँव चलने की जिद करने लगे। लेकिन गाँव जाने की बात सुमन को कैसे बताऊँ। मेरे पीछे उसकी रक्षा कौन करेगा?

मुझे पता है, ठेकेदार से लेकर भट्टा मालिक तक की सुमन पर बुरी नज़र है। मेरे साथ रहने से वो अपने को सुरक्षित और पूर्ण समझती थी।

तभी नज़ीर भाई *"फल वाला"* आता दिखा। उसके हाथ में सुंदर सुंदर रसीले आम थे, वो हमें पकड़ाता हुआ बोला.. अब हम से यह फल कौन खरीदेगा भाई? इससे अच्छा है कि इसे अपने दोस्तों में इसे बाँट दूँ।

शाम का वक़्त और सुमन रोज़ की तरह मेरी खोली में आयी ..और वो खुश दिख रही थी क्योंकि उसके बूढ़े बाप को पुलिस वापिस छोड़ गई थी ..शायद *"चाइना वाली"* बीमारी उसे नहीं हुई थी।

वो आते ही मेरे साथ बिस्तर पर बैठ गई। मैं वह मीठे रसीले आम उसे खाने को दिए। रसीले आम को देखते ही वो खुश हो गई और अपने मुहँ में दबा कर चूसने लगी। तभी मैं शांत भाव से बोला ... आज मैं वापस बिहार जा रहा हूँ, अपने मजदूर भाइयों के साथ।

सुनकर वो अवाक़ रह गई वो। उसके मुहँ से आम के रस बाहर गिरने लगे और उसके आँखों से आँसू भी।, रघु को ऐसा महसूस हुआ जैसे सुमन के आँसू उसके दिल को भिगो रहे हो।

"*सिलसिला ये चाहत का दोनों तरफ से था ...*
वो मेरी जान चाहती थी और मैं जान से ज्यादा उसे..."

2
एक प्रवासी का दर्द

मैं धारावी से मुंबई स्टेशन पर पहुँचा तो गाँव के कुछ और साथी पहले से ही इंतज़ार कर रहे थे। हम सभी मुँह पर मास्क लगाए थे और हिदायत दी गई नियमो का पालन कर रहे थे।

क्योकि हमें पता था कि अगर *"चाइना वाली बीमारी"* की चपेट में आये तो अपने लाश का भी पता नहीं चलेगा।

सभी साथी लोग सरकार की ओर से घर जाने की व्यवस्था होने पर आज बहुत खुश दिखाई पड़ रहे थे। और हो भी क्यों नहीं..बाल बच्चे और खास कर घरवाली से इतने दिनों बाद जो मिलना होगा।

ट्रेन में बैठ कर खूब धमाल मचा रहे थे। आपस में बिरहा के गीत गा रहे थे और थाली को पिट कर संगीत का मजा ले रहे थे। यह तो स्पेशल ट्रेन खास कर मजदूरों को बिहार ले जाने के लिए मुंबई से जा रही थी।

हमलोग तो कितने भाग्यशाली है इस मामले में, वर्ना कितने ही मजदूर भाई जो पैदल घर तक जाने की हिम्मत कर निकल पड़े थे, रास्ते में ही जान गवां बैठे, चाहे ट्रेन से कट कर या फिर एक्सीडेंट के कारण। ज़िन्दगी भी कैसे – कैसे रंग दिखाती है.... बगल मैं बैठा विकास बकर – बकर किये जा रहा था।

लेकिन मुझे ज़रा सी भी ख़ुशी नहीं हो रही थी घर जाने की। इसका कारण सिर्फ सुमन थी। उसे ऐसी हालत में छोड़ कर नहीं आना चाहिए था। सुमन खुद को संभालेगी या अपने बाप को ?

अगर घर ना जाता तो ये गाँव वाले मेरी घरवाली को चुगली कर देते और मेरा जीना हराम हो जाता। वैसे भी जीना तो हराम होने ही वाला है।

गाँव में ना तो काम मिलेगा और ना ही भोजन। और तो और, वहाँ भीख भी नहीं मांग सकते है, मुम्बईया वाले जो ठहरे। हे भगवान्, तू ही मेरी रक्षा करना। यही सब सोचता ना जाने कब आँख लग गई।

अचानक हल्ला – गुल्ला सुनकर मेरी नींद खुल गई। कोई कह रहा था पटना आने वाला है, अपना अपना सामान को संभालो।

स्टेशन से बाहर निकल कर सबसे पहले महावीर मंदिर की ओर मुँह करके बजरंगबली को प्रणाम किया। फिर देखा तो सामने सरकारी बस खड़ी थी। पता चला कि यह हमलोगों को लेकर वेटनरी कॉलेज में बने क्वारंटाइन सेंटर में ले जाएगी और वहाँ दो सप्ताह रखा जायेगा।

अब हम अपने घर से मात्र ६० किलोमीटर ही दूर है, फिर भी किसी से मिलने की इज़ाज़त नहीं है।

चलो, देखते देखते दो सप्ताह गुजर ही जायेंगे। ऐसा सोच कर मन को तसल्ली दिया। हमलोग करीब ९० लोग इस सेंटर मे थे और सभी का बारी बारी से करोना टेस्ट किया गया था।

भगवान् का शुक्र है कि हमलोग अब तक इस बीमारी से बच रहे है, आगे भगवान् की मर्जी। एक – एक दिन बडी मुश्किल से गुजर रहे थे। हालाँकि, यहाँ तो दोनों टाइम फ्री का खाना मिल रहा था, लेकिन यहाँ से निकलने के बाद क्या होगा ?

क्या मेरे गाँव में काम मिल सकता है ? और नहीं तो परिवार को कहाँ से खिला पाएंगे। यही सब चिंता के बीच दो सप्ताह गुजर गए।

सुबह उठ कर दातुन कर ही रहा था कि विकास मेरे पास आया और खुश होते हुए बोला ...रघु भैया, देखते देखते दो सप्ताह कट ही गया और हमलोग बीमारी से सुरक्षित है। इसीलिए तो यहाँ आने से पहले बजरंगबली को प्रणाम किये थे, कि वो हमलोगों का ख्याल रखेंगे। आज तो हमलोग शाम तक अपने परिवार का मुँह देख सकेंगे।

शादी के एक साल बाद ही तो मुंबई जाना पड़ा था। हमारा सेठ धमकी दे के बुला लिया था। अब तो जाने की कोनो जल्दी नहीं है। रामवती तो हमको देखते ही ख़ुशी के मारे पागल हो जाएगी।

रघु भी मन ही मन सोच रहा था .....भगवान् का शुक्र है कि कोरनटाइन सेंटर से सही सलामत घर तक तो पहुँच गए। लेकिन घर आते ही पता चला कि राजू बेटा को दो दिन से बुखार लग रह है।

पत्नी कहने लगी कि जो सोने के चूड़ी बनवा कर दिए थे, उसी को बेच कर राजू का इलाज करवा रही हूँ और किसी तरह दो वक़्त की रोटी का इंतज़ाम कर पा रही हूँ। एक ही बेटा है, राजू तीन साल का।

अब तुम आ गए हो तो सब ठीक हो जायेगा। रामवती को बस इतना ही कह पाया कि पॉकेट में एक "अधेला" भी नहीं बचा है और अभी भी ठेकेदार से पांच हज़ार रूपये लेने है। लेकिन कब, पता नहीं, या फिर देगा भी या नहीं। ईट भट्टटा का कम तो बंद ही हो गया है।

सुबह सरपंच के पास जाता हूँ। मनरेगा का काम तो चल ही रहा होगा।

सरपंच साहब कुछ परेशान सा दिख रहे थे। पूछने पर पता चला कि बहुत सारे मजदूर का पेमेंट नहीं हो पा रहा क्योंकि नया फण्ड सरकारी विभाग से नहीं आ रहा है।

मैं अपने बारे में बात की तो कहने लगे अभी सप्ताह दस दिन ठहर जाओ तो फिर तुम्हे काम पर लगाता हूँ। और इसी तरह एक सप्ताह गुजर गए लेकिन काम का कुछ पता नहीं चला।

तभी ...रामवती बोल पड़ी। कब तक घर में बैठ रहोगे ..कोई दूसरा काम देखना होगा।

हाँ, हाजीपुर में एक मुर्गी फार्म है, जहाँ मेरा भाई काम करता है, तुम वहीं चले जाओ। शायद वहाँ कुछ काम मिल जाये। ठीक है, कल जाऊंगा ..उसने कहा।

सुबह तड़के उठ गया, चिंता के मारे नींद कहा आती है। गमछा ले कर नहाने चला गया और फिर रात का बचा रोटी ही खा कर हाजीपुर के लिए निकल पड़ा। साला से मिला तो उसने अपने मालिक से मिलाया।

मालिक तो बात चित से अच्छा ही दिख रहा था, लेकिन काम मांगने पर बोला ...कोरोना के कारण हमारा काम तो अभी मंदा चल रहा है, किसी तरह इस बिज़नस को जिंदा रखे है। अब इसका तुम जीजा हो तो काम पर तुमको अडजस्ट कर लेंगे लेकिन हम १०० रुपया रोज से ज्यादा नहीं दे पाएंगे।

साला तुरंत मुझसे बोला.... जब तक काम दूसरा नहीं मिलता तब तक यहीं काम कीजिये।

आज कल काम कम है और काम करने वाले मजदूर ज्यादा है ...तो इसी रेट पर काम करना होगा। मैं मन ही मन सोच रहा था .. ८०० रुपया रोज़ कमाता था मुंबई में। अपना खर्चा के अलावा दस हज़ार रुपया महिना घर भेज देता था और रामवती इतना में ही मस्त रहती थी।

चाइना वाली बीमारी ने सबसे ज्यादा मुझे ही नुक्सान किया है। पता नहीं कितने दिन ऐसे ही काटने पड़ेंगे। वह मन ही मन अपने भाग्य को कोसता रहा।

सुबह सुबह, जब काम के लिए घर से निकल रहा था तो रास्ते में हरिया मिल गया था।

अरे हरिया, इधर कहाँ जा रहे है ?....मैंने पूछा।

अरे रघु भैया, हम तो तुम्हारे पास ही आ रहे थे।

पता है ?... कल से लॉकडाउन खुल रहा है और मुंबई में मजदूर लोगों का बहुत डिमांड है, इसलिए हम भी इस बार वहाँ जाना चाहते है।

आप वहाँ किसी का परिचय दे दीजिये तो काम मिलने और रहने में सुविधा हो जाएगी, यहाँ तो कोई काम का जुगाड़ ही नहीं बैठ रहा है, घर कैसे चलेगा?

अभी कुछ दिन रुक जाओ, जब स्थिति सामान्य हो जाये तब ही जाने का प्लान बनाना। हम अपने लोगों का पता दे देंगे, वहाँ तुमको मदद मिल जायेगा।

अच्छा ठीक है, रघु भैया।

आप भी चलिए ना वहाँ। आप का वहाँ जमा जमाया काम और लोग है। चार पैसे हाथ में आयेगे तो परिवार को बड़ा सहारा रहेगा और बीमारी का क्या है, कही भी उसके चपेट में आ सकते है।

यह तो हर जगह फ़ैल रहा है। बस भगवान् भरोसे इसी तरह चलता रहेगा, क्योकि सुने है इसका कोनो दवा भी नहीं बना है....हरिया लगभग विनती भरे लहजे में बोले जा रहा था।

ठीक है मैं भी अपनी पत्नी रामवती से बात करता हूँ और सहमती हुआ तो हम भी चलेंगे तुम्हारे साथ।

इसी तरह से तीन महिना कट गए औए दिन ब दिन पैसो की तंगी बढती जा रही थी।

इधर बार बार बच्चे की बीमारी से परेशानी और घर की ऐसी हालत देखी नहीं जा रही है।

रामवती का साड़ी तो इतने जगह से फट चूका है कि वो अर्ध नग्न ही नज़र आती है। राजू भी खाने बिना कितना कमज़ोर हो गया है।

सोचता हूँ कि मैं फिर से मुंबई चला जाऊं ..उसने रामवती का मन टटोला। अब तो स्थिति लगभग सामान्य हो चली है। तीन महिना से घर में बैठ कर और १०० रूपये रोज की आमदनी से गुज़ारा भी नहीं हो पा रहा है।

यह सच है कि पेट की आग के सामने दुसरे सभी आग ठंडा पड़ जाता है। रामवती दिल पर पत्थर रख कर रघु की बातों पर सहमती जताई......

"देह से परे था वो सुख.. जो मेरी रूह को दे गया
वो मेरा ना होकर भी... मुझ में ही रह गया ..."

3

एक मजदूर की प्रेम कथा

यह सच है कि पेट की आग के सामने दुसरे सभी आग ठंडा पड़ जाता है। लेकिन मेरे लिए तो पेट की आग के आलावा भी दिल की आग लगी हुई थी जिसके कारण मुंबई की ओर खीचा चला आ रहा था।

मैं तो हर पल सुमन को याद करता और भगवान् से हाथ जोड़ कर इस बात की माफ़ी मांगता कि सुमन को उसके हाल पर छोड़ कर गाँव चला आया था।

लेकिन आज तीन माह के बाद मौका मिला था और मुंबई के लिए निकल पड़ा था दोस्तों के साथ

हालाँकि ईट भट्टा का काम तो बंद ही था, लेकिन विकास का फैक्ट्री चालू हो गया था। उसका मालिक ज्यादा मजदूरी देने का लालच देकर उसे बुलाया था। इसलिए हमको भी आशा थी कि उस फैक्ट्री में कुछ काम मिल ही जायेगा।

इसी आशा में मैं इन लोगों के साथ घर से निकल पड़े थे। आगे भगवान् की इच्छा। चलती ट्रेन में सीट पर लेटे, इन्ही सब बातों को मैं सोच रहा था कि जाने कब नींद आ गई।

सुबह होने को था और हरिया लगभग झकझोरते हुए मुझसे कहा ...और कितना सोइयेगा, मुंबई पहुँचने वाले है। मैं उठ कर गाड़ी के सीट पर बैठे बैठे ही भगवान् को प्रणाम किया और हाथ पैर सीधा किया।

अलसाई दिमाग में सुमन की याद आते ही अचनक शारीर में स्फूर्ति पैदा हो गई और सोचने लगा... आज मुझ से मिल कर वो बहुत खुश हो जाएगी। थोडा गिले शिकवे भी होंगे, लेकिन मैं उसे मना लूँगा। पता नहीं, किस हाल में होगी बेचारी।

मेरा फ़ोन क्या ख़राब हुआ, उससे बात भी ना हो सकी। उसके पास भी तो मोबाइल नहीं थी। इन्ही बातों में खोया, अपने सामान और दोस्तों के साथ ट्रेन से प्लेटफार्म पर आ गया।

अभी तीन महिना पहले ही तो इसी स्टेशन से हम गाँव के लिए रवाना हुए थे तब यहाँ बिलकुल भीड़ नहीं थी, लेकिन आज लॉकडाउन ख़तम होने से कितना भीड़ बढ़ गया है।

चारो तरफ नज़रे दौड़ा कर देख रहा था, तभी हरिया मेरे पास आया और बोला.... रघु भैया, हमलोग अभी विकास के साथ ही उसकी खोली पर चलते है फिर बाद में अपना अपना इंतज़ाम कर लिया जायेगा। मैंने भी उसकी बात से सहमती जताई।

वहाँ से सीधे धारावी, विकास की खोली पर पहुँच गए और नहा धोकर खाना खाया। उसके बाद हमलोग सीधे सुमन से मिलने उसके खोली के तरफ चल दिए। रास्ते भर उसको याद करके ही दिल में बड़ा उथल पुथल हो रहा था।

लेकिन यह क्या ? खोली तो बंद है। अगल – बगल पूछने पर पता चला कि वो यहाँ से खोली छोड़ कर चलीं गई। लेकिन कहाँ गई, किसी भाई लोग को पता नहीं है।

अब इतना बड़ा मुंबई शहर में कहाँ पता चलेगा। मेरा तो दिल बैठने लगा। आज कल मेरा सोचा हुआ सभी कुछ उल्टा ही हो रहा था। यही एक सहारा था मेरा, वो भी समाप्त हो गया। समझ में नहीं आता, अब कहाँ जाऊं?

तभी हरिया और विकास संतावना देते हुए बोल पड़े.....आप क्यों घबरा रहे है। भगवान् ने चाहा तो जल्द ही मुलाकात हो जाएगी, धीरज रखिये। अभी तो सबसे ज़रूरी है कि कही काम मिल जाये ताकि ज़िन्दगी फिर से पटरी पर आ सके।

दुसरे दिन सुबह विकास तैयार हो कर आया और कहा... हम मालिक से मिलने अपना फैक्ट्री जा रहे है, आप भी मेरे साथ चलिए, शायद आप के लिए भी काम की व्यवस्था हो जाये।

मेरे पास उसकी बात मानने के अलावा और कोई रास्ता नहीं था.... काम नहीं पकड़ेगें तो खायेंगे कहाँ से... ऐसा सोच कर विकास के साथ चल पड़ा।

सेठ जी विकास को देख कर खुश हो गए। वो दो साल से यहाँ काम कर रहा था इसलिए काम का काफी अनुभव था, इसी कारण सेठ उसको बहुत मानते थे।

विकास ने सेठ से मुझे काम देने के लिए आग्रह किया। सेठ जी मेरी तरफ देख के बोले.... अभी तो फैक्ट्री चालू ही किया है और फिलहाल तुम्हारे योग्य अभी कोई काम नहीं है, लेकिन एक सप्ताह बाद जब फैक्ट्री पूरी तरह काम करने लगेगा, तब आप को काम पर रख सकता हूँ।

मैं निराश मन से वापस खोली की तरफ चल दिया। आज का दिन ही ख़राब है, कोई भी काम नहीं बन पा रहा है, मन में घबराहट हो रही थी, और सोच रहा था कि जल्द

ही कोई काम नहीं मिला तो खाने के लाले पड़ जायेंगे।

यही सोचते हुए कब सुमन की पुराणी खोली के पास पहुच गया, पता ही नहीं चला। और बंद खोली को देख कर सोच रहा था कि कैसे पता करे उसके बारे में। तभी अचानक पीछे से फल वाला नज़ीर भाई ने आवाज़ लगाई....अरे रघु भाई...आप कब आये ? वो अपनी फलों से भरी ठेला लिए इधर ही आ रहा था।

बस, आज ही आया हूँ भाई, आप कैसे हो ?.. मैंने पूछ लिया।

अब तो स्थिति कुछ बेहतर हुई है और अपना धंधा – पानी चालू हो गया है ...नज़ीर भाई बोला।

और हाँ, सुमन के बारे में पता है ?..उसने जैसे ही सुमन का नाम लिया तो मैंने उत्सुकता से उसकी ओर देखा।

वो आगे बताने लगा ....उसके साथ तो बहुत बुरा हुआ। तुम्हारे जाने के बाद उसके पिता चल बसे। लेकिन सुमन साधारण औरत नहीं थी। वो तो बहुत ही हिम्मत वाली निकली। अकेले ही पिता के क्रिया कर्म का इंतज़ाम किया, उसके परिवार का कोई लोग नहीं आया इस महामारी की डर से।

और हां, सुना है कि किसी फैक्ट्री में काम मिल गया है उसे। वो तो पढ़ी लिखी थी, इसीलिए उसे आसानी से काम मिल गया। लेकिन कहाँ गई, पता नहीं। वो अकेली थी इसलिए शायद फैक्ट्री के पास ही रहने चली गई होगी।

इन सब बातो को सुनकर मन दुखी होना लाज़मी था। मैं सिर पकड़ कर खोली के पास ही बैठा था कि मुझे अचानक ध्यान आया कि ठेकेदार के पास मेरे बकाया के

पैसे है। शायद वो कुछ पैसे दे दे। मैंने मन बना लिया कि कल सुबह ही ठेकेदार के पास पैसे मांगने जायेगा।

मैं सुबह सुबह उठ कर ठेकेदार की तलाश में निकल पड़ा। बहुत पता करने पर अंततः उसका पता चल गया और मैं अकबर पुर पहुँच गया और ठेकेदार से भी भेट हो गई।

ठेकेदार के पास भी काम ना होने की वजह से वह काफी परेशान दिख रहा था। मैंने जब अपना हिसाब माँगा तो बोल उठा कि अभी मेरे पास पैसे नहीं है, पैसा होगा तब तुम्हारा हिसाब कर देंगे।

मैं लगभग गिडगिडाते हुए हाथ जोड़ कर बोला ....हमें अभी पैसों की सख्त ज़रुरत है, कुछ भी पैसे अभी दे दो। लेकिन उसने मेरी बातों पर ध्यान नहीं दिया और अपनी कार में बैठ कर जाने लगा। मैं उसे रोकने के लिए उसकी कार के सामने आ गया।

लेकिन यह क्या ? रोकने के बजाये उसने गाड़ी की स्पीड बढ़ा दी। मैंने टक्कर से बचने के लिए छलांग लगा दी और गिर पड़ा। मेरा सिर फट गया और उसके बाद मुझे कुछ याद नहीं...

जब होश आया तो आस पास देखने की कोशिश की। लेकिन आँखों के सामने अँधेरा छाया हुआ था। सिर भारी लग रहा था इसीलिए मैं वापस आँख बंद कर सो गया।

पर इतना मुझे महसूस हुआ कि किसी हॉस्पिटल के बेड पर हूँ। कुछ देर तक शांति रही, तभी एक आवाज़ मेरे कानो में पड़ी। मैंने आँख खोल कर देखने की फिर कोशिश की तो एक धुंधली सी आकृति दिखाई दी। लेकिन मैं पहचान नहीं पाया। हां उसकी आवाज़ पहचानी सी लग रही थी। मैं बेड पर उठ कर बैठने की कोशिश

करने लगा तो उसने हाथ के सहारे से मुझे बैठाया।

आँख खोल कर ध्यान से उसे देखने की कोशिश की। उस समय मुझको आश्चर्य हुआ जब धुंधला चेहरा साफ़ देख पाया। वो नारंगी रंग की साड़ी में बेहद खुबसूरत लग रही थी। मुझे देख कर मुस्कुराई और पूछा ..अब कैसा लग रहा है ?

मेरी आँखे फटी की फटी रह गई और वो पिछली घटना याद करने लगा, और सोचने लगा कि यहाँ मुझे कौन लेकर आया। मुझे तो कुछ याद ही नहीं है। और सुमन को मैं कहाँ मिल गया? उन्ही ख्यालो में खोया ही था कि सुमन एक गिलास आम का जूस लाकर पिने को दी।

मैंने धीरे से पूछा ...मैं यहाँ कैसे आया और तुम ..... ?

सुमन उसकी बात बीच में काटते हुए बोली...उस समय मैं काम समाप्त कर फैक्ट्री से निकल कर ऑटो रिक्शा से घर जा रही थी। तभी पास ही सड़क पर एक भीड़ देखी। पूछने पर पता चला कि कोई बिहारी मजदूर घायल बेहोश पड़ा है।

मुझे सुन कर रहा नहीं गया, क्योंकि मैं भी एक मजदूर थी और इसकी पीड़ा महसूस करती थी। मैं ऑटो से उतर कर पास गई और तुम्हे देख कर हैरान रह गई।

मैं जल्दी से तुम्हे उठा कर ऑटो से ही यहाँ ले आयी। डॉक्टर ने बताया था कि सिर का घाव गहरा है और तुम्हे दो दिन तक होश नहीं भी आ सकता था। लेकिन भगवान् का लाख लाख शुक्र है कि आज दुसरे दिन ही होश आ गया।

मैं किसी तरह जूस को पी रहा था और सुमन के चेहरे पर उभरने वाली ख़ुशी को पढने की कोशिश कर रहा था।

"आसमां में मत ढूंढ अपने सपनों को ,
सपनों के लिए तो ज़मीं ज़रूरी है ..
सब कुछ मिल जाये तो जीने का क्या मज़ा
जीने के लिए कुछ कमी भी तो ज़रूरी है...."

4

वफा की तलाश

मैं हॉस्पिटल के बेड पर आँखे बंद किये मन ही मन सोच रहा था कि अगर सुमन समय पर घटनास्थल पर नहीं पहुँचती और तुरंत हॉस्पिटल नहीं लाती तो शायद मैं बच भी नहीं पाता। इसे भगवान् की कृपा कहें या संयोग मात्र कि सुमन उस समय मुझे मिल गई।

डॉक्टर साहब भी कह रहे थे कि सुमन दो दिनों तक मेरे कारण काफी परेशान रही और बहुत सेवा की। मुझे होश आने के बाद ही अपनी ड्यूटी ज्वाइन की थी। यह मेरे प्रति उसका अपनापन है जो उसने अपने दम पर सारा इंतज़ाम किया और मुझे मौत के मुँह से निकाल लाई।

लेकिन मेरे दिमाग में अब भी एक प्रश्न बार बार आ रहा था कि सुमन अपना खोली क्यों छोड़ दी और दुसरे जगह क्यों रहने चली गई।

मन में यह शंका घर कर गयी कि शायद उसने शादी तो नहीं कर ली है। वैसे वो थी भी ख़ूबसूरत , कोई भी उससे शादी के लिए तैयार हो सकता था।

लेकिन यह सब बात तो अभी पूछ भी नहीं सकता था। उसके शादी शुदा होने के ख्याल से ही मेरा दिल बैठने लगता था। शायद मुझे उससे प्यार हो गया है।

मैं आँखे मूंदे इन्ही ख्यालों में खोया था। तभी डॉक्टर साहब आये और मुस्कुराते हुए बोले ...अब कैसा महसूस कर रहे है?

अब मैं ठीक महसूस कर रहा हूँ डॉक्टर साहब ...मैंने कहा।

फिर वो मेरी जांच करने लगे। और बेड पर रखे फाइल में कुछ नोट किया और चले गए।

उनके जाते ही सुमन भी तेज कदमो से आती दिखाई दी।

मैंने पूछा ... आज, इतनी जल्दी कैसे आ गई?

मैं आज छुट्टी लेकर जल्दी आई हूँ, क्योंकि डॉक्टर साहब ने बुलाया था .....कहते हुई सामने कुर्सी खीच कर बैठ गई।

अब तुम्हारी तबियत कैसी है ...सुमन ने पूछा।

डॉक्टर साहब आये थे और चेक कर के चले गए ...मैंने कहा।

सुमन मेरी ओर देखते हुई पूछ बैठी...डॉक्टर ने क्या कहा?

मुझे तो बस इतना कहा कि हालत में काफी सुधार है ...मैं हँसते हुए जबाब दिया।

ठीक है, मैं उनसे मिल कर आती हूँ ....बोल कर डॉक्टर से मिलने चली गई।

सुमन के जाते ही हरिया भी आ गया और पूछने लगा ...अब कैसी तबियत है रघु भैया?

अब बेहतर है ... मैंने जबाब दिया।

सच कहूँ भैया तो मैडम जी नहीं होती तो तुम्हारा बचना मुश्किल था। वो बेचारी दो दिन बिना आराम किए तुम्हारी सेवा करती रही। सचमुच सुमन मैडम बहुत अच्छी और समझदार है।

और बताओ तुम लोग कैसे हो? ....मैंने हरिया को देखते हुए पूछा।

हरिया खुश होते हुए बोल पड़ा .... जानते है रघु भैया, मुझे भी नौकरी मिल गई है। इसीलिए कल आप के पास नहीं आ सका था।

विकास को भी फैक्ट्री से आने में काफी लेट हो जाता है। कल रविवार है, इसीलिए कल हमलोग सब हाज़िर रहेंगे यहाँ।

चेहरा देख के लग रहा है कि आप की तबियत में काफी सुधार है। सब भगवान् की कृपा है ..हरिया खुश दिख रहा था।

हमलोग बात कर ही रहे थे कि सुमन भी आ गई। उसके हाथ में एक थर्मस में चाय था। हमलोग चाय पिने लगे तभी मैंने पूछ लिया ...क्या कहा डॉक्टर ने?

सुमन बोली ....कल तुम्हारा हॉस्पिटल से पुरे सात दिनों के बाद छुट्टी हो रही है।

अब तुम खतरे से बाहर हो लेकिन अभी कुछ दिन कमजोरी रहेगी। खाना पीना ठीक करना पड़ेगा।

हरिया बोल पड़ा ... यह तो बहुत अच्छी खबर है। अब हम लोग साथ रहेंगे उसी विकास की खोली में।

लेकिन इतनी छोटी खोली में चार लोग कैसे रह पाओगे। काफी तकलीफ होगी ....सुमन ने चिंतित होकर कहा।

लेकिन एक उपाय है, मेरी खोली अभी भी मेरे कब्ज़े में है। छह महिना का एडवांस किराया दिया हुआ है और अभी दो महिना ही हुआ है।

इसलिए तुम लोग उसी में शिफ्ट कर जाओ । वहाँ बिस्तर और खाट भी है । और तुमलोग आस – पास भी रह पाओगे ... ..सुमन ने उपाए सुझाए ।

हरिया एकदम से उछल पड़ा और कहा.... इससे अच्छा और कुछ हो ही नहीं सकता और कभी कभी छुट्टियों में मैडम के हाथ का खाना भी खा सकेंगे। सुन कर तीनो एक साथ हंस पड़े।

रघु सुमन की ओर देखा और कहा...बहुत बहुत धन्यवाद सुमन ....अगर तुम नहीं होती, तो मेरा ना जाने क्या होता। तुमको भी मेरे कारण काफी कष्ट उठाना पड़ा।

मुझे देख कर वो खुश होते हुए बोली ... अब चिंता की कोई बात नहीं है। सब भगवान् की कृपा है और हाँ .. दोस्तों में एहसान और धन्यवाद शब्द कहाँ से आ गए।

अच्छा छोड़ो ..मेरी तरफ देखते हुए सुमन हँस कर बोली ....., घर का हाल समाचार नहीं बताओगे। तुम्हारी रामवती कैसी है?..

अचानक इस तरह की बात सुन कर वह चौंक कर सुमन की ओर देखा और पूछा... तुम रामवती के बारे में कैसे जानती ही?

मुझे सब पता है और राजू के बारे में भी जानती हूँ,.... बोल कर सुमन हंसने लगी। ..सुना है वो बड़ा नटखट है।

मैं गाँव का और रामवती का क्या हाल बताऊँ, सुमन।

राजू को बार बार बुखार आ रहा था और मुझे वहाँ काम नहीं मिल रहा था। रामवती काफी तकलीफ में है और मुझे यहाँ भी अभी तक काम नहीं मिल पाया है। मुझे बहुत चिंता हो रही है।

अच्छा ठीक है अब तुम्हे ज्यादा चिंता करने की कोई ज़रुरत नहीं है ...सुमन उसकी ओर प्यार भरी नजरो से देखी और कहा.... मैं परसों दस हज़ार रूपये रामवती को भेज दी हूँ। अब तक मिल गया होगा।

सुमन की बात सुन कर आश्चर्य से मेरा मुँह खुला का खुला रह गया।

मैं उत्सुकता से पूछ लिया... तुम्हे वहाँ का पता कैसे मिला?

तुम्हारा वो विकास है ना, वही मेरा खबरी है.. .सुमन हँसते हुए बोली।

अच्छा, अब मैं समझा कि इतना सब कुछ तुम्हे कैसे पता है ...मैं कृतज्ञता से उसकी ओर देखा।

इसीलिए कहती हूँ कि दोस्तों के बीच कुछ ना छुपाओ।

लेकिन सुमन, मेरे अचानक जाने के बाद तुम अपने आप को कैसे संभल पायी .... मैंने उत्सुकतावश पूछा लिया।

सुमन एक ठंडी साँस ली और भावुक होकर बताने लगी .... आज पुरे दो महिना हुए मेरे पिता जी को गुजरे हुए। तुम को तो पता है कि अभी कुछ दिन पहले चाइना वाली बीमारी से बच कर घर आ गए थे।

धारावी में तो इस बीमारी का सबसे ज्यादा खतरा था। पिता जी शरीर से कमजोर थे और बूढ़े भी। इसलिए उन पर खतरा तो बना ही रहता था। मैंने पिता जी की खूब सेवा की थी और उन्हें हर हाल में इससे बचाने की कोशिश की थी।

लेकिन अचानक एक दिन बाबूजी को दिल का दौरा पड़ा तो तुरंत एम्बुलेंस से पास के हॉस्पिटल ले गयी। फल वाले नज़ीर भाई बहुत मदद की थी। लेकिन कोरोना के कारण वहाँ डॉक्टर ने कहा कि कोई बेड खाली नहीं है।

इसी तरह मैं और नज़ीर भाई, पिता जी को लेकर एक हॉस्पिटल से दुसरे और दुसरे से तीसरे का चक्कर काटते रहे। बहुत मुश्किल से एक हॉस्पिटल में डॉक्टर मिला भी, लेकिन ऊसने चेक करके बताया कि अब पिता जी नहीं रहे.... कहते कहते वो रोने लगी।

मैं उसके सर पर हाथ रख कर संतावना देता रहा।

फिर उसने आगे बताया की मैंने घर खबर भेजा और क्रिया कर्म करने के लिए गाँव से भाई को बुलाया। लेकिन गाड़ी ना चलने की वजह से और महामारी के डर से यहाँ कोई नहीं आया और पिता जी का क्रिया – कर्म बेटा के रहते, हमें ही करना पड़ा था।

यह तो भगवान् की कृपा हुई कि मैं पढ़ी लिखी थी। ईंट भट्टा वाली नौकरी जाने के बाद .. ,एक दिन पेपर में विज्ञापन देखी जिसमे फैक्ट्री में एक जॉब का ऑफर था। मैं इंटरव्यू के लिए वहाँ पहुँच गई।

सेठ जी को गारमेंट फैक्ट्री में एक लेडीज स्टाफ की ज़रुरत थी। वे हमारी निजी ज़िन्दगी की कहानी सुन कर काफी प्रभावित हुए कि अकेला मैं जीवन में संघर्ष कर आगे बढ़ रही हूँ।

उन्होंने फिर पूछा कि ..स्कूटी चलाना जानती हूँ या नहीं।

मैंने कहा .... मुझे नहीं आती।

तो उन्होंने कहा कि .. तब तो धारावी से हमारी फैक्ट्री काफी दूर पड़ेगा और ऑटो से आना जाना संभव नहीं होगा। उन्होंने मेरी बहुत मदद की और अपने परिचय से यहाँ रहने के लिए एक छोटा फ्लैट भाड़े पर दिलवा दिया था, जिससे फैक्ट्री बिलकुल नजदीक हो गई और मुझे आने जाने में सुविधा भी।

मैं पूरी मेहनत और लगन से काम करने लगी और मुझे मेरे अच्छे कामों की तारीफ करते हुए कुछ ही दिनों में ही प्रमोशन दे दिया और मुझे सुपरवाइजर बना दिया।

इस विकट परिस्थिति में बाबु जी के बीमा के पैसे भी मुझे मिले थे और वो पैसे मेरे लिए बहुत बड़ा सहारा बना। यह तो बाबु जी की ही आशीर्वाद है कि ऐसी परिस्थिति में हम अकेले ही जीवन की गाड़ी को खीच पा रहे है ...

"वफ़ा की तलाश... करते रहे हम
शहर दर शहर.. भटकते रहे हम
नहीं मिला दिल से चाहने वाला
बेवफाई में अकेले.. मरते रहे हम"

5

एहसान आप का

आज मुझे नींद नहीं आ रही थी। कल तो इस हॉस्पिटल से नाम कट जायेगा और धारावी में अपनी खोली पर चले जाना होगा।

जैसा कि डॉक्टर साहब बोले है कि अभी घर पर ही आराम करना होगा। लेकिन काम भी तो ढूँढना पड़ेगा।

मेरे पास पैसा भी नहीं है जिससे अपना दवा – दारू और भोजन का इंतज़ाम कर सकूँ। विकास और रघु भी तो अभी अभी नौकरी पकड़ा है। उससे भी पैसे मांग नहीं सकता हूँ।

इन्ही सब बातो को सोचते हुए रात बीत गयी और ठीक से नींद नहीं आयी।

सुबह-सुबह, हरिया आते ही आवाज़ लगाया ...रघु भैया, अभी तक सो रहे है ?

मैं उसकी आवाज़ सुन कर बिस्तर पर उठ बैठा और देखा कि विकास और हरिया सामने खड़ा था और हरिया के हाथ में नास्ता के लिए पूड़ी – जलेबी था।

विकास बोला ...रघु भाई, जल्दी से हाथ मुँह धो कर आइये। हम सभी एक साथ पूड़ी – जलेबी का नास्ता करेंगे। एक दम गरमा गरम है।

मैं अलसाते हुआ उठा और विकास से कहा ..रात में चिंता के मारे नींद नहीं आ रही थी इसीलिए अभी उठने में देर हो गयी।

मैं भी आ गई हूँ ...और मुझे भी जलेबी बहुत पसंद है ....सामने खड़ी सुमन बोल पड़ी।

रघु पलट कर देखते हुए कहा ....अरे, तुम कब आयी ?

मैं अभी तुरंत ही यहाँ आयी हूँ...... ...लेकिन तुम जल्दी से हाथ मुँह धोकर आ जाओ। अगर तुम देर करोगे तो ज़लेबी ठंढ़ी हो जाएगी और मुझे ठंढ़ी जलेबी पसंद नहीं।

नास्ता समाप्त करने के बाद, सुमन डॉक्टर के पास चली गई। मैं और विकास भी उसके पीछे पीछे वहाँ पहुँच गए।

मैं डॉक्टर साहेब को प्रणाम किया तो मुझे बैठने का इशारा किया और पर्ची पर दवा लिखते हुए हमें हिदायत देने लगे ..रघु जी,अभी एक सप्ताह,अच्छी तरह खाना-पीना कीजिये और समय पर दवा भी लेते रहिये।

और हाँ, सात दिन के बाद फिर एक बार आ जाना होगा जाँच कराने के लिए।

मैंने उनकी बातों से सहमति जताई।

उसके बाद सुमन काउंटर से दवा लेकर हॉस्पिटल का फाइनल बिल का भुगतान अपने " क्रेडिट कार्ड" से करने लगी।

मैं तो देख कर हैरान रह गया ..गजब का परिवर्तन आया है सुमन में।

यह सच है कि परिस्थिति सब कुछ सिखला देता है।

हॉस्पिटल से बाहर आकर सुमन मुझे अपनी खोली की चाभी देते हुए बोली ....मैं अभी तुम्हारे साथ नहीं जा सकती। एक ज़रूरी काम निपटाना है, इसलिए शाम में तुम लोगों को मिलूंगी। और एक टैक्सी में हम तीनो को बैठा कर रवाना कर दिया..।

धारावी पहुचते ही आस पास के सभी परिचित लोग जमा हो गए और मेरी खैरियत पूछने लगे।

लोगों से दुआ सलाम करके , सुमन की खोली की तरफ बढ़ चला।

लेकिन यह क्या ...मैंने देखा कि उसकी गली को बांस बल्ले से घेर रखा है और पुलिस किसी को उधर जाने ही नहीं दे रही है।

हमलोग परेशान हो उठे और खोली तक पहुँचना संभव नहीं लग रहा था।

तभी हरिया, पुलिस से बात किया और किसी तरह उसे राज़ी कर लिया।

पहले हमलोगों का स्क्रीनिंग जांच किया गया और उन्हें तसल्ली होने पर जाने की इजाजत दे दी।

मैं खोली में घुसा तो पुरानी यादें ताज़ा हो गई। मैं १० साल से यहाँ धारावी में रह रहा था और सुमन से तो छह माह ही पुरानी जान पहचान थी। लेकिन वो तो हमारा ऐसा ख्याल रखती है जैसे हमारा वर्षों का साथ हो।

हरिया खाना का पैकेट खोलते हुए कहा ...हमलोग अब खाना खा लेते है।

खाना कहाँ से लाये ...मैंने प्रश्न किया।

हॉस्पिटल से चलते वक़्त ही मैडम खाना पैक करा कर और वो ढेर सारा फल भी मुझे पकड़ा कर कही थी कि किसी चीज़ की कमी ना होने देना।

मैं खाना खाने के बाद आराम करने लगा और नींद आ गई।

अचानक सुमन की आवाज़ कान में पड़ते ही मेरी आँखे खुल गई और अँधेरा होने के कारण उसका चेहरा तो नहीं दिखा लेकिन खुशबु को महसूस कर समझ गया कि वो सुमन ही है।

सुमन बल्ब जलाते हुए बोल उठी....कमरे में अँधेरा क्यों कर रखा है। तभी भागते हुए हरिया भी आ गया और बोला... आप कब आयी ?

मैं अभी अभी आयी हूँ , लेकिन बाहर पुलिस बहुत परेशान कर रही है। तुम लोग को

भी आने जाने में परेशानी हो रही होगी।

नहीं , अब हम लोग पुलिस से जान पहचान कर लिए है ...हरिया बोल पड़ा।

आज बहुत दिनों के बाद यहाँ आने से पुरानी यादें ताज़ा हो रही है।

तभी हाथ में चाय लिए विकास आ गया और सब लोग चुप – चाप चाय का मज़ा लेने लगे।

शांति को भंग करते हुए सुमन बोली ....मैं अपने सेठ से तुम्हारे काम के लिए बात करुँगी , हो सकता है ..दो तीन दिनों में वो बुला ले। इसीलिए खाना -पीना ठीक से करके स्वस्थ हो जाओ। और अपने साथ लायी फल को हरिया को पकड़ाते हुए बोली ..तुम सब के लिए भी है।

आज हमलोग को एक साथ खाना खाते हुए बहुत आनंद आ रहा था। रात का समय था इसलिए खाना खाने के बाद सुमन को उसके घर तक छोड़ने हरिया चला गया।

उसके जाने के बाद , मैं विकास से पूछा ...घर का सभी खाने -पीने का इंतज़ाम कैसे कर रहे हो ? तुम्हे तो अभी पगार भी नहीं मिला होगा।

वो हँसते हुए बोला...यह सब मैडम की मेहरबानी है। सचमुच ,अगर वो ना होती तो हमलोग का क्या हाल होता, पता नहीं।

मैं सोचने लगा कि सुमन के और कितने एहसान लूँगा। मुझे अपने आप पर खीझ आने लगी। जिस सुमन को मैं बीच मझधार में छोड़ कर गाँव चल दिया था, वही

सुमन हमलोगों को आज मझधार से किनारे पर ले आयी है।

मेरे दिल में उसके प्रति बहुत इज्ज़त और प्रेम बढ़ गई। और मेरी आँखे छलक आई।

तीसरे दिन, पहले से तय कार्यक्रम के अनुसार फैक्ट्री में सेठ से मिलने और इंटरव्यू के लिए तैयार होने लगा ,तभी विकास एक पैकेट मुझे पकड़ाते हुए बोला ...ये कपडे आप के लिए है। इसे ही पहन कर जाइये।

मैं कपड़ा देख कर समझ गया कि यह सुमन की ही पसंद है।

जैसे ही फैक्ट्री के गेट पर पहुँचा तो वहाँ का दरवान आने का कारण पूंछा।

उसके बाद सिक्यूरिटी गार्ड जांच करने के बाद ,फिर अंदर आने की इज़ाज़त दिया।

वाह, लगता है बहुत बड़ा कंपनी है ...मैं मन ही मन सोचने लगा।

मुझे अंदर ले जा कर वहाँ के चपरासी ने एक कमरे में बैठा दिया।

मुझे घबराहट हो रही थी। अगर मैं इंटरव्यू में फ़ैल हो गया तो मेरे कारण सुमन को भी दुःख होगा।

मैं मन को शांत करने की कोशिश करने लगा और सामने पड़े पानी के गिलास खाली कर दिया।

तभी सेठ जी अपने चैम्बर में आये और उसके बाद ...आते ही मुझे बुलाया गया।

मैं धड़कते दिल से दरवाजे को खोल कर अंदर घुसा, तभी सेठ जी इशारे से मुझे अंदर बैठने को कहा।

आप अपने बारे में बताइए ...सेठ ने कहा।

मेरा नाम रघु है , पहले मैं ईंट भट्ठा में काम करता था।

उन्होंने फिर पूछा ...किसी फैक्ट्री में काम करने का अनुभव है ?

मैं " ना" में सिर हिलाया। लेकिन हमें जो भी काम दिया जायेगा उसे मन लगा कर करूँगा ..मैंने कहा।

देखो रघु , मेरा गारमेंट का फैक्ट्री है और अभी तुम्हे इस लाइन का कोई अनुभव नहीं है। इसलिए फिलहाल तुम्हे माल को कार्टून में पैक करना और उसे लोड करवाने की

जिम्मेदारी होगी और इसके लिए ५०० रूपये रोज़ के मिलेंगे, क्या तुम्हे मंज़ूर है ?

ठीक है ...मैंने जल्दी से बोला। मैं सोचा, इसी बहाने सुमन के नजदीक रहने का मौका मिलेगा।

कल से आप काम पर आ जाना और मेनेजर साहब से अच्छी तरह अपना काम समझ लेना ...सेठ जी बोलते हुए उठ कर चले गए।

मैं बाहर निकलने लगा तभी सुमन दिख गई।

धन्यवाद सुमन ...मैंने कहा।

सुमन मेरी ओर देखते हुए बोली ..अब तो तुम्हारी नौकरी पक्की हो गई। अब मैं चाहती हूँ कि तुम मेनेजर साहब से भी मिल लो। वो बहुत नेक इंसान है।

और हाँ, आज तो इन कपड़ो में तुम जंच रहे हो..सुमन खुश लग रही थी।

सुमन मुझे बाहर इंतज़ार करने को बोल, अंदर चली चली गई और मेनेजर से बात कर हमें भी अंदर ले गई।

मेनेजर साहब बिलकुल टिप टॉप और स्मार्ट लग रहे थे। मुझे बैठने को बोल ,चपरासी को चाय लाने के लिए कहा

हाँ तो रघु जी, आज से आप हमारे कंपनी के स्टाफ हो गए , मुबारक हो...हँसते हुए उन्होंने कहा।

वैसे आप इस समय घर जा कर क्या करोगे। आप चाहो तो आज से ही काम शुरू कर दीजिये।

और हाँ , आज एक कन्साइनमेंट जा रहा है, आप मैडम के साथ जाकर कुछ काम सिख लीजिये।

मैं तो यही चाहता था ...मैं सुमन को बोला ...यस बॉस। सुमन बस मुस्कुरा दी....

"

होश के साहिल पे मुझको अब ना आने दीजिये,
आज तो बस मस्तियों में ..डूब जाने दीजिये।
आप को भी है खबर ये क्या नशीला दौर है,
आज का ये खुशनुमा ..माहौल ही कुछ और है।"

6

तुम मेरे हो

रघु अपने जीवन की नई शुरुआत करने जा रहा था, जी हाँ, आज फैक्ट्री के काम का पहला दिन और मुंबई आने के बाद पहली बार काम पर जा रहा था। मन बिलकुल प्रसन्न लग रहा था, क्योंकि वहाँ सुमन से भी मुलाकात होनी थी। खूब अच्छी तरह तैयार होकर तो जाना ही पड़ेगा, कोई "ईट – भट्टा" का काम है क्या ?

वो तो फैक्ट्री है .... वो मैनेजर कितना शूट- बूट में रहता है। मुझे भी वहाँ सलीके से रहना होगा ... मैं मन ही मन सोच रहा था। फैक्ट्री पहुँचते ही मुझे ध्यान आया कि सबसे पहले मैनेजर साहब से मिलना चाहिए और मैं उनके कमरे मे गया और उनको देख कर बोला...प्रणाम सर जी।

आओ रघु ..बैठो, तुम्हे तुम्हारा काम समझा दूँ ....मैनेजर साहब बोले।

मेरे लिए यह काम तो नयी तरह की थी ..लेकिन यहाँ आकर बहुत ख़ुशी मिल रही थी। काम करते हुए मन ही मन सोच रहा था कि अभी दो बजने को है, लेकिन सुमन कही दिख नहीं रही है। कही तबियत तो ख़राब नहीं हो गयी। सोच कर मेरा मन चिंतित हो उठा।

लंच के समय कैंटीन में भी सुमन का इंतज़ार करता रहा। लेकिन लंच में भी कोई खोज खबर लेने नहीं आयी। अब मुझे पक्का विश्वास हो चला था कि उसकी तबियत ख़राब हो गयी है, वैसे भी औरत वाली बीमारी माह में एक बार तो आती ही

है। पैकिंग का काम करते हुए मैं पसीने से भींग चूका था तभी रमेश बाबू मेरी हालत को देख कर बोले ...अरे रघु जी, तनिक आराम कर लो। और मुझे उनकी बात सही लगी और मैं पास में ही पंखे के नीचे जाकर बैठ गया।

बातों बातों में मैं रमेश बाबू से पूछ बैठा ...सुमन मैडम अभी तक नहीं दिखी यहाँ ?

रमेश बाबू बोल पड़े ...अरे रघु बाबु, आप को पता नहीं है क्या ? मैनेजर साहेब सुमन को लेकर स्टूडियो गए हुए है।

लेकिन स्टूडियो काहे के लिए भैया ...मैं अपनी जिज्ञासा शांत करने के लिए पूछ बैठा।

कंपनी नए फैशन डिजाईन की गारमेंट लॉन्च कर रही है, उसी के प्रचार के लिए मेनेजर साहेब सुमन को लेकर गए है। सुना है सुमन मैडम को ही मॉडल बना कर उस गारमेंट का प्रचार करने वाले है।

लेकिन भैया... ये सब तो फिल्म की हेरोइन करती है ..मैंने जिज्ञासा पूर्वक पूछा।

क्या बात करते हो रघु.. मैनेजर साहेब बोल रहे थे कि सुमन मैडम मेक अप करने के बाद एक दम टॉप की मॉडल लगती है। इसी लिए तो कंपनी ने फैसला लिया है कि सुमन मैडम को ही प्रचार – प्रसार का इंचार्ज बना दिया जाए ...रमेश बाबू खुश होते हुए बोल रहे थे। मैं मन ही मन सोचने लगा ..सुमन कहाँ से कहाँ निकल गई और हम है कि मजदूर के मजदूर ही रह गए। अब तो शाम को घर जाने के पहले सुमन से ही इज़ाज़त लेना पड़ेगा , अब तो इस ऑफिस में मेरा बॉस जो बन गई है ...मैं मन ही मन सोच रहा था।

शाम हो चली थी और घर जाने का वक़्त हो चला था, लेकिन सुमन अब तक नहीं आई थी। मैं दुखी मन से काम समाप्त कर घर की ओर चल दिया। आज रामवती दस हज़ार का मनी – आर्डर पाकर बहुत खुश थी। बनिया का भी काफी कर्ज हो गया था। शम्भू सेठ तो पिछली बार चावल देने से मना ही कर दिया था। बहुत मिन्नत की तब जाकर इस शर्त पर राशन दिया कि सात दिनों के भीतर सारा हिसाब – किताब बराबर करना होगा। सचमुच एक दम टाइम पर पैसा आया है। मन ही मन रघु को "थैंक यू" बोली ...और शरमा गई।

आज वो बहुत खुश थी और पानी भरने कुआँ पर गई तो उसकी सहेली कालिंदी मिल गई। वैसे कालिंदी उसकी बचपन की सहेली थी और संयोग से एक ही गाँव में दोनों का विवाह हुआ था। इसलिए वो दोनों सुख – दुःख आपस में साझा करती थी।

कालिंदी उसे देखते हुए बोली...रामो, आज तो बहुत खुश लग रही है.... कहीं लॉटरी लगी है क्या ?

अरे नहीं रे...राजू के बापू का आज ही मनी आर्डर आया है। अब उस शम्भू सेठ के मुँह पर पैसा फेक आऊँगी। हरामी, गाहे – बगाहे टोकते रहता है। रामवती इठलाते हुए अपनी सहेली को बतला रही थी।

लेकिन रघु ने इतनी जल्दी रुपया कहाँ से भेज दिया। वहाँ कोनो रुपया का पेड़ लगा है ? रामवती को उसकी बात लग गई और घर आ कर सोचने लगी ...बात तो कालिंदी ठीक बोल रही है। इतना जल्दी दस हज़ार रुपया का कैसे इंतज़ाम कर लिया और हाँ, भेजने वाला कोनो औरत सुमन का नाम लिखा था। कही ऐसा तो नहीं, रघु कोनो गलत धंधा में चला गया हो। उसका दिल जोर जोर से धड़कने लगा। कल ही फ़ोन कर के रघु से पूछना होगा ...रामवती मन ही मन सोच रही थी।

इधर, आज सुमन दिन भर मॉडलिंग का काम कर के थक गई थी। इसीलिए

स्टूडियो का कम ख़त्म कर के फैक्ट्री ना जाकर सीधा घर चली आयी थी। आज तो रघु के काम का पहला दिन था। आज ज़रूर मुझे खोजता होगा ...सुमन बेड पर पड़े हुए सोच रही थी। पता नहीं, रघु के प्रति इतना लगाओ क्यों है.. कि आज जब उसे नहीं देखी तो मन उदास सा लग रहा है।

यह सच है कि उसके लिए दिल में इतना प्यार होते हुए भी ऑफिस में उससे दुरी बना के रखनी पड़ती है। लोक लाज और समाज का ख्याल तो रखना हम औरतों की मज़बूरी है। समाज के बन्धनों से बंधे जो है। शायद रघु को बुरा भी लगता होगा। लेकिन वो तो समझदार है। मेरी मज़बूरी को समझता होगा।

लेकिन कितना दिन उससे अलग रह पाऊँगी। मुझे भी तो ज़िन्दगी में एक मरद चाहिए जिसके साथ संसार बसा सकूँ। अब तो जल्द ही फैसला करना पड़ेगा। आज सुमन बीते हुए ज़िन्दगी के बारे में सोचती है तो खुद आश्चर्य होता है कि इतनी कठिनाइयों को पार करता हुआ यहाँ तक कैसे पहुँच गई। इसमें रघु का भी बहुत बड़ा योगदान है।

मुझे पता है कि रघु एक शादी –शुदा मर्द है, उसकी बीबी है, एक बच्चा है। उसका एक अपना भरा -पूरा परिवार है। इसके बाबजूद मन किसी दुसरे के बारे में सोचना ही नही चाहता ..वह अकेले में खुद से बात कर रही थी। सचमुच में, मैं उसे प्यार करने लगी हूँ। तुम मेरे हो। मैं आज सुबह से ही परेशान था। मोहल्ले में दो लोगों के बीच सुबह – सुबह झगडा हो गया। उनलोगों के झगडे को छुड़ाने क्या गया कि खुद ही के मुँह पर चोट लग गई और बाई आँख के नीचे फुल गया है। ऑफिस में तो लोग यही समझेगा कि हम किसी से मार – पीट कर के आयें है। ऐसा ना हो कि आज दुसरे दिन ही मुझे नौकरी से निकाल दे ..मैं मन ही मन सोच रहा था। मैं जल्दी जल्दी ऑफिस जाने को तैयार हो रहा था क्योकि मुझे देरी से जाना पसंद नहीं। तभी मोबाइल की घंटी बज उठी ...

हेल्लो ... हम रामवती बोल रहे है।

हाँ, रामवती , वहाँ का क्या समाचार है ? पैसा जो भेजे थे वो मिल गया ?..मैं जल्दीबाजी में बोला।

हम उसी के बारे में बात करना चाहते है ..रामवती थोडा गुस्से में लग रही थी।

देखो रामवती , अभी हम इयूटी जा रहे है .. शाम को बात करेगे .. मैंने कहा और फ़ोन काट दिया। अब तो रामवती का गुस्सा भड़कना वाजिब था। उसे पक्का शक हो गया कि जो कालिंदी बोल रही है वह ठीक ही है ....

उधर मैं जैसे ही इयूटी पहुँचा, मेरा सामना सुमन से ही हो गया। उसे देख कर जैसे दिल को तसल्ली हो गई। मैं सुमन को देखते ही बोला.... कल तुम कहाँ थी। सुने है कि मैनेजर के साथ दिन भर थी।

हाँ, स्टूडियो गई थी ..उसने जबाब दिया। तभी सुमन को मेरे मुँह पर के घाव नज़र आ गए। चोट कैसे लगी ? ... ..सुमन आश्चर्य होते हुए बोल रही थी। मैं कुछ बोलता, उससे पहले ही वो हाथ पकड़ कर अपने चैम्बर में ले गई और वहाँ रखे फर्स्ट ऐड बॉक्स से दवा निकाल कर खुद से ही लगाने लगी ....

मैं बस उसकी आँखों में मेरे लिए उभरे प्यार को देखता रहा ....जैसे कह रही हो .. .तुम मेरे हो........

दर्द ...जब आँखों से निकला, तो सब ने कहा..."कायर" है ये..
दर्द ....जब लब्जो से निकला, तो सब ने कहा...."शायर" है ये..
दर्द.... जब मुस्कुरा के निकला, तो सब ने कहा...."लायर" है ये ...

7

ज़िन्दगी की तलाश

यह कैसे हो गया ?....मेरी आँखों के नीचे घाव को देख कर सुमन चिंतित हो कर पूछ बैठी।

बस छोटी सी घाव है, ठीक हो जाएगा ...मैं हँसते हुए ज़बाब दिया।

मैं कुछ बोलता ,उससे पहले ही वो हाथ पकड़ कर अपने चैम्बर में ले गई और वहाँ रखे "फर्स्ट ऐड बॉक्स" से दवा निकाल कर खुद से ही लगाने लगी ..... तब उसे पता चला कि घाव तो गहरा था और मुश्किल से आँख बच गया था,

वो दवा लगाते हुए रोने लगी. ...उसके आँख से आँसू निकलने लगे।

मैं कुछ समझा नहीं और हड़बड़ा कर पूछ बैठा ...तुम रो क्यों रही हो ?

तुम बेतुकी हरक्कत क्यों करते हो, अगर तुम्हे कुछ हो जाता तो ?

अरे सुमन, तुम इत्मीनान रखो, भगवान् इतना निर्दयी नहीं है ..

वो तो तुम्हे परेशान करने के लिए ही मुझे धरती पर भेजा है।

यह सब बातें चल रही थी कि ..उधर से मैनेजर साहेब गुज़र रहे थे और उन्होंने सुमन और मुझे उसके चैम्बर में देख लिया ..

वो अपने चैम्बर में आते ही बेल बजाया तो चपरासी रामू काका दौड़ा दौड़ा आकर

सामने खड़ा हो गया।

मेनेजर साहब ...., आप सुमन जी को खबर कर दीजिये कि अभी स्टूडियो चलना है।

जी साहेब .... बोल कर रामू काका, सुमन मैडम के पास जाकर, मैनेजर साहेब का फरमान सूना दिया।

उधर मैनेजर साहेब सुमन को इस तरह मुझे सेवा करता देख कर जल भुन गया। शायद वो सोच रहा था कि मजदूर आखिर मजदूर होता है।

एक मजदूर के लिए सुमन को इतना हमदर्दी क्यों ? कम से कम अपनी पोजीशन का तो ख्याल रखना चाहिए।

वो आँखे बंद कर अपनी कुर्सी पर बैठा हुआ इन्ही बातों में खोया था और उसे पता ही नहीं चला कि सुमन कब आ कर सामने खड़ी हो गई है।

सुमन ने आवाज़ लगाई ...विशाल सर , अब चले ?...

हाँ .. हाँ ..चलो ,. अचानक सुमन को सामने देख हडबडाहट में मैनेजर साहेब ने ज़बाब दिया। और अपनी सीट से उठ खड़े हो गए।

बाहर निकल कर कंपनी की कार में दोनों बैठे और विशाल साहेब ड्राईवर को चलने का इशारा किया।

मैं अंदर से उनलोगों को कार में बैठ कर जाते देखता रहा और अपने किस्मत को कोसता रहा कि विशाल बाबू की तरह मैं क्यों नहीं पढ़ा लिखा और उनकी तरह बड़ा ओहदा में क्यों नहीं हूँ।

एक भगवान् हरेक इंसान की किस्मत अलग अलग तरह से कैसे लिख देता है। यही सोचते हुए मैं रमेश बाबू के पास पहुँच गया और अपने कामो में लग गया।

अचानक सेठ जी इधर आ गए और काम का जायजा लेने लगे और हिदायत भरी

नजरो से बोल रहे थे...यह माल का कन्साइनमेंट आज ही जाना चाहिए, अर्जेंट है।

जी साहेब, आज ही चला जायेगा ..मैंने सेठ जी को आश्वासन भरे लहजे में कहा।

बहुत अच्छा रघु ...तुम काम ख़तम करके मेरे पास आना। कुछ ज़रूरी काम है तुमसे।

मेरा तो दिल ही धड़क गया ...कही हमारे और सुमन के बीच के रिश्ते को जान तो नहीं गए है।

फिर भी मन को शांत करते हुए कहा ...जी सर, आता हूँ।

सुमन आज फिर स्टूडियो के काम से इतनी थक गई थी कि काम समाप्त कर सीधे घर चली गई थी।

और मैं शाम को उसकी राह देखता रहा लेकिन वो वापस नहीं आयी।

पता नहीं क्यों, सुमन को देर रात तक स्टूडियो में काम करता देख और वो भी मैनेजर साहेब के साथ.. ..मुझे अच्छा नहीं लगता था।

मेरे दिल में बस यही ख्याल सताते रहता है कि मैनेजर, विशाल बाबु, सुमन को अपने जाल में ना फँसा ले।

वो तो मेरी तरह अनपढ़ और गरीब थोड़े ना है। वो तो स्मार्ट. पढ़ा लिखा और यहाँ उसका बॉस भी है। इस सबसे ज्यादा बड़ी बात कि वह कुंवारा भी था। इसलिए शादी का दबाब भी बना सकता है।

इन सब बातों को सोच कर मुझे इर्ष्या होने लगती थी, लेकिन मैं कुछ कर भी तो नहीं सकता था। और सुमन को अपना शादी का प्रस्ताव भी नहीं दे सकता था। वो तो जानती है कि मैं पहले से ही शादी – शुदा हूँ।

इधर, सुमन रात का खाना खा कर ज़ल्दी ही सोने चली गई, क्योंकि कल जल्दी फैक्ट्री जाना है। गारमेंट का एक बड़ा आर्डर मिलने वाला है। सेठ जी ने कल ही इस बात की जानकारी दे दिया था।

धीरे धीरे सेठ जी कंपनी की ज्यादा जिम्मेवारी वाला काम सुमन को सौंपते जा रहे थे। उसे काम में तो मज़ा आ रहा था।

लेकिन अकेले रहने के कारण सभी कुछ संभालना मुश्किल हो रहा था। इसलिए बार बार उसके मन में एक पुरुष की कमी का एहसास होते रहता था।

मैं आज सुबह फैक्ट्री पहुँचा तो रमेश बाबु ने कहा ...जल्दी से पांच गट्ठर जो आयी है उसे खोलना है ताकि इसकी प्रचार सामग्री .. मॉडलिंग के लिए सुमन मैडम के हवाले किया जा सके।

सुमन का नाम सुनते ही मैं इधर उधर देखने लगा, तो रमेश बाबु ने फिर टोका ...क्या इधर उधर देख रहे हो ? जरा जल्दी जल्दी हाथ चलाओ।

मैं गट्ठर खोल कर रमेश बाबु के हवाले कर दिया।

वाह ,बहुत अच्छा रघु... तुम्हारे काम का जबाब नहीं... रमेश बाबु खुश होते हुए बोल पड़े।

धन्यवाद् रमेश बाबु ...मैंने कहा।

लेकिन सुमन मैडम कही दिख नहीं रही है। क्या रोज़ स्टूडियो में सूटिंग होता है।

अरे नहीं...रमेश बाबु बोल पड़े।

आज तो एक बहुत बड़ा आर्डर मिलने वाला है। उसी सिलसिले में सेठ जी और मैडम जी मीटिंग में गए है।

आज कल सेठ जी सुमन मैडम पर बहुत भरोसा करने लगे है तभी तो हर छोटे बड़े फैसले में मैडम का ही चलता है।

बात हो ही रही थी कि तभी मैंने देखा ...सुमन हाथों में फाइल संभाले सेठ जी के साथ कार से उतर रही है।

वो आज बहुत खुश दिख रही थी। तभी तो आते ही मुझे एक पैकेट पकड़ाते हुए बोली...यह तुम्हारे लिए।

शायद मिठाई था, उस पैकेट में।

लंच का टाइम हो रहा था, इसीलिए उसे लेकर कैंटीन में चला गया।

तभी पीछे से सुमन भी तेज़ कदमो से चलती हुई मेरे पास आयी और बोल पड़ी ...रघु ,आज मैं बहुत खुश हूँ। आज एक बहुत बड़ा आर्डर मिला है ..एक मिलियन डॉलर का।

मैं तो अवाक् सुमन की ओर देखता रहा। मुझे क्या पता ..मिलियन और डॉलर।

मुझे इस तरह से अवाक् उसकी ओर देखने से वह समझ गई कि बात मेरे पल्ले नहीं पड़ी है।

वो हँसते हुए फिर बोली ...मेरा मतलब है सात करोड़ का कॉन्ट्रैक्ट है और उसका इन्चार्ज मुझे बना दिया गया है। सचमुच रघु आज मैं बहुत खुश हूँ।

अज इतने दिनों बाद सुमन को अपने सामने खुल कर हँसता देख दिल को ख़ुशी हो रही थी।

हमलोग साथ में खाना खा रहे थे तभी मेनेजर साहेब उधर से गुज़र रहे थे,, मानो हमलोग पर नज़र रख रहे हो।

मैं खाना खाते हुए सुमन से कहा ...मुझे सेठ जी ने अभी बुलाया है। मुझे तो बहुत डर लग रहा है। पता नहीं क्या फरमान सुनाते है।

इसमें डरने की क्या बात है ...सेठ जी बहुत भले इंसान है। वो तुम्हे कुछ लाभ ही पहुचाएंगे ...सुमन निश्चिंत होते हुए कहा।

खाना समाप्त कर मैं सीधा सेठ जी के चैम्बर में चला गया।

आओ रघु ...सेठ जी मुझे देखते हुए बोले।

मैं सामने ही खड़ा उनके फरमान का इंतज़ार करता रहा।

थोड़ी देर बाद फाइल से ध्यान हटा कर मेरी तरफ मुखातिब हुए और कहा .... रघु,, तुम्हारे काम से कंपनी बहुत खुश है, इसलिए कंपनी ने तुम्हारी पगार को ५०% बढाने का फैसला लिया है।

और हमारा धारावी में जो नया फैक्ट्री चालू हो रहा है उसमे तुम्हारे जैसे अनुभवी आदमी की ज़रुरत है। आप कल से ही वहाँ काम शुरू कर दीजिये.।

घर के नजदीक होने से आप को आने जाने में भी सुविधा रहेगी ...सेठ जी खुश होते हुए मुझे समझा रहे थे।

सेठ जी फरमान जारी कर यह सोच रहे थे कि मैं खुश हो जाऊंगा और उनको धन्यवाद कहूँगा। लेकिन उन्हें क्या पता था कि वो मेरा सुख चैन ही नहीं बल्कि मेरी साँसे भी छीन रहे है।

मैं सुन कर स्तब्ध रह गया, वैसे तो ज़िन्दगी में पैसो की बहुत अहमियत होती है, लेकिन मुझे ज़रा सी भी ख़ुशी महसूस नहीं हो रही थी।

मैं चुप चाप साँसे रोके उनकी बात को सुनता रहा ..लेकिन बोला कुछ नहीं। मेरा मन बहुत दुखी हो गया। सुमन से मिलने की एक वजह जो थी वो भी छीनता दिखाई दे रहा था।

इधर सुमन फाइल लेकर मैनेजर साहेब के चैम्बर में आयी थी। उसे नए कांसिग्मेंट के बारे में कुछ ज़रूरी निर्देश उनसे लेने थे। तभी मैनेजर बाबू सामने बैठी सुमन का हाथ पकड़ कर भावुक होते हुए उसकी ओर देख कर बोल पड़े .. .सुमन, मैं तुमसे बहुत प्यार करता हूँ और शादी करना चाहता हूँ।

अचानक इस तरह की बात सुनकर सुमन भौचक्का रह गई। और उसी समय मैं एक फाइल देने उनके कमरे में प्रवेश किया और उनकी बाते सुन ली। मैनेजर साहेब मुझे देख कर थोडा खीझ कर बोल पड़े.....आप थोड़ी देर बाद में आइये, अभी हमलोग ज़रूरी काम में व्यस्त है...

༄

8
मैं तेरी दीवानी

मुझे आजकल मैनेजर साहेब की नियत कुछ ठीक नहीं लग रही हैं उनकी यह बराबर कोशिश रहती है कि सुमन को ज्यादा से ज्यादा मुझसे दूर रखा जाये और वो खुद हमेशा कोई ना कोई काम में उलझा कर उसे अपने आस पास रखे।

वो तो भला हो सेठ जी का कि सुमन को इतना मानते है और भरोसा करते है कि उसे लगातार आगे बढ़ने का मौका देते रहते है और उसे कंपनी का मार्केटिंग हेड बना दिया।

सुमन हाथ में फाइल लिए मैनेजर साहेब के चैम्बर में पहुँची। शायद उस पर कुछ ज़रूरी वार्तालाप करनी थी।

उसी समय सेठ जी ने मुझे आवाज़ लगा कर बुलाया।

मैं दौड़ते हुए सेठ जी के चैम्बर में घुसा और उनके आदेश का इंतज़ार करने लगा।

सेठ जी मुझे देखते ही एक फाइल दे कर कहा... देखो, जल्दी में मैडम ने तो फाइल लिया ही नहीं तो वार्तालाप क्या करेगी। इसे जल्दी से मैडम को पहुँचा दो ताकि इसी के अनुसार मैडम को उचित निर्देश मिले।

मैं फाइल लेकर जल्दी से मेनेजर साहेब के चैम्बर में घुस गया और तभी मैंने देखा ... विशाल बाबू (मैनेजर साहेब) सामने बैठी सुमन का हाथ पकड़ कर उसकी ओर देखते हुए बोल रहे थे...सुमन, मैं तुमसे शादी करना चाहता हूँ। मैं तो सुन कर स्तब्ध रह गया। अचानक मुझे इस तरह कमरे में देख कर वो भड़क गए और गुस्से में बोले ...तुम देख नहीं रहे हो,...हमलोग ज़रूरी बातें कर रहे है। तुम इस समय बिना इज़ाज़त के कैसे अंदर आ गए ?

तुम तो जाहिल के जाहिल ही रहोगे। जाओ यहाँ से और थोड़ी देर बाद आना।

मैं तो बोल भी नहीं सका ...कि सेठ जी का आदेश मान कर वह फाइल पहुँचाने आया हूँ।

लेकिन यहाँ तो दुसरे ही प्रोजेक्ट पर चर्चा रही थी। उसके हाथ में सुमन का हाथ देख कर मुझे भी जोर का गुस्सा आया और सोचा कि कुर्सी उठा कर उसके सिर पर दे मारूं , लेकिन सुमन की इज्जत का ख्याल कर के मैनेजर साहेब से उलझना ठीक नहीं समझा और चुपचाप उनके चैम्बर से बाहर चला आया। लेकिन गुस्से को मैं कण्ट्रोल नहीं कर पा रहा था, इसीलिए सीधा कैंटीन में जा कर बैठ गया और गिलास में रखे पानी को पीकर अपने को सँभालने की कोशिश करने लगा।

उधर, अचानक मैनेजर साहेब की बाते सुनकर सुमन भौचक रह गई। उसने कभी सोचा भी ना था कि मैनेजर साहेब के दिल में ऐसी बातें चल रही थी। ऊपर से सुमन का गुस्सा इसीलिए और भड़क गया , क्योकि मैनेजर ने मुझको नीचा दिखाने की कोशिश की।

इसी गुस्से में सुमन तुरंत अपना हाथ छुड़ाते हुए बोल पड़ी ,... इस तरह की बातें करना आप को शोभा नहीं देती। आप को शर्म आनी चाहिए। आप को इस बात के लिए भी शर्म आनी चाहिए कि रघु को इस तरह बेइज्जत किया।

मैं जानता हूँ कि तुम्हारे मन में क्या चल रहा है। मैनेजर साहेब नाराज़ होते हुए बोले . ...वो एक मजदूर है और शादी शुदा भी है। और तुम एक पढ़ी लिखी, सुंदर और उच्च पोजीशन पर हो। लोग और समाज क्या कहेंगे ?

मुझे तो समझ में नहीं आ रहा है कि मुझ मे क्या कमी है और उस एक मजदूर रघु में ऐसा क्या है कि उसके लिए मुझे ठुकरा रही हो। वो तो दो वक़्त की रोटी भी ठीक से नहीं खिला सकता है।

दूसरी तरफ, मुझे देखो... मेरे पास में क्या नहीं है ...धन दौलत और रुतबा सभी कुछ है जो एक सम्मान पूर्ण ज़िन्दगी जीने के लिए चाहिए।

मैं तुम्हे वो सारी सुख सुविधा और समाज में प्रतिष्ठा से सिर उठा कर जीने के अवसर प्रदान कर सकता हूँ। आगे हम दोनो मिल कर अपना कोई नया व्यवसाय भी शुरू कर सकते है और एक शानदार जीवन जी सकते है। मैं तुम्हे टॉप की मॉडल बनाऊंगा। अब फैसला तुम्हे करना है कि तुम्हे कैसी ज़िन्दगी चाहिए।

मैंने तो पहले ही कह दिया कि आगे से इस तरह की बातें हमसे ना करें। और सुमन उठ कर चली गई।

मैनेजर साहेब मन ही मन सुमन के इस व्यवहार से जल भुन गया.....और मन में ठान लिया कि इस दोनों के बीच सम्बन्ध विच्छेद करा कर ही रहूँगा और अंत में मैं ही सुमन से शादी करूँगा। देखता हूँ वो कैसे नहीं राज़ी होती है।

मैं कैंटीन में बैठा सोचने लगा ..कल से तो मुझे नए ऑफिस में जाना है और मेरा यहाँ आना भी बंद हो जायेगा। मेरे पीछे में सुमन को मेरे विरूद्ध खूब भड़कायेगा और सुमन को शादी के लिए मजबूर कर देगा।

मुझे समझ में नहीं आ रहा था कि अब क्या करूँ। नौकरी छोड़ने से भी समस्या का समाधान नहीं मिलने वाला है।

तभी देखा सुमन भी अपना टिफिन लिए हुए कैंटीन की ओर आ रही है। वो थोड़ा उदास दिख रही थी, लेकिन आते ही टिफिन खोल कर फीकी हंसी हँसते हुए बोली...देखो आज तुम्हारे मन पसंद का सत्तू वाली रोटी ले कर आयी हूँ।

मैं अपने गुस्से पर काबू किया और मुस्कराते हुए उसकी टिफिन से रोटी लेकर खाने लगा। तभी सुमन बोली...अरे हाँ, तुम सेठ जी के पास गए थे ?

मैंने सेठ जी का फरमान सुना दिया तो वो चौक कर बोली ...लगता है यह मैनेजर का किया कराया साजिश है। तुमने क्या कहा सेठ जी को ?

मैं जबाब देने के बजाये सुमन से ही प्रश्न कर बैठा ...तुमने मैनेजर साहेब को क्या ज़बाब दिया ?

सुमन को यह सवाल अच्छा नहीं लगा फिर भी वो मेरी ओर गौर से देखने लगी और कहा ...तुम्ही बताओ, मैंने क्या ज़बाब दिया होगा ?

तुम्हारे अंदर की बात मुझे क्या पता ...मैंने कहा।

शायद तुम्हे उनकी बात ठीक लगी हो। और तुम इसे स्वीकार कर लो।

अचानक गुस्से में उसका एक जोर का तमाचा मेरे गाल पर लगा और वो वहाँ से बिना खाए उठ कर चली गई।

मुझे महसूस हुआ कि उसका दिल इस तरह नहीं दुखाना चाहिए था।

तभी चपरासी रामू काका आये और बोले..आप को मैनेजर साहेब ने बुलाया है।

उसका नाम सुनते ही मैं गुस्से से भर गया ...तभी मेरी मनःस्थिति को देखते हुए रामू काका को लगा कि मैं मैनेजर साहेब से मारपीट ना कर लूँ। इसलिए समझाने के ख्याल से बोला ....तुम्हे सोच विचार कर कोई कदम उठाना चाहिए। वो मैनेजर साहेब मालिक का दूर का रिशेदार है।

सारी बातें रामू काका को पता थी शायद , इतने दिनों से हमलोगों साथ जो काम कर रहे थे।

मुझे भी लगा कि रामू काका ठीक ही कह रहे है और मैं अपने को सहज कर मैनेजर के चैम्बर में चला गया।

उन्होंने मुझे घृणा भरी नज़रों से देखा और मेरे लाये हुए फाइल को मेरे सामने फेंकते हुए कहा ...इसे सेठ जी के पास पहुँचा दो।

मैं फाइल लेकर चुप चाप उनके चैम्बर से निकल गया और सेठ जी के हवाले कर दिया। और फिर अपने दुसरे कामों में लग गया।

शाम हो चली थी और काम समाप्त कर घर जाने का वक़्त हो चला था, लेकिन सुमन कही दिख नहीं रही थी।

मैं रामू काका से पूछ बैठा ..सुमन मैडम कहाँ है ?

रामू काका बोले ..वो तो सेठ जी के साथ कही बाहर गयी है।

सुन कर मेरा मन दुखी हो गया ..कल से तो भेट भी नहीं हो पायेगी, क्योंकि दुसरे ऑफिस जो जाना होगा।

मैं यूँ ही सुमन का इंतज़ार करता रहा और सोच रहा था कि अगर अभी सुमन मिल जाती तो अपने किये की माफ़ी मांग कर दिल का बोझ हल्का कर लेता।

वैसे भी मेरी छोटी छोटी गलतियों को सुमन ने कितनी ही बार माफ़ किया है, उसका दिल जो बहुत बड़ा है।

लेकिन तभी दरवान मेन – गेट बंद करने आ गया तो मुझे अब घर जाना ही उचित लगा।

लोग ठीक ही कहते है कि वही होता है जो खुदा चाहता है। हमारे चाहने से क्या होगा।

घर पहुँचते ही हरिया पूंछ बैठा ....क्या बात है रघु भैया, मुँह क्यों उदास है।

मैं मैडम वाली घटना बता दी तो वो बोला..इतना टेंशन मत लीजिये, प्यार में यह सब तो होते ही रहता है।

आप देखना ..मैडम ज़रूर आप से मिलने आएगी.... वह बोला और खाना लाने चला गया।

हमलोग सब साथ खाना खाने बैठ तो गए लेकिन मुझ से खाया नहीं गया और पानी पीकर चुप चाप सोने चला गया। मैं बस यही सोचता रहा ..,मैं जाहिल, अनपढ़ गवार, सुमन को हमेशा दुःख ही देता रहा। फिर भी वो बेचारी मेरे से ही चिपकी रहती है। उसके दिल में मेरे लिए बहुत स्नेह है। इन्ही बांतो में उलझा कब नींद आयी पता ही नहीं चला।

सुबह लगा जैसे कोई कोमल हाथ मुझे जगा रही हो। कमरे में हल्का अँधेरा था, मैं समझा कोई सपना देख रहा हूँ और फिर सोने की कोशिश करने लगा।

इस बार सचमुच कोई मुझे पकड़ कर जगा रहा था। मैं आँख खोला तो चौंक गया ..सुमन मुझे जोड़ से पकड़ रखी थी और उसके आँसू के गरम गरम बूंदों को मैं. अपने चेहरे पर महसूस कर रहा था। मेरी नींद पूरी तरह गायब हो चुकी थी और मैं हडबडा कर उठ बैठा। उसकी सिसकियों से मेरे भी आँख गिले हो गये और हमलोग एक दसरे को थामे कुछ देर यूँ ही आँसू बहाते रहे ताकि मन में बैठे शक का मैल आँसुओं से धुल जाये।

अब दिल पर पड़ा बोझ हट चूका था और मन हल्का लग रहा था।

मैंने बाहर देखा तो सूरज अपनी लालिमा लिए उग रहा था ...जैसे अब हमारे जीवन में भी उजाला होने वाला हो ..

"अनजान राहों में मिले थे हम, अजनबी कहानी थी,
दरमियाँ अपने खामोश निगाहें थी, मंजिल अनजानी थी
मैं जान लूँ कुछ तुमको .. ये तो बस बहाना था
मैं तेरी दीवानी थी .... तू मेरा दीवाना था।"

9

तेरी मेरी कहानी

अब सूरज पूरी तरह निकल चुका था और खोली के अंदर उजाला हो गया था, तभी मेरी नज़र सुमन के चेहरे पर पड़ी..

आँखे सूजी हुई, बाल बिखरे हुए, पागलों जैसी हालत बना रखी थी। शायद रात भर सो नही सकी थी।

सुमन की ऐसी हालत देख कर मुझे आंतरिक पीड़ा हो रही थी ..मैं उसे बाहों से पकड़ कर चारपाई पर अपने पास बैठाया और नाराज़गी से बोला..ये तुमने अपनी क्या हाल बना रखी है।

तुम पर पहले से ही इतना काम का बोझ है और फिर भी तुम हम सब का कितना ख्याल रखती हो। लेकिन तुम खुद पर ध्यान क्यों नहीं देती हो।

अगर तुम्हें किसी बात की कमी है तो मुझे बताओ। उसे पूरा करने के लिए मुझे जान भी देना पड़े तो मैं पीछे नही हटूंगा।

सुमन उसके मुंह पर हाथ रखते हुए बोली ..तुम ऐसी बातें मत करो। तुम्हे कुछ हो गया, तो मैं भी जीवन समाप्त कर लुंगी।

यह सच है कि मुझ से कल बहुत बड़ी भूल हुई थी जो मैंने तुम्हे थप्पड़ मार दी....इसी के पछतावा में रात भर सो ना सकी और खाना खाने की भी इच्छा नहीं हुई।

मैं तुम्हे फिर से पहले वाला रघु देखना चाहती हूँ ...एक दम मस्त मौला, और खुश। तुम मर्द हो और तुम्हे मर्द की तरह देखना चाहती हूँ।

तुमने आज मुझे माफ कर दिया, अब मेरा मन का बोझ हल्का हो गया .....सुमन प्यार भरी नजरो से देख रही थी।

तभी मैं खोली में रखे टिन के बक्से से एक साड़ी और कुछ अन्य वस्त्र देते हुए कहा ..तुम जा कर नहा – धो लो। तुम्हारी ऐसी सूरत हमें अच्छी नहीं लगती है।

सुमन साड़ी को हाथ में लेकर आश्चर्य से पूछी ..क्या यह मेरे लिए है ?

तो यहाँ कोई और औरत रहती है क्या ?..मैंने उसे देखते हुए जबाब दिया।

वो साडी को लिए हुए मुझसे लिपट गई और कहा..तुम मेरा कितना ख्याल रखते हो।

तभी हरिया चाय लेकर अंदर आया और बोला..लगता है अब शिकवा शिकायत खत्म हो गया है। आज रविवार है, आज तो रघु भैया के तरफ से पार्टी होना चाहिए।

आज मैडम अपने हाथों से खाना बनाएगी। मैं बाज़ार से जाकर चिकन लाता हूँ। हमलोग आज फूल एन्जॉय करेंगे।

तभी वहाँ विकास आ गया और चाय का गिलास हाथ में लेते हुए बोला ..बहुत दिन हो गए सुमन मैडम के हाथ का खाना खाए हुए।

सुमन झट से बोली ...हाँ – हाँ, .. आज हमलोग ज़रूर पार्टी करेंगे, आज मेरी भी छुट्टी है।

सब लोग जल्दी जल्दी नहा धो कर खाना बनाने की तैयारी में लग गए।

हरिया अपना काम कर दिया ...चिकन ले कर आ गया।

तभी सुमन विकास को प्याज़ लहसुन छिलने का काम सौंप दिया और

रघु को चिकन को पानी से धोना, और मसाला तैयार करने का कार्य मिला।

सुमन खुद बर्तन धो कर खाना बनाने में लग गई और हरिया सुमन का सहायक बन खाना बनाने में मदद करने लगा।

सचमुच पार्टी जैसा माहौल था और सब लोग फुल एन्जॉय कर रहे थे।

अच्छी खुशबु आ रही है ..मैंने कहा, तो हरिया पलट कर ज़बाब दिया ...बना कौन रहा है, ...सुमन मैडम, खुशबु तो आनी ही है।

हमलोग ज़मीन पर चटाई बिछा कर एक साथ बैठ गए और सुमन सबके थाली में बारी बारी से भोजन परोसने लगी

तभी, विकास बोल पड़ा ..आप भी अपनी थाली ले कर आइये, मैडम। हमलोग सब साथ साथ खाना को एन्जॉय करेंगे

मैंने कहा....सुमन के हाथ में तो जादू है, इसका हाथ लगते ही भोजन स्वादिस्ट हो जाता है। सचमुच मज़ा आ गया।

सुमन मुझे देख कर बोली ... तब तुम मेरी फरमाईस पूरी करो।

जी बिलकुल ..आप अपनी इच्छा बताएं ..मैंने हँसते हुए बोला।

आज तुमको मूवी दिखाना होगा। पहले हमलोग कैसे छुप छुप के जाते थे, याद है ना...सुमन खुश होकर याद दिला रही थी।

मैंने तुरंत उस समय को याद कर बोला ..मुझे सब याद है सुमन। लेकिन तुम वो सुमन अब नहीं हो, अब तुम मेरी बॉस बन गई हो।

सुमन तुरंत हस्तक्षेप की ...ऑफिस की बात घर में नहीं।

अच्छा तो ऐसी बात है, मुझे तो पता ही नहीं था कि आप लोग छुप – छुप कर मूवी देखते थे ....हरिया बीच में बोल पड़ा।

उस समय तो तुम मुंबई आये भी नहीं थे ..मैंने सफाई दी।

सुमन मूवी जाने के लिए तैयार होकर मेरे पास आयी और कहा..आज तुम्हारा दिया हुआ ही साड़ी पहन कर चलूँगी तुम्हारे साथ।

अगर मैनेजर साहेब ऐसी साधारण साड़ी में तुम्हे देख लिए तो मुझे कल ही नौकरी से निकाल देंगे ..मैंने मजाक से कहा।

सुमन मेरी ओर देखते हुए बोली ...फिर मुझे गुस्सा ना दिलाओ और जल्दी से चलो। मुझे शुरू से मूवी देखनी है।

हम और सुमन एक टैक्सी लेकर निकल पड़े सिनेमा हॉल की ओर।

लेकिन रास्ता जाम होने के कारण वहाँ पहुँचने में देरी हो गई और पिक्चर शुरू हो चुकी थी।

टिकट लेकर जल्दी से हॉल में प्रवेश किया। वहाँ अंदर में भीड़ हो गई थी और सभी लोग सीट ढूंढने में परेशान थे। मैं भी टिकट – चेकर से सीट के बारे में पूछने लगा। तभी सुमन का हाथ छुट गया और गलती से किसी दुसरे औरत का हाथ पकड़ा गया।

अँधेरा होने के कारण कुछ भी नहीं दिख रहा था। मैं उसी औरत को सुमन समझ कर हाथ पकडे सीट तक ले गया और हम दोनों साथ बैठ गए। मैं चुप चाप पिक्चर देखता रहा और सोचता रहा कि सुमन इतना शांत क्यों बैठी है।

मैं उसका हाथ पकड़ कर दबाना चाहा, तभी हॉल में रौशनी हो गई, शायद इंटरवल

हो गई थी। मैं बगल में जैसे ही देखा तो होश उड़ गए। सुमन की जगह मैं किसी दूसरी औरत को ले आया था अँधेरे में।

वो औरत भी मुझे देख कर शरमा गई और वो भी अपने मरद को ढूंढने लगी।

मैंने उनको कहा ...मुझे माफ़ कीजिये। गलती हो गई।

वो औरत ज़बाब देने के बजाए अपने आदमी को ढूंढने आगे चली गई।

मैं माथा पकड़ कर वहीं बैठ गया और सोचने लगा कि सुमन को अब कहाँ ढूँढू।

मैं हडबडाहट में उसे इधर उधर देखता रहा पर वह कही दिखाई नहीं दी।

मैंने सोचा... वो नाराज़ होकर कहीं वापस तो नहीं चली गई ? अब मैं अकेला कैसे मूवी देख सकता था।..

मुझे तो बहुत पछतावा हो रहा था, कितने दिनों के बाद दूसरी बार हमलोग मूवी देखने आये थे। वो भी सुमन की इच्छा आज पूरी नहीं कर सका।

मैं उदास कदमो से हॉल से बाहर जाने लगा।

जैसे ही हाल से निकल कर चाय स्टाल पर आया तो देखा सुमन वहाँ अकेली बैठी है।

मैं जल्दी से उसके पास जाकर बोला..मुझे माफ़ कर दो सुमन।

माफ़ क्यों कर दूँ ? तुम तो उस औरत के साथ मूवी के मज़े लिए ना।

मैंने तो आवाज़ भी दी थी लेकिन तुम नहीं सुने। वो औरत मुझसे ज्यादा सुंदर थी, शायद।

मैंने तो माफ़ी मांग लिया ना ..मैंने बोला।

तुम कहो तो कान पकड़ कर उठक- बैठक करूँ।लेकिन लोग देखेंगे तो तुम्हे ही दोष देंगे।

तुम सारे मर्द एक जैसे ही होते हो। चिकनी – चुपड़ी बातो में औरत को तुरन्त पटा लेते हो....सुमन मेरी ओर देखते हुए बोले जा रही थी।

अच्छ ठीक है बाबा, अब तो माफ़ कर दो।
   ठीक है, एक शर्त पर माफ़ करूँगी कि तुम मुझे चौपाटी लेकर चलोगे जहाँ हमलोग पहली बार सबसे छुप कर गए थे।

मैं फिर से उन दिनों के मस्ती को महसूस करना चाहती हूँ।

सुन कर मैं तुरंत तैयार हो गया। इसी बहाने सुमन के साथ कुछ पल बिताने का मौका मिलेगा। वो जब साथ होती है तो मुझे ऐसा लगता है कि सारे जहाँ की खुशियाँ मिल गई है। पता नहीं, ये कैसा बंधन है उसके साथ।

मैं उसका हाथ थामे निकल पड़ा और कहा ..अब तुम्हारा हाथ कभी नहीं छोड़ूगा।

मैं छुड़ाने भी नहीं दूंगी ..वो प्यार भरी नजरो से देख रही थी और टैक्सी अपनी रफ़्तार से सड़क पर दौड़ रही थी।

थोड़ी ही देर में हमलोग उस जगह पहुँच गए जहाँ से अपनी प्यार की शुरुआत हुई थी।

आज सुमन खुश थी, उसके चेहरे से ऐसा लग रहा था कि उसे उसके सपनो का राजकुमार मिल गया हो और अपना सारा प्यार उस पर खर्च कर देना चाहती हो।

वो सी -बिच पर खुश होकर दौड़ रही थी और मेरा हाथ खीच कर मुझे भी दौड़ाते हुए

पानी में लिए जा रही थी। हमलोग पूरी तरह भींग चुके थे। लेकिन इसकी परवाह किये बिना, वो बच्चो जैसी हरकतें कर रही थी। अचानक बालू पर बैठ हाथ और पैर के सहारे बच्चो की तरह वो घरोंदा बनाने लगी।

तभी मैंने पूछ डाला.....ये क्या कर रही हो ?.

अपने सपनो का घर बना रही हूँ। जिसमे हम तुम रहेंगे और मेरे बच्चो खेलेंगे इसके आँगन में ....वो खुश खुश हो कर बोल रही थी।

सपना देखना आसान है सुमन। सपने तो सपने होते है, अगर किसी की नज़र लग गई तो ?

दुःख के बाद सुख आता है, यह प्रकृति का नियम है रघु।

देखना, हमलोगों की खुशिओं को किसी की नज़र नहीं लगेगी।

मुझे भगवान् पर पूरा भरोसा है।

उसी समय चाट वाला आ गया और सुमन चाट खाने की जिद करने लगी। मैं भी उसकी ख़ुशी में शरीक हो गया।

फिर गुब्बारा देख कर उसकी जिद करने लगी, और गुब्बारा को आकाश में जाते हुए देख कर खुश हो रही थी।

मैं भी आज उसकी सभी इच्छाओं को पूरी करना चाहता था।

उसने वहाँ कभी चूड़ी तो कभी कुछ और श्रृंगार की चीजो की फरमाईस करती रही। और मैं पूरी करता रहा।

वो आज अपनी ज़िन्दगी अपने शर्तों पर जीना चाहती थी ..बिंदास और बेख़ौफ़।

इसी का तो मुझ पर भरोसा था उसे। वो जानती थी मेरे साथ जीने का एक अलग

रंग है।

बातों बातों में सुमन से पूछ ही लिया ...हमलोग तो अच्छे दोस्त है, वो तो ठीक है। लेकिन, मुझ जैसा गरीब आदमी के लिए अपना जीवन दांव पर क्यों लगा रही हो। तुम तो मेरे बारे में सब कुछ जानती हो।

प्यार का मतलब समझते तो ऐसा नहीं बोलते ....वो भावुक होकर बोली...

मेरी बातों से अचानक वो भावुक हो गई और उसके आँखों से आँसू छलक आए।

मैं उसे सीने से लगा कर कहा ...मैं फिर तुम्हारा दिल दुखा दिया, सुमन। मुझे माफ़ कर दो।

नहीं ,आज मुझे मेरे दिल की बात कहने दो।

तुम जो बार बार सोचते हो कि मैं तुम पर एहसान करती हूँ। ऐसी बात नहीं है।

तुम मुझे उस समय मिले थे जब मैं बेसहारा मुंबई में अकेली जिस्म के भेडियो से बचने की कोशिश कर रही थीं। तुम उस समय मुझे उन समाज के दुश्मनों से ही नहीं बचाया, बल्कि मुझे हर कदम आगे बढ़ने में मदद करते रहे हो।

और उसी का परिणाम है कि मैं एक अच्छी स्थिति में हूँ। मेरा शरीर पर अगर किसी का अधिकार है तो सिर्फ तुम हो।

तुम गरीब हो, शादी – शुदा हो या चाहे जो भी हो ...मैं तो दिल के हाथो मजबूर हूँ। मैं तुमसे अलग नहीं रह सकती रघु।

तभी उसके मोबाइल की घंटी बज उठी ...फ़ोन पर बात कर कुछ परेशान सा हो गया था।

तभी सुमन पूछ बैठी ...किसका फ़ोन था ?

रामवती का ...मैंने कहा।

10

तेरी मेहरबानियाँ

आज सुमन बहुत खुश थी, आज ना जाने कितने दिनों बाद हम साथ – साथ मुंबई के सडको पर, बिना किसी भय और संकोच के दो प्रेमी की तरह स्वच्छन्द विचरण कर रहे थे।

कभी – कभी प्रेम की अभिव्यक्ति करना या प्रदर्शन करना कठिन हो जाता है। मैं समझता हूँ प्रेम तो एहसास है ,इसे शब्दों में बाँधा नहीं जाना चाहिए। प्रेम तो समर्पण का दूसरा नाम है, जिसका सुमन ने एहसास करा दिया था।

दुनिया की भीड़ में इंसान चाहे सब कुछ भूल जाये, कितना ही मौज मस्ती में खो जाये, पर अकेले में वो उसे ही याद करता है, जिसे वह दिल के बेहद करीब पाता है। मैं दुनिया की नजरो से छुप कर ही सही, अकेले में ऐसा ही महसूस करता हूँ।

चौपाटी पर आकर सुमन बहुत खुश थी,। हमलोग पूरी तरह भींगे हुए थे और वो दौड़ते हुए मेरे पास आई और मुझे हाथों से पकड़ कर बालू पर लगभग गिरा ही दी और वो फोटोग्राफर जल्दी ज़ल्दी हमारी फोटो उतार रहा था।

मुझे एह्साह को गया था कि यह सुमन का ही आईडिया था। वह इन लम्हे को कैद कर लेना चाहती थी, जैसे ज़िन्दगी का क्या भरोसा... दुबारा ऐसा मौका मिले या ना मिले।

लेकिन मैं खुल कर प्रेम प्रदर्शित नहीं कर पा रहा था। क्योंकि मैं थोड़ा तनाव में था ..रामवती के फ़ोन आने के बाद।

मेरा उदास चेहरा देख कर सुमन अपने हाथो में मेरे मुखड़े को लेकर शिकायत भरे लहजे में बोली...तुम तो सुबह बोल रहे थे कि मेरी इच्छाओं को पूरा करने के लिए जान भी दे सकते हो। तो फिर अभी उदास क्यों हो। मैं तो ऐसी कोई फरमाईस भी नहीं की हूँ।

तुम नहीं समझोगी सुमन..मैंने कहा। हमारे समाज का ऐसा नियम है कि एक शादीशुदा मर्द को अपनी इच्छा से जीने का हक़ नहीं है। मैं अपने को बहुत सारे सामाजिक नियमो से बंधा पाता हूँ।

रघु तुम मेरे अच्छे दोस्त ही नहीं मेरे लिए पूरा संसार हो और मेरा घरौंदा इतना कमज़ोर नहीं जो समाज की छोटी छोटी ठोकरों से टूट जाए। मेरी तो ज़िन्दगी ही संघर्षपूर्ण है, इसीलिए छोटी – मोटी मुश्किलों से घबराती नहीं हूँ।

और तुम भी कान खोल कर सुन लो, मैं जब तक जिंदा हूँ.. तुम्हे किसी तरह से भी परेशान होने की ज़रुरत नहीं है। रामवती को मैं अपनी बहन मानती हूँ ,मेरे कारण किसी तरह की परेशानी नहीं आएगी, मैं वचन देती हूँ। मैं बस तुम्हे खुश देखना चाहती हूँ।

सुमन की बातें सुन कर मैं भावुक हो गया और सुमन को भींच कर अपने सीने से लगा लिया और बस इतना ही कहा ...धन्यवाद सुमन। तुमने मेरे मन का बोझ को हल्का कर दिया। मैं रामवती को भी दुखी नहीं देखना चाहता हूँ।

बातों बातों में पता ही नहीं चला कि रात काफी हो चुकी थी और यहाँ से सभी लोग जा चुके थे, सिर्फ हमलोग बच गए थे।

मैंने कहा ..बहुत जोर की भूख लगी है।

भूख मुझे भी ..., चलो आज किसी बड़े होटल में चलते है ...सुमन ने कहा।

मैं तुरंत बोल पड़ा ...वहाँ बहुत पैसे खर्च हो जायेंगे।

आज तुम मेरे साथ जो हो, तुम्हारा दिया गया वक़्त मेरे लिए ज्यादा कीमती है।

होटल पहुँचा तो वहाँ शौपिंग मॉल भी था और सुमन जैसे पूरा दूकान ही खरीद लेना चाहती थी।

सब के लिए कुछ ना कुछ खरीद रही थी ..रघु ,हरिया,और रामवती और राजू के लिए भी।

उसकी ऐसी भावना देख कर मैं भगवान् को धन्यवाद दिया कि तूने इतने अच्छे इंसान भी बनाये है।

रात काफी हो गई थी, मैं डिनर समाप्त कर सुमन को उसके फ्लैट में छोड़ कर वापस अपने खोली पर आ गया।

सुमन आज देर तक सोती रही और नींद खुली तो घडी आठ बजा रहे थे। सुमन को आज बहुत दिनों के बाद सुकून की नींद आयी थी ,जिससे समय का पता ही नहीं चला।

वह जल्दी जल्दी तैयार हो कर घर से निकल रही थी कि उसकी मोबाइल की घंटी बज उठी।

अरे, यह तो सेठ जी का फ़ोन है ....जी मैं सुमन बोल रही हूँ।

सुमन तुम अभी सीधा धारावी वाले ऑफिस में आ सकती हो ?

जी, सेठ जी ,अभी आती हूँ ...सुमन ने ज़ल्दी से कहा और टैक्सी लेकर निकल पड़ी।

सेठ जी को अचानक इस ऑफिस में आते देख मुझे आश्चर्य हुआ और मैं भाग कर उनके पास पहुँचा और उनको प्रणाम कर चैम्बर तक ले आया।

उनको स्थान ग्रहण करते ही मैं पानी का गिलास रखा और पूछा ...चाय लेंगे या कॉफ़ी।

सेठ जी पानी पीते हुए बोले...अभी सुमन भी आ रही है .उसके बाद चाय ले आना।

मुझे जब पता चला कि सुमन यही आ रही है ...अचानक मेरे चेहरे पर ख़ुशी की लहर दौड़ गई।

मैं बेसब्री से इंतज़ार कर ही रहा था ..कि टैक्सी गेट पर रुकी।

मैं दौड़ कर गेट की तरफ भागा और टैक्सी का गेट खोलते हुए कहा....गुड मोर्निंग सुमन।

वाह ,तुम तो अंग्रेजी बोलने लग गए हो.. सुमन मुझे देखते हुए बोली। मैं उसके हाथो से फाइल लेने लगा तो वो मना कर दी।

तुम मेरी बॉस हो यहाँ, और फाइल ढोना मेरी ड्यूटी है ...मैंने उसे सफाई दी।

वो हँसते हुए बोली ...मैं घर पर भी बॉस हूँ तुम्हारा। सुमन अपने फाइल को अपने हाथो में लिए मेरे साथ चलते हुए चैम्बर तक आई। मैं वही रुक गया,और सुमन अंदर चली गई।

शायद सेठ जी इसी ऑफिस के बारे में कुछ फैसला लेना चाहते थे। इसीलिए सुमन को सलाह मशविरा करने के लिए बुलाए थे।

सेठ जी सुमन की ओर देखते हुए बोले ...सुमन, मैं इस फैक्ट्री की जिम्मेवारी तुम्हे सौपना चाहता हूँ। यह धिराबी का जो इलाका है यहाँ करीब दस लाख की "लो इनकम ग्रुप" की आबादी है और उनलोगों को टारगेट कर के उनकी ज़रुरत के अनुसार गारमेंट बनाए जाये तो कैसा रहेगा।

सुमन बोली..यह तो बहुत अच्छा आईडिया है। यहाँ के लोगों की ज़रुरत के हिसाब से गारमेंट बनाये जाएँ और सही ढंग से प्रचार और मार्केटिंग की जाये तो हम ज़रूर कामयाब होंगे।

ठीक है, कल से तुम इसी प्रोजेक्ट पर काम शुरू कर दो, और हाँ, पैसो की फिक्र मत करना। यह तुम्हारा ड्रीम प्रोजेक्ट होगा, जिसे अपने बल पर सफल बनाना होगा ....सेठ जी खुश होते हुए बोले।

आप ने मेरे ऊपर बहुत बड़ी जिम्मेवारी सौंप दी है....सुमन ने कहा।

मुझे तुम पर पूरा भरोसा है सुमन ...सेठ जी ने कहा।

तब तक मैं चाय लेकर चैम्बर में पहुँचा और टेबल पर रखा ही था कि सेठ जी बोल पड़े ..रघु , अब यह ऑफिस मैडम के अधीन रहेगा और आप लोग एक टीम की तरह काम कीजिये। मुझे इस ऑफिस से बहुत आशा है।

जी सर ...मैं पूरी कोशिश करूँगा ...मैंने कहा।

सुमन चाय सेठ जी की ओर बढ़ाते हुए बोली....मेरी एक निवेदन है आप से।

सेठ जी चाय पीते हुए बोले ...हाँ, हाँ ,बताओ ,क्या कहना चाहती हो।

मुझे अपने ढंग से स्टाफ का चयन और मॉडलिंग का काम लोकल लोगों के द्वारा ही कराने की आज़ादी मिलनी चाहिए।

बिलकुल सही ...मैं सहमत हूँ।

सेठ जी के साथ मैडम भी वापस चली गयी और मैं मन ही मन सोचता रहा ...सुमन को एक नयी तरह की जिम्मेवारी मिली है, हम पूरी तरह उसे सहयोग करेंगे और सफल बनायेंगे।

और अब इस बात से निश्चिंत भी हो गया कि अब सुमन का कम से कम मैनेजर साहेब से तो पीछा छुट ही जायेगा।

मैं इत्मिनान की सांस ली और अपने काम पर लग गया।

लंच का समय हो गया था और आज बहुत दिनों के बाद मैं अकेले ही टिफ़िन खा रहा था।

मैं खाना खाते हुए सोच रहा था कि मैनेजर साहेब को अब तक यहाँ के मीटिंग के बारे में पता तो चल ही चूका होगा और यह कि सुमन अब इस ऑफिस में ही बैठेगी।

अब तो उनके दिमाग में कोई नया षड्यंत्र चल रहा होगा।

ऐसा सोच ही रहा था कि मैनेजर साहेब का फ़ोन आ गया।

मैंने फ़ोन उठा कर बोला ..मैं रघु बोल रहा हूँ।

और उन्होंने निर्देश दिया कि कल सुबह मुझे उनके पास आना है, लेकिन काम के बारे में कोई जानकारी नहीं दी। मेरा मन आशंकित हो गया और तरह तरह के विचार उठने लगा।

मैं सुबह ठीक टाइम अपने पुराने ऑफिस में पहुँचा तो सामने ही पुराने सहकर्मी रामू काका मिल गए।

मुझे देख कर खुश हो गए और चाय पिलाने के लिए कैंटीन ले गए।

चाय पीते हुए मैंने पूछा ...यहाँ सब ठीक चल रहा है ना ?

अरे बेटा , क्या ठीक चलेगा ...रामू काका बोल रहे थे .....मैनेजर साहेब का स्वभाव बहुत बदल गया है। हरदम सब को तंग करते रहते है ,यहाँ तक की मैडम को भी बहुत सताते है। यह बात सेठ जी को भी पता चल चूका है , शायद मैडम को दूसरी ऑफिस में भेजने का विचार चल रहा है।

आपने बिलकुल सही कहा है ....मैडम ,धारावी वाली ऑफिस में मैनेजर बनने जा रही है।

सेठ जी फैसला भी ले लिए है ...मैंने खुश होकर बोला।

चलो अच्छा हुआ, उस बेचारी को इससे पीछा छुट जायेगा ...रामू काका ने कहा।

तभी घंटी बजी और हम दोनों मैनेजर साहेब के चैम्बर की ओर भागे।

मैनेजर साहेब मुझे देखते हुए बोले ...आओ रघु, तुम कैसे हो ?

ठीक हूँ ...मैंने ज़बाब दिया।

देखो यह कुछ फाइल और पैकेट है , इसे तुम अपने ऑफिस लेते जाना ...उन्होंने निर्देश दिया।

मैं पैकेट उठा ही रहा था कि उन्होंने अपने सामने बैठने का इशारा किया।

लेकिन मैं खड़ा ही रहा और कहा ...मैं बस ठीक हूँ।

देखो रघु ,अब तुम अपनी घर वाली को यही बुला लो। अकेले कब तक खाना बना कर खाते रहोगे।

और हाँ, मैडम का पीछा छोड़ दो। अपनी औकात देखो और मैडम का पोजीशन। तुम मुंगेरी लाल के हसीन सपने देखना छोड़ दो।

उनकी ऐसी बातें सुन कर बड़ी जोर का गुस्सा आया और लगा कि दो चार घूंसा मार

दूँ, बहुत दिन से हाथ साफ़ नहीं किया है।

लेकिन फिर यह सोच कर शांत हो गया ...हो सकता है यह उनका षड्यंत्र का ही हिस्सा हो, हमें सुमन से अलग करने का।

मैंने उनकी बात का ज़बाब नहीं दिया और पैकेट लेकर चैम्बर से बाहर आ गया ....

"भूल जाओ अगर हमको , यह तेरा अधिकार है
हम कैसे भूल जाए, मुझे तो तुमसे ही प्यार है.."

11

तेरा साथ है तो

सुमन खाना खा कर बिस्तर पर लेट गई लेकिन उसे नींद नहीं आ रही थी।

वह सोच रही थी ...आज का दिन बहुत अच्छा था, पहली बात तो यह कि मुझको स्वतंत्र रूप से एक फैक्ट्री का मैनेजर बना दिया गया था, जिसमे मैं खुद के सभी फैसले ले सकती हूँ और अपने क़ाबलियत को दिखाने का मौका मिल सकता है।

और दूसरी, इससे भी अच्छी बात यह कि अब रघु मेरी आँखों के सामने ही रहेगा जिसके लिए मेरा दिल पागल रहता है।

मेरी इच्छा है कि उसे एक अच्छा मॉडल बना कर दुनिया के सामने पेश कर करूँ। यह सत्य है कि मनुष्य अपने कर्मो से ही बड़ा बनता है। मैं रघु को एक सफल और काबिल इंसान बना कर उस मैनेजर को ज़बाब देना चाहती हूँ ,जिसने एक दिन रघु को अपने चैम्बर में बुला कर मेरे सामने ही उसकी बेइज्जती की थी।

इन्ही सब बातों को सोचते और करवट बदलते जाने कब नींद आ गई।

इधर मेरा भी यही हाल था, मुझे भी नींद नहीं आ रही थी, क्योंकि ख़ुशी तो थी कि

अब सुमन हमारे पास ही रहेगी, लेकिन उससे ज्यादा चिंता इस बात की सता रही थी कि ... रामवती आज ही मोबाइल पर धमकी दे रही थी ..कि वह भी मुंबई आ जाएगी राजू को लेकर।

अगर ऐसा हुआ तो मैं मुसीबत में पड़ जाऊंगा। वो सुमन की बेइज्जत करेगी, झगडा करेगी जिसे मैं बर्दास्त नहीं कर पाउँगा। फिर क्या होगा, भगवान् ही जाने।

मैं बस करवट बदलता रहा और पंछियों की आवाज़ ने आभास दिलाया कि सुबह हो चली है।

मैं बिस्तर से उठ बैठा लेकिन सिर भारी लग रहा था। तभी हरिया भी मुँह में दातुन दबाये आ गया और बोला ..रघु भैया ...राम राम। आप से एक बात करनी थी।

बात तुम बाद में करना, पहले एक कप चाय पिलाओ। मेरा सिर दर्द के मारे फटा जा रहा है।

मुझे पता है .. आप फिर रात भर चिंता-फिकिर किये होंगे और नींद पूरी नहीं हो पाई होगी .....हरिया बोला और दौड़ कर चाय लाने चला गया।

मैं सुबह के नित्य-कर्म से निबट कर बैठा ही था कि विकास और हरिया दोनों चाय लेकर आ गए और हम तीनो चाय पिने लगे।

तभी विकास बोल पड़ा ...रघु भैया, हम सुने है कि मैडम धारावी वाला फैक्ट्री में मेनेजर बन कर आ गई है।

हमने कहा ..हाँ तो ?

हमलोग को भी उसी फैक्ट्री में रखवा दीजिये ना। हम तो गारमेंट का काम भी जानते है।

तुम ही बात कर लो ...मैडम तुम को तो हमसे ज्यादा मानती है ..मैंने ने हँसते हुए कहा।

यह भी कोई कहने की बात है ...विकास बोला।

तब तक हरिया बोल पड़ा ....तो हमको क्यों छोड़ रहे हो।. मैं भी तुम सब के साथ काम करूँगा और मैडम बॉस रहेगी तो क्या कहना। कभी कभी पार्टी भी चलते रहेगा।

अच्छा जल्दी करो ..नहीं तो इयूटी जाने में देर हो जाएगी।

हम सब जल्दी जल्दी खाना खाया और तैयार होकर अपने अपने काम पर निकल पड़े।

मैं ऑफिस पहुँचा और देख कर चौंक गया ....मैडम पहले से ही आकर ऑफिस में बैठी काम कर रही है।

मैं जल्दी से सुमन के चैम्बर में गया और कहा ...गुड मोर्निंग, मैडम।

सुमन हँसते हुए बोली...."सुमन" ही कहो ..अच्छा लगता है और हाँ चाय मिल जाती तो...

हाँ – हाँ , अभी लाया ,..मैं उसकी बात पूरी होने से पहले ही बोल पड़ा।

मैं ने देखा कि काम के समय सुमन कितनी शांत और गंभीर हो जाती है। लगता ही नहीं कि वही सुमन है जो कल चौपाटी में बच्चो की तरह दौड़ रही थी, गोलगप्पे खा रही थी, फोटो खिचवा रही थी। मैं सुमन के सामने खड़ा इन्ही बातों में खोया था कि सुमन की आवाज़ ने चौंका दिया।

रघु, मैं धारावी में एक सर्वे करना चाहती हूँ कि यहाँ किस तरह के लोग रहते है और

कैसा पहनावा पसंद करते है, ताकि उसी के अनुसार अपने गारमेंट का डिजाईन तैयार कर सकूँ। उसके लिए आठ –दस लोगों की ज़रुरत पड़ेगी।

मैं विश्वास के साथ बोला...हो जायगा सुमन ..मैं और हमारे साथी लोग मिल कर यह काम कर सकते है।

लेकिन हरिया और विकास तो दूसरी जगह काम करते है ..सुमन शंका करते हुए बोली।

नहीं ..वो लोग वहाँ की नौकरी छोड़ कर यहाँ आना चाहते है....मैंने उसकी शंका दूर कर दी।

वाह, यह तो अच्छी बात है।लेकिन इसके अलावा इस गारमेंट क्षेत्र से जुड़े बीस लोगों की ज़रुरत पड़ेगी ..सुमन ने कहा।

चलो, यह भी हो जाएगा। ....मैंने कहा।
    ठीक है, कल ही उनलोगों को इंटरव्यू के लिए तैयार करो .. ..सुमन ने कहा।

मैं जल्द ही फैक्ट्री को चालू करना चाहती हूँ।

तुम काम के समय इतनी गंभीर क्यूँ हो जाती हो ..मैंने सुमन से पूछ लिया।

जब तुम्हे बड़ी जिम्मेवारी मिलेगी तब समझ जाओगे। अच्छा चलो...लंच का टाइम हो गया ..सुमन ने कहा।

मैं कैंटीन में बैठ कर सुमन के टिफिन का इंतज़ार कर रहा था कि वो मेरे पास आते हुए बोली.. आज मैं टिफिन नहीं लायी हूँ। रात को देर से सोई और सुबह खाना बनाने का मन ही नही किया।

सुमन तुम बेकार की चिंता करते रहती हो...मैंने कहा।

देखो मैं तुम्हारे लिए टिफिन में क्या लाया हूँ ..मैंने खुश होते हुए कहा।

अरे वाह, .."लिट्टी – चोखा".. ..सुमन खुश होते हुए बोली और लेकर खाने लगी।

वाह, क्या स्वादिस्ट बना है। ..कौन बनाया है लिट्टी ?...सुमन हँसते हुए पूछी।

मैंने बनाया है... हँसते हुए गर्व से कहा।

चलो अच्छा है ..आगे इस काम के लिए मैं इस्तेमाल करुँगी तुम्हे...वो तिरछी नजरो से देखते हुए बोली।

तभी रमेश बाबु एक बड़ा सा कार्टून का पैकेट लेकर आये और बोले...सेठ जी ने भेजा है।

आइये रमेश बाबू.. ,आप भी लिट्टी खाइए ..मैंने कहा।

वो भी साथ बैठ कर लिट्टी खाने लगे। और बातों बातों में मैडम से निवेदन किया ...मुझे भी यहाँ ट्रान्सफर करा दीजिये तो मेरे लिए अच्छा होगा।

क्यों, वहाँ तो इससे बड़ी फैक्ट्री है और सभी आप के दोस्त तो वही है....मैंने जिज्ञासा से पूछा।

वो तो है, लेकिन वहाँ का माहौल ख़राब हो गया है, मैनेजर साहेब के कारण।

अच्छा मैं सेठ जी से बात करुँगी ..सुमन बोल पड़ी।

रमेश बाबु के जाने के बाद कार्टून खोल कर देखा तो कुछ गारमेंट्स और ड्रेस मटेरियल थे।

सुमन उसमे से कुछ ड्रेस छांट कर मुझे दिया और उसे पहन कर आने को कहा।
    मैं कुछ समझा नहीं, लेकिन चुप चाप पहन कर सुमन के सामने हाज़िर हो गया।
    मुझे देखते ही ख़ुशी से उछल पड़ी और बोली ...मेरा काम हो गया।

मैं उत्सुकतावश पूछ बैठा ...क्या मतलब।

अभी तुम नहीं समझोगे ..सुमन बोल रही थी ...

जेंट्स और लेडीज गारमेंट्स की पब्लिसिटी के लिए मॉडल की ज़रुरत पड़ती है। मैं लेडीज के लिए और तुम जेंट्स के लिए सेलेक्ट हो जाओगे।

तुम्हे कल स्टूडियो मेरे साथ चलना होगा। वहाँ स्क्रीन टेस्ट के बाद ही सिलेक्शन फाइनल होगा।

और हाँ, हमारे फैक्ट्री के लिए मशीन और इंटीरियर का आर्डर सेठ जी दे चुके है।

इसी सिलसिले में अहमदाबाद से एक एक्सपर्ट मुआइना करने आने वाला है। उनके आने से पहले ही हमलोग को स्टाफ का सिलेक्शन और सर्वे का काम जल्दी ही पूरा करना होगा।

ठीक है सुमन...कल ही सिलेक्शन के लिए सब लोगों को लेकर आता हूँ।

तभी फ़ोन की घंटी बज उठी ...मैं देखा तो रामवती का फ़ोन था .।

हेल्लो रामवती ...,अभी मैं काम में व्यस्त हूँ, बाद में तुमको फ़ोन करता हूँ। इतना बोल कर फ़ोन काट दिया।

रामवती का मुझ पर शक और गहरा होने लगा था कि मैं पराई औरत के साथ रहता हूँ। और वह इधर काफी परेशान रहने लगी थी, उसे लग रहा था मैं कोई गलत धंधे में हूँ और हमारी ज़िन्दगी खतरे में है।

रामवती शाम को जब गाँव के कुआँ पर पानी भरने गई तो वहाँ उसकी सहेली कालिंदी मिल गई।

रामवती ने अपनी आशंकाओं को कालिंदी के सामने ज़ाहिर कर दी। और बातों बातों में कालिंदी ने तो उसे यह कह कर डरा दिया, कि मुंबई मैं औरत तो जादूगरनी होती है, वह आराम से किसी मरद को अपने जाल में फांस लेती है। हमको तो रघु के बारे में भी शक लगता है।

तुम वहाँ चली क्यों नहीं जाती और खुद सामने रहोगी तो मरद अपने वश में रहेगा...कालिंदी ने कहा।

रामवती ने पूछा..लेकिन कालिंदी, मुंबई पहुंचेगे कैसे ? मेरे पास तो वहाँ का पता भी नहीं है।

कालिंदी ने उपाय सुझाए . ...तुम्हारे पास जो मनी आर्डर आया था उसमे उस औरत का तो पता होगा ही ,और रघु का फ़ोन नंबर भी लिख कर रख लेना।

रामवती को उसकी बात सही लगी और मन ही मन विचार करने लगी। पति की रक्षा करना पत्नी का धर्म होता है

आज धारावी की ऑफिस में सुमन का पहला दिन और काम करते हुए ध्यान ही नहीं रहा कि रात हो चुकी है।

घड़ी देखा तो आठ बज चुके थे। वो ज़ल्दी से उठी और मुझ से बोली कि अब चलना चाहिए।

मैंने कहा... रात हो गई है. चलो तुम्हे घर छोड़ देता हूँ।

सुमन बोली ...एक शर्त पर साथ ले चलूँगी तुम्हे।

क्या शर्त है तुम्हारी ...मैंने उसकी ओर मुस्कुराते हुए देखा।

ऐसा कोई कठिन नहीं है , सिर्फ मेरे साथ डिनर करना होगा।

लेकिन मेरी भी एक शर्त है ..मैंने शरारत से बोला।

तुम आजकल ज्यादा ही शरारत करने लगे हो।

चलो टैक्सी में ज़ल्दी बैठो। मुझे भूख लग रही है।

पुरे एक घंटे टैक्सी में रहे लेकिन फिर भी रास्ता कैसे कटा पता ही नहीं चला।

घर पहुँच कर सुमन ने मुझे पहनने के लिए नए कपडे दिए।

मैं आश्चर्य से उसकी ओर देखा औए बोल पड़ा ...अरे वाह, मेरे लिए ?

तुम क्या समझते हो ...सिर्फ तुम ही मेरा ख्याल रखोगे।

मैंने सुमन को सीने से लगा कर ..धन्यवाद दिया और हम दोनों मिल कर खाना बनाने में जुट गए।

खाना जल्द ही तैयार हो गया और हमलोग खाने के टेबल पर बैठ कर भविष्य की प्लानिंग कर रहे थे।

मैंने ने कहा ...मुझे अब ज्यादा मेहनत करना होगा और कल से ही सर्वे का काम शुरू कर देना होगा।

घर पर ऑफिस की बातें नहीं ...सुमन टोकते हुए बोली, यहाँ सिर्फ प्यार की बातें करो।

खाना खाने के बाद मुझे आलस लगने लगा था, इसीलिए मैं बोल पड़ा ... तो ,मैं यहीं सो जाऊँ ?

नहीं, हुजुर। यह सोसाइटी का फ्लैट है.. ,लोग क्या कहेंगे। और तुम्हारा दोस्त लोग भी तुम्हारा इंतज़ार कर रहा होगा।

"सिलसिला ये चाहत का दोनों तरफ से था,
वो मेरी जान चाहती थी और मैं जान से ज्यादा उसे...."

• 81 •

12

तुम बिन ज़िन्दगी

आज सुबह उठा तो मन एक दम ताज़ा लग रहा था। कल का दिन ख़ुशी से जो बिता और रात में नींद भी मस्त आयी। मैं हाथ जोड़ कर भगवान् को प्रणाम किया और बिस्तर को ठीक कर रहा था तभी विकास हाथ में चाय ले कर आया और मुझे देते हुए पूंछा .–.रघु भैया, मेरे काम के लिए बात किये थे मैडम से ?

अरे हाँ, यह बात बताना तो भूल ही गया कि आज तुमलोग को वहाँ इंटरव्यू के लिए चलना है।

हरिया भी पीछे से आया और बोला .....हमरा भी नौकरी हो गया ?

नहीं, अभी तो इंटरव्यू होगा ... मैंने कहा।

और आठ दस दोस्तों को भी तैयार कर के लेते आना है , मैं वही मिलूँगा।

मुझे बहुत काम करने है वहाँ .... इसीलिए मैं पहले चला जाऊंगा ...मैंने समझाते हुए विकास से कहा।

ठीक है रघु भैया , हमलोग दो घंटे में सब को लेकर हाज़िर हो जायेंगे ...विकास बोला और जल्दी से तैयार होने चला गया।

मैं ऑफिस पहुँच कर, चैम्बर की सफाई की और सभी सामान सलीके से सजा कर रख दिया।

तभी देखा, ऑफिस की कार गेट पर रुकी। सुमन और सेठ जी दोनों गाड़ी से उतर रहे थे।

मैं दौड़ कर कार के पास गया और सेठ जी का बैग लेकर उनलोगों को चैम्बर तक ले आया।

थोड़ी ही देर के बाद बेल बजी और मैं तुरंत चैम्बर में गया। पानी का गिलास रख कर उनके आदेश का इंतजार करने लगा।

मुझे देख कर सुमन बोली ...तुम्हारे लोग इंटरव्यू के लिए कब तक आ पाएंगे ? अगर जल्दी आ जाते तो सेठ जी के रहते मेरा काम आसान हो जाता।

एक घंटा में वो लोग यहाँ आने वाले है ....मैंने कहा।

ठीक है ..।,

सेठ जी के लिए चाय लाइए और इंटरव्यू में आने वाले लोगो के लिए भी नाश्ता और चाय का प्रबंध करा दीजिये .....सुमन ने मुझे निर्देश दिया।

अभी लाता हूँ .. .मैंने कहा और चाय लेने चला गया।

सेठ जी फाइल में उलझे हुए थे, जब मैं चाय उनके सामने रखा।

चाय पीते हुए सेठ जी ने कहा ...सुमन, तुम्हारे लिए ऑफिस की तरफ से एक नयी गाड़ी की खरीद की गयी है। अब तुम इसी कार का उपयोग करना ....और कार तुम्हारे पास ही रहेगी।

सुमन खुश होते हुए बोली... धन्यवाद सेठ जी। सुन कर मुझे भी ख़ुशी महसूस हो रही थी।

तभी मैंने देखा एक चमचमाती कार गेट पर आ कर रुकी।

सेठ जी और सुमन कार का निरिक्षण करने हेतु कार के पास आये , मैं भी उनके साथ था।

तभी कार से रमेश बाबू उतरे , उनके हाथ में फुल – माला और नारियल – मिठाई थे।

उन्होंने सुमन की तरफ माला और नारियल बढ़ाते हुए बोले....नारिरल फोड़ कर कार की पूजा कीजिये।

सुमन ख़ुशी ख़ुशी नारियल को फोड़ कर और माला पहना कर कार की पूजा की और मिठाई का वितरण किया।

हम सब बहुत खुश थे और एक दुसरे को मिठाई खिला रहे थे।

वापस सेठ जी और सुमन चैम्बर में आ कर बैठे ही थे कि उसी समय विकास सब लोगों को लेकर पहुँच गया। मैं इशारे से उनलोगों को हॉल में बैठने को कहा, और सेठ जी को इसकी सुचना दी।

सेठ जी बोले... -बेल बजते ही उन सबो को बारी बारी से भेजो।

फिर वो दोनों एक फाइल और कुछ पेपर लेकर तैयार हो गए।

करीब दो घंटे तक यह कार्यक्रम चला और काम समाप्त होते ही दोनों बहुत खुश नज़र आ रहे थे।

उन्होंने फिर बेल बजाई तो मैं अंदर जाकर उनके आदेश का इंतज़ार करने लगा।

रघु, तुमने आज बहुत अच्छी तरह अपना कार्य किया। आप इसी तरह आगे भी काम करते रहो। सुमन और तुम पर ही सारी जिम्मेवारी है इस फैक्ट्री की।

और हाँ, ...कल अहमदाबाद से एक एक्सपर्ट मशीन लगाने हेतु यहाँ आ रहे है। उनका विशेष ख्याल रखना, वो हमारे गेस्ट है ....., सेठ जी चलते हुए कहा।

जी सर ... मैंने कहा और सेठ जी का बैग लेकर उनको कार तक छोड़ने गया।

जैसे ही सेठ जी को छोड़ कर आया तो देखा सुमन वहाँ उपस्थित सब लोगों को लंच का पैकेट बाँट रही है। विकास और हरिया सुमन का साथ दे रहे थे।

मैं भी उनके काम में सहयोग करने लगा और फिर सुमन से बोला .. लंच का समय हो गया है, तुम भी लंच कर लो।

चलो, मुझे भी भूख लग रही है....सुमन बोली और हमलोग कैंटीन में आ गए।

रघु,... सेलेक्शन का काम तो ठीक से हो गया। जैसा मैं चाहती थी वैसे लोग मिल भी गए ...आज मैं बहुत खुश हूँ।

और इतना कह कर मेरे मुँह में मिठाई का टुकड़ा खिला दी।

मैं ने कहा ... जब सब लोग का सेलेक्शन हो ही गया है तो सर्वे का काम आज से ही क्यों नहीं शुरू कर दिया जाये ? ये लोग तो लोकल ही है, आराम से काम हो जायेगा।

ठीक है, ... लंच के बाद मैं भी तुम लोग के साथ चलूँगी। कल से सभी काम सुचारू रूप से चलना चाहिए।

सबों के लिए एक एक रजिस्टर, पेन-पेंसिल और एक बैग आज ही मंगवा लो.... सुमन ने कहा।

वो तो ठीक है, लेकिन हमलोग स्टूडियो वाला काम कब करेंगे ....मैंने जिज्ञासा से पूछ लिया।

तुम्हे तो हीरो बनने की बड़ी ज़ल्दी है ...सुमन हंसते हुए बोली।

मैं तो हीरो हूँ ही,... तुम्हारा .. .,मैंने ने भी मजाक से कह दिया।

इसमें कोई शक नहीं, तुम ही मेरे रियल हीरो हो ... सुमन बोलते हुए उठी और हाँथ

धोने चली गयी।

अभी शाम के चार बज रहे थे और सुमन हम सब को सर्वे से सम्बंधित कुछ पेपर दी जिसमे कुछ प्रश्न थे, उसी के अनुसार डाटा एकत्र करना था।

सर्वे का काम समाप्त कर वापस ऑफिस आया तो रात के आठ बज चुके थे।

सभी नए स्टाफ को विदा कर सुमन को भी नयी गाड़ी तक छोड़ने आया और बोला ...अब तो तुम्हारी अपनी गाड़ी है, आज मुझे छोड़ने की आवश्यकता नहीं पड़ेगी।

सिर्फ आज भर चलो, मैं आज बहुत थक गई हूँ ,मिल कर खाना बना लेंगे। और तुम खाना खा कर वापस आ जाना .... सुमन निवेदन भरे लहजे में बोली।

तुम्हारी यही अदा पर तो फ़िदा हो जाता हूँ ....मैंने हँसते हुए कहा।

सुमन मुझे देख कर मुस्काई और धक्का देते हुए मुझे कार में बैठा लिया।

घर पहुँच कर मैं सुमन से बोला... तुम्हारे घर में आने पर मुझे बड़ा सकूँ महसूस होता है।

सुमन टोकते हुए कहा ... मेरा घर नहीं , हमारा घर है।

लेकिन तुम तो यहाँ रहने देती नहीं हो ....मैंने उसे छेड़ते हुए कहा।

आज कल तुम ज्यादा ही शरारती हो गए हो।

अच्छा, ...तुम बैठो, मैं दस मिनट में खाना लेकर आती हूँ। सब्जी तो फ्रीज में थी , बस रोटी सेंक कर लाती हूँ।

गजब की फुर्ती है सुमन में। इतना थक कर आने बाद भी चेहरे पर जरा सी भी सिकन नहीं थी।

मैं डिनर समाप्त कर सुमन से इज़ाज़त लेकर वापस आ गया।

थकान होने के कारण, खाना खा कर बिस्तर पर जाते ही सुमन को नींद आ गई।

सुबह देर तक सोती रही , तभी उसकी फ़ोन की घंटी बज उठी।

सुमन जल्दी से बिस्तर छोड़ कर उठ बैठी और घडी की ओर नज़र गई ...आठ बज रहे थे।

और खिड़की के बाहर देखा तो खूब मुसलाधार वारिस हो रही थी। सुमन फ़ोन के पास जाती, तब तक फ़ोन कट चूका था।

जब उसने फ़ोन देखा तो वो सेठ जी का था। वो ज़ल्दी से सेठ जी को वापस नंबर मिला दी.... हेल्लो , मैं सुमन बोल रही हूँ।

हाँ सुमन, ध्यान से मेरी बात सुनो ...सेठ जी बोल रहे थे।

कल जो मैंने तुम्हे बताया था कि राजेंद्र सिंह,... वही एक्सपर्ट जो अहमदाबाद से आने वाला था और मुझे उसे आज रिसीव करना था।

जी हाँ, आपने कल ही बताया था ... सुमन बोल पड़ी।

लेकिन अभी अभी पता चला है कि भारी आंधी तूफान और वरिश की वजह से मुंबई सेंट्रल स्टेशन पर काफी पानी जमा हो गया है और अब ट्रेन कुर्ला स्टेशन तक ही आएगी।

यहाँ हमारे घर के आस पास भी काफी पानी जमा हो गया है ,इसीलिए मैं जाने में असमर्थ हूँ। मुझे चिंता हो रही है कि वो पहली बार मुंबई आ रहा है और उनका फ़ोन भी स्विच ऑफ आ रहा है।

मैं चाहता हूँ कि तुम ही चली जाओ और उनको रिसीव कर लो।

और अपने गेस्ट हाउस तक ले आओ। मैं उनका नंबर दे देता हूँ., विस्तृत जानकारी

के लिए तुम उनसे बात कर लेना ..सेठ जी निर्देश दे रहे थे।

ठीक है, मैं यह काम कर लुंगी... सुमन ने कहा।

सुमन जल्दी – जल्दी तैयार हो गई और आगे का प्लान बनाने लगी। ट्रेन की वर्तमान स्थिति पता किया तो बता रहा था कि दो घंटे में ट्रेन कुर्ला स्टेशन पहुँच जाएगी।

सुमन नास्ता कर रही थी तभी ड्राईवर भी आ गया।

सुमन गाड़ी में बैठ कर सीधे ऑफिस आई और चैम्बर में मेरा इंतज़ार करने लगी।

मुझे आने में थोड़ी देर हो गई थी। मैं ऑफिस जैसे ही पहुँचा , मुझे अंदर बुला कर सुमन ने कहा ...

......रघु , अभी हमको गेस्ट को लाने के लिए स्टेशन जाना पड़ेगा। आज मैं सर्वे में तुम लोगों के साथ नहीं जा पाउंगी। यहाँ रात से बारिस भी काफी हो रही है.... इसीलिए तुम सभी स्टाफ को लेकर आज सर्वे का काम पूरा करने की कोशिश करो।

लेकिन अगर जल जमाव की स्थिति हो तो रिस्क मत लेना। मैंने उसकी बात से सहमती जताई और सुमन को कार तक छोड़ने आया।

सुमन स्टेशन के लिए रवाना तो हो गई। लेकिन जगह जगह जल जमाव के कारण , सुमन बहुत मुश्किल से स्टेशन पहुँच पाई।

और स्टेशन पहुँच कर राहत की सांस ली।.... अभी ट्रेन नहीं पहुँच पायी थी। भारी बारिस के कारण ट्रेन को आने में अभी एक घंटा और लगने की सम्भावना थी।

बारिस हो रही थी इसलिए सुमन अपनी गाड़ी में ही बैठ कर इंतजार करना उचित समझा। ड्राईवर चाय लाकर सुमन को दिया।

सुमन चाय पी रही थी और आस पास के इलाके को बैठी बैठी मुआइना कर रही थी।

तभी सुमन ने देखा .... कुछ दूर आगे ,एक औरत अपने बच्चे को लिए बैठी रो रही है और तीन चार लोग उसे घेरे खड़े है।

वो जिज्ञासा वश ड्राईवर से बोली... जाकर ,पता कीजिए ,क्या बात हो गई ? वह औरत वहाँ बैठी क्यों रो रही है ?

ड्राईवर ने जो बताया, वो सुन कर सुमन का दिल पसीज गया। आखिर वो भी तो एक औरत है .ऐसा सोच कर वो गाड़ी से निकल कर उस औरत के पास गई ....

13

वो कौन थी

आज एक बहुत अच्छी बात हुई। कल के ब्लॉग पर मुझे बहुत सारे कमेंट्स मिलें। उसमे एक कमेंट्स तो ऐसा था कि मैं बस पढ़ कर मुस्कुरा दिया। एक मेरा प्यारा दोस्त ने पूछा कि....

"ड्राईवर ने ऐसा क्या कहा सुमन से कि सुमन का दिल पसीज गया।"

उसके माध्यम से सभी दोस्तों को मैं बताना चाहता हूँ कि सुमन के ड्राईवर ने वापस आकर बताया था कि ... उस औरत का सारा सामान चोरी हो गया है और वो बिहार से अकेले सिर्फ तीन साल के बच्चे के साथ मुंबई आयी है।

यहाँ उसका कोई ठिकाना नहीं है और जो चार लोग उसके आस पास खड़े है वो सब के सब गुंडे बदमाश और दलाल किस्म के लोग है। उस औरत को बहला फुसला कर ले जायेंगे और उससे धंधा कराएँगे और उसके बच्चे से भीख मंगवाएंगे। यह सब तो साधारण सी बात है मुंबई के लिए।

सुमन को अपने पुराने दिनों की याद आ गई।, वह सोच रही थी... उसे भी ऐसे लोगों का सामना करना पड़ा था। वो तो भला हो उस रघु का जिसने सही समय पर आकर मुझे उन लोगों से बचाया था और जिसके कारण मैं अपने को संभाल पाई।

आज इस पोजीशन में हूँ, यह तो बस रघु की ही देन है वर्ना मैं भी आज वैसे धंधे में धकेल दी जाती। अब मैं इस औरत की मदद ज़रूर करूँगी और इसे उन समाज के भेड़ियों से ज़रूर बचाऊँगी। एक औरत ही औरत का दर्द महसूस कर सकती है।

ऐसा सोच कर वह गाड़ी से निकल कर उसके पास गई। वो औरत कुछ बोल नहीं रही थी ..सिर्फ रोये जा रही थी। सुमन के बहुत पूछने पर वो रोते हुए बोली ... मेरा सारा सामान ट्रेन में चोरी हो गई। और इस शहर में मेरा कोई जान पहचान भी नहीं है। मेरा मरद का पता .. और फ़ोन नंबर सामान के साथ ही चला गया। सुबह से ना हम कुछ खाए और ना मेरा बच्चा को कुछ खिला सकी। मैंने देखा , वो दोनों बारिस की वजह से भींग चुके थे।

मुझे उनकी स्थिति देख कर बहुत दया आ रही थी। उसके चेहरा और बात-चीत से बिहार की ही लग रही थी। मैं तुरंत उसे कार के पास ले आयी और ड्राईवर से खाना मंगा कर उन दोनों को दे दिया। वो दोनों खाना खा ही रहे थे तभी सेठ जी का फ़ोन आ गया और उन्होंने बताया कि .. राजेंद्र जी आज नहीं आ रहे है।

दरअसल, मुंबई में आंधी तूफ़ान की भविष्यवाणी सुन कर उन्होंने अचानक टिकट कैंसिल करवा लिया था। जिसकी सुचना रात में देने का प्रयास किया था, लेकिन मैं उस समय सो रहा था, अतः पता नहीं चला..... अभी बहुत मुश्किल से उनसे बात हो सकी तो उनको मालूम हुआ।

इसलिए तुम वापस आ जाओ और अभी ऑफिस भी जाने की ज़रूरत नहीं है। अभी अभी पता चला है कि धराबी एरिया जलमग्न हो चूका है ....सुमन, सेठ जी की बात सुन रही थी और पास खड़े उस औरत और उसके नन्हे बच्चे को देख रही थी जो अपनी पेट की भूख शांत कर रहे थे..।

उसे खाना खिलाने के बाद सुमन उसे अपनी कार में बैठाया और ड्राईवर से घर चलने को कहा। थोड़ी दूर चलने के बाद एक बड़ी सी मॉल के पास गाड़ी रुकवा कर उन लोगों को अंदर ले गई और नए कपडे पहना कर भींगे कपडे वही छोड़ दिए।, इसके अलावा और कुछ कपडे और खिलोने बच्चे के लिए भी ले लिए।

सुमन ने देखा उस बच्चे को बुखार है।

वे लोग मॉल से निकले और सुमन ने ड्राईवर को सीधे घर चलने को कहा।

सुमन के ऐसे व्यवहार से वो आश्चर्यचकित थी। उसे समझ में नहीं आ रहा था कि सुमन को कैसे धन्यवाद दे। अगर सुमन ना मिलती तो उसका और उस बच्चे का क्या होता।

वो औरत सुमन का हाथ पकड़ कर भावुक स्वर में कहा.....भगवान् तुम्हे हर मुसीबत से बचाए। तुम्हारी सभी मनोकामना पूरी हो और ना जाने क्या क्या आशीर्वाद दे रही थी कि सुमन बीच में ही टोकते हुए कहा ....देखो दीदी , मैं भी एक औरत हूँ और तुम्हारी परेशानी को देख कर किसी का भी दिल मदद को कैसे नहीं करेगा।

नहीं बहन, तुम्हारी आँखों में गजब की चमक है ,तुम तो साक्षात् देवी लगती हो।

मैं यह क़र्ज़ शायद ही इस जनम में उतार पाऊं। उस औरत के आँसू बहने लगे। सुमन उसके हाथो को अपने हाथ में लेकर कहा ...अब तुम मेरी बड़ी बहन हो और मेरे रहते तुम्हे किसी बात के लिए परेशान होने की ज़रूरत नहीं। मैं तुम्हारे मरद को कहीं से भी ढूंढ निकालूंगी। तुम मुझ पर भरोसा रखो।

बात करते हुए रास्ते का पता ही नहीं चला। बच्चा सो रहा था लेकिन बुखार अभी भी था। सुमन घर आकर बच्चे को बिस्तर पर सुलाया और दूध गरम कर पिने को दी साथ में बुखार की दवा भी खाने को दी।

और बोली ..दीदी आप चिंता मत करो, एक घंटे में बुखार उतर जायेगा। तुम यही बैठो, मैं खाना बनाने की तैयारी करती हूँ।

तुमने जब हमें बहन कहा है तो खाना बनाने की चिंता छोड़ो और अपने ऑफिस का काम करो, मैं आधे घंटे में खाना तैयार कर दूंगी। ज़िन्दगी भर मैंने तो सिर्फ यही काम किया है।

ठीक है दीदी मैं थोडा ऑफिस का काम करती हूँ और इस बच्चे को भी देखती हूँ.।

सुमन बहुत खुश थी कि इसके आने से अकेलापन दूर हो गया है।

तुम्हारा क्या नाम है ...वो औरत सब्जी काटते हुए पूछी ली।

सुमन ...सुमन अपना नाम बताई।

नाम सुन कर वो औरत कुछ चौक गई , फिर सोचा कि मुंबई में सुमन नाम से कितने ही औरत होगी।

कोई ज़रूरी थोड़े ही है कि वही सुमन हो। इसका स्वभाव तो कितना अच्छा है। फिर वो अपने काम में लग गई।

तभी मैंने सुमन को फ़ोन लगा दिया.........हाँ,, बताओ कि आज कितना काम हुआ ...सुमन ने पूछा।

अभी अभी सब लोग को विदा करके हम भी खोली में लौट आये है। आज सर्वे का काम दोपहर के बाद ही शुरू कर पाया था। सुबह से भारी बारिस हो रही थी। यहाँ

धारावी पूरी तरह जलमग्न हो गया है...मैंने पूरी जानकारी दी।

फैक्ट्री के पास कितना पानी जमा है ..सुमन चिंता करते हुए पूछ रही थी।

फैक्ट्री के गेट में तो पानी घुस गया है। लेकिन चिंता की कोई बात नहीं है ..मैंने सुमन को आश्वस्त किया।

वहाँ का फर्नीचर वगैरह का क्या हाल है ...सुमन वहाँ के हालत जानना चाह रही थी।

मैंने सोफे वगैरह सभी सुरक्षित स्थान पर रख दिया है ,और कंप्यूटर और सभी फइलें फाइल सुरक्षित अलमारी में रख दिए है लेकिन अभी आप के लिए फैक्ट्री जाने लायक हालात नहीं है .....मैंने मना करते हुए कहा।

अब सुमन की चिंता दूर हो चुकी थी और वो बहुत खुश नज़र आ रही थी। वो फाइल खोल कर ऑफिस में लगने वाले मशीन और डिजाईन का अध्ययन करने लगी।

तभी सुमन को उस औरत की आवाज़ सुनाई पड़ी ....,, सुमन, खाना तैयार है, चलो खाना खा लो।

हाँ दीदी ..., मैं आ रही हूँ।

सुमन खुश होकर बोली ...धन्यवाद दीदी। तुम्हारे आने से मुझे एक बहन मिल गई और घर का बना बनाया खाना भी।

बच्चे का बुखार उतर चूका था और वो भी उठ कर खाने की ओर देखने लगा।

खाना बहुत स्वादिस्ट बना है.....सुमन खाते हुए बोल रही थी।

खाना खाते खाते सुमन ने पूछा ..दीदी तुम्हारा नाम अब तक बताया ही नहीं...।

"रामवती" नाम है मेरा ...उस औरत ने कहा।

सुनते ही , सुमन को झटका सा लगा ....कही रघु की रामवती तो नहीं ?. सुमन को शक होने लगा।

वो बिना बताये थोड़े ही मुंबई आ जाएगी....सुमन अपने मन को समझाया।

अच्छा बताओ....तुम्हारे मरद का नाम क्या है ...सुमन अपनी आशंका को मिटाना चाहती थी।

हमारे इलाके में औरते अपने मरद का नाम नहीं लेती है .....रामवती ने ज़बाब दिया।

अच्छा चलो लिख कर ही बता दो, ..तभी तो खोज पाएंगे उसे ...सुमन की उत्सुकता और बढ़ गई।

अरे सुमन, हम कहाँ पढना लिखना जानते है ....मैं तो अपना भी नाम नहीं लिख सकती ...रामवती ने अफ़सोस करते हुए कहा।

माँ बाप बचपन में ही शादी कर दिए और गौना चार साल बाद हुआ। माँ बोली की ससुराल जाकर तो खाना बनाना और घर संभालना होगा इसलिए खाना बनाना अच्छी तरह सिख लो। सास ससुर का खूब सेवा करना।

गाँव का स्कूल शुरुआत ही की थी और क-क-हा-रा तक ही सिख पाई। तभी माँ ने पढाई छुड़ा दी।...रामवती अपने बारे में बता रही थी।

अच्छा बताओ, तुम्हारे घर में कौन कौन है दीदी ...सुमन उसके बारे में और कुछ जानना चाहती थी।

गौना के बाद जब ससुराल आई तो घर में सास ससुर और मेरा मरद थे। थोड़ी सी खेत भी थी और उसी से गुज़ारा होता था।

लेकिन दो साल पहले ससुर जी की बहुत तबियत ख़राब हो गई तो पटना के बड़े हॉस्पिटल में इलाज़ चला और उसमे खेत गिरवी रखना पड़ा...लेकिन फिर भी

हमलोग ससुर जी को बचा नहीं पाए और उसी शोक में बाद में सास का भी देहांत हो गया।

हमलोग के ऊपर मुसीबतों का पहाड़ टूट पड़ा। खेत भी हाथ से चला गया। तब गाँव के सरपंच का कोई परिचित मुंबई में नौकरी करता था ,उसी का पता लेकर मेरा मरद काम धंधे की खोज में मुंबई आ गए।

रामवती का कहानी सुन कर सुमन को बहुत दुःख हो रहा था।

और हाँ , बेटा का क्या नाम रखा है .....सुमन खाना समाप्त करते हुए पूछ लिया .....

तभी किसी ने कॉल बेल बजाई ..। दरवाज़ा खोल कर देखा तो ड्राईवर खड़ा था। गाड़ी की चाभी देते हुए बोला .. पूरा इलाका जलमग्न है ....

14

दोराहे पर खड़ी ज़िन्दगी

सुमन की बात सुनकर रामवती को विश्वास हो चला था कि उसका पति उसे बहुत ज़ल्द मिल जायेगा। उसे तो सुमन के व्यवहार से ऐसा लग रहा था जैसे उसे बहुत पहले से जानती हो।

सुमन के लिए उसके दिल में इज्जत बढ़ गई थी। रामवती, सुबह उठ कर यही सोचते हुए अपना बिस्तर ठीक कर रही थी। तबतक सुमन की भी नींद खुल चुकी थी।

क्या कर रही हो दीदी...सुमन ने आँखें मलते हुए पूछा।

कुछ नहीं, थोडा घर की सफाई कर दूँ..रामवती हँसते हुए बोली।

तुम रहने दो, मैं कर लुंगी...सुमन ने कहा।

लगता है, तुमने अभी तक मुझे अपना नहीं समझा है ...रामवती शिकायत भरे लहजे में बोली।

अच्छा छोड़ो, तुम्हारे लिए चाय लाऊं क्या ? मुझे भी चाय की इच्छा हो रही है ...रामवती सुमन के पास आ कर बोली।

ठीक है दीदी, मुझे भी चाय की इच्छा है..सुमन उसकी ओर देखते हुए बोली।

सुमन हाथ मुहँ धो कर आई, तब तक रामवती चाय बना कर ले आई। और दोनों सोफे पर बैठ कर चाय पीने लगे।

अच्छा सुमन एक बात पूंछू ...तुम बुरा तो नहीं मानोगी ...रामवती ने झिझकते हुए कहा।

अरे दीदी, तुम भी कैसी बाते करती हो...तुम्हे तो बड़ी बहन माना है। अब तो तुम्हारा अधिकार है।

अच्छा बताओ...तुम अब तक शादी क्यों नहीं की। तुम पढ़ी लिखी हो ,सुंदर हो, अच्छी नौकरी है, तुम्हे तो किसी चीज़ की कमी नहीं है ...रामवती बोल रही थी।

कमी है ना....एक "मरद" की ... तभी बीच में बात कट कर सुमन हँसते हुए बोल पड़ी। ..

तुम चाहो तो हजारो "मरद" मिल जायेंगे, तुमसे शादी करने को...रामवती हँसते हुए बोली।

हमें लगता है तुम्हारा कही चक्कर तो है....रामवती मजाक से बोली .।

हाँ दीदी....सुमन, उदास स्वर में बोली।

तो मुझे बताओ, मैं सब ठीक कर दूंगी।

यह इतना आसान नहीं है दीदी। पहले मेरी शादी माँ-बाप कम उम्र में ही कर दिए थे, और मैं शादी के छह महीने में विधवा हो गई। अब मैं जिसको चाहती हूँ, वो पहले से शादी -शुदा है, ...सुमन अपने दिल की बात बता रही थी।

तो तुम कोई दूसरा पसंद क्यों नहीं कर लेती, यूँ दुखी होकर जीवन क्या जीना ...रामवती समझाते हुए बोली।

हाँ, मैं कोशिश की थी। अभी करोना के कारण वह अपने गाँव चला गया था और मैं दिल को तसल्ली दे कर उसे भूलने की कोशिश कर रही थी। लेकिन तभी एक दिन....एक अजीब सी घटना हो गई ...बोलते बोलते वो रुक गई।

कौन सी घटना ....रामवती की जिज्ञासा बढ़ गई।

एक दिन जब मैं फैक्ट्री से घर आ रही थी तो रास्ते में एक आदमी का एक्सीडेंट हो गया था और वो रोड पर तड़पता, ज़िन्दगी और मौत से जूझ रहा था, वो और कोई नहीं, वही था। इस प्रकार फिर उससे मिलना हो गया।

वो सोचता है कि उसकी ज़िन्दगी मेरे कारण ही बच पाई इसलिए वो मुझे पहले से ज्यादा चाहने लगा है ....सुमन चाय का प्याला समाप्त करते हुए उठने लगी।

रामवती उसका हाथ पकड़ कर वापस बैठा ली..और प्यार भरी नजरो से देखती हुई बोली....मैं तुम्हारे दर्द को समझ सकती हूँ, लेकिन एक बार उसकी पत्नी से मिलने की कोशिश क्यों नहीं करती हो ?

कोई फायदा नहीं होगा, हमारा समाज दो पत्नी रखने की इजाजत नहीं देता है।

अगर सब लोगों का दिल एक दुसरे से मिल जाये तो साथ क्यों नहीं रह सकते है। जब ख़ुशी -ख़ुशी रहेंगे तो समाज मान्यता दे ही देगा ...रामवती उसके सिर पर प्यार से हाथ रखते हुए बोली ...चिंता मत करो...भगवान् कोई ना कोई रास्ता ज़रूर निकाल देगा।

अच्छा छोड़ो..तुम बताओ ..तुम्हारे "मरद" को कैसे ढूँढा जाये ...सुमन उसकी ओर देखते हुए बोली।

वो तो तुम जानो, तुमने ही हमसे वादा किया है, उसे खोजने का।

ठीक है, मैं एक काम करती हूँ.... तुम्हे रोज पढना – लिखना सिखाती हूँ ....ताकि तुम नाम लिखना सिख जाओ और अपने पति का नाम लिख सको। तभी तो खोज पाएंगे उसे... .सुमन समझाते हुए बोली।

ठीक है, और कुछ किताब भी लाना ..तुम्हारे साथ रह कर मैं अनपढ़ नहीं रहना चाहती .....रामवती हँसते हुए बोली।

बिलकुल ठीक और तुमको भी अपना चेहरा मोहरा ठीक करना होगा और समार्ट बनना होगा और यहाँ के माहौल के अनुसार अपने को ढालना होगा ....और

तुम को दीदी, एक दम "मेम" बना देंगे। तुम्हारा "मरद" जब तुमको देखेगा तो पहचान ही नहीं पायेगा ...सुमन हँसते हुए बोली और फिर उठ कर स्नान करने चली गई।

रामवती भी हँसते हुए किचन में चली गई। सुमन से बात कर के उसे बहुत अच्छा लग रहा था।

इधर रघु सुमन के बारे में सोच रहा था ....कि कल से ना सुमन को देखा और ना बात ही हो सकी .. घर में बैठे – बैठे बोर हो रहा हूँ। इसलिए उसने सुमन को फ़ोन लगा दिया .....रिंग हो रहा था तो रामवती चौक गई और दौड़ कर बाथरूम के दरवाजे पर जाकर कहा ..सुमन, तुम्हारा फ़ोन आ रहा है।

ठीक है दीदी . ... तुम फ़ोन उठा कर बात कर लो , देखो किसका फ़ोन है ? ... सुमन अंदर से ही रामवती को बोली।

रामवती जल्दी से फ़ोन के पास गई और बात करने की लिए फ़ोन उठाया ही था कि फ़ोन कट गया। वो फिर दुबारा रिंग होने का इंतज़ार करती रही।

सुमन जब फ़ोन नहीं उठाई तो मैं समझ गया कि सुमन कोई दुसरे काम में व्यस्त होगी, इसलिए उसे परेशान करना उचित नहीं समझा।

सुबह के दस बज रहे थे और बच्चे को दूध पिला कर रामवती नास्ता टेबल पर लगाया और सुमन को आवाज़ लगा दी।

सुमन तैयार हो कर आई और रामवती को भी साथ नास्ते पर बैठा ली।

रामवती पहली बार डाइनिंग टेबल पर बैठ कर खाना खा रही थी, इसीलिए थोडा झिझक रही थी।

यह देख कर सुमन बोली...दीदी, अच्छे से टेबल कुर्सी पर बैठ कर खाने की प्रैक्टिस कर लो। कल हमलोग किसी बड़े से होटल में खाना खाने जायेंगे।

ठीक है ...,रामवती खुश होते हुए बोली।

तभी फ़ोन की घंटी फिर बज उठी और रामवती फ़ोन उठा कर सुमन को दी।

अरे, यह तो सेठ जी का फ़ोन है.....हेल्लो, मैं सुमन बोल रही हूँ।

हाँ सुमन ...तुम ठीक से हो ना। अभी भी वहाँ जल जमाव है क्या ?

नहीं सेठ जी, यहाँ तो अभी स्थिति में कुछ सुधार हो रहा है, लेकिन फैक्ट्री में अभी भी जल जमाव है ...सुमन ने कहा।

तुमलोग तब तक स्टूडियो वाला काम क्यों नहीं कर लेते हो। वो तो अभी हो सकता है। तुमलोग स्टूडियो में जाकर फोटो शूट करो और कुछ फोटोग्राफ मुझे भी भेजो ....सेठ जी निर्देश दे रहे थे।

ठीक है, मैं कल से काम शुरू कर देती हूँ ...सुमन ने कहा।

सुमन नास्ता समाप्त कर अपने रूम से एक फाइल ढूंढ कर निकाल लायी और कुछ फोटो और ड्रेस को सलेक्ट कर कल के शूटिंग का कार्यक्रम फाइनल करने लगी।

और फिर मुझे फ़ोन मिला दी .. रिंग होते ही मैं समझ गया कि यह फ़ोन सुमन का ही होगा , और मैं सही था।

जैसे ही फ़ोन उठा कर हेल्लो बोला.... कि सुमन की आवाज़ आयी ....रघु, उधर जल जमाव की क्या स्थिति है? क्या तुम कल स्टूडियो में आने की स्थिति में हो ?

मैंने कहा ... मेरे मन में अभी से लड्डू फुट रहे है। मैं तो आज से ही जाने को तैयार बैठा हूँ, कल से घर में बैठे बैठे बोर हो गया हूँ।

ठीक है, आज तुम पांच बजे शाम में वहाँ पहुँचो, मैं भी आती हूँ... .सुमन बोलते हुए सोच रही थी कि मैंने भी तो कल से रघु को नहीं देखा है। सुमन को बात कर के ख़ुशी का अनुभव हो रहा था।

ठीक पांच बजे सुमन स्टूडियो में पहुँची जहाँ मैं पहले से ही सुमन का इंतज़ार कर रहा था।

हमलोग एक दुसरे को देख कर खुश थे ..आज सिर्फ दो दिनों के बाद ही मिले थे, लेकिन ऐसा लग रहा था कि बहुत समय बाद मिल रहे हो।

मैंने तो अपने दिल की बात बोल दिया.... सुमन, कब तक ऐसे ही चलता रहेगा। अब तो तुमको देखे बिना चैन भी नहीं आता है। हम कब तक यूँ ही जीवन बिताते रहेंगे।...

मेरा भी यही हाल है रघु। पर समाज हमें किसी शादी-शुदा मरद की बीबी बनने की इजाजत नहीं देता और सब यही कहेंगे कि मेरे पैसो के लिए तुम मुझे अपना रहे हो।

मैं चाहती हूँ कि पहले तुम्हे उस उचाईयों पर ले कर जाऊं, जहाँ सामाजिक रीति–रिवाज़ क असर हमारे ज़िन्दगी पर ना पड़ सके।

तुम एक नेक इंसान तो हो ही. मैं तुम्हे एक सफल और अपने बराबर तक ले कर आना चाहती हूँ ,ताकि कोई यह नहीं कह सके कि मैं तुम पर कोई एहसान कर रही हूँ। हमारे कारण रामवती को भी कष्ट नहीं होनी चाहिए।

अभी उस वक़्त का इंतज़ार करो और तुम्हे खूब मेहनत करना होगा। ऐसे ढेरो उदाहारण है, जहाँ कम पढ़े लोग भी सफलता की बुलंदियों को छुआ है। अगर सच्ची लगन और कड़ी परिश्रम करे तो क्या नहीं हो सकता। तुम तो मॉडल के रूप में हिट हो जाओगे, ऐसा मुझे विश्वास है।

ठीक है सुमन , मैं मेहनत करने से पीछे नहीं हटूंगा .. .मैंने कहा और फोटो सेशन की तैयारी शुरु कर दी।

काम समाप्त करते हुए घडी देखा तो रात के नौ बज चुके थे। सुमन जल्दी से चलने की तैयारी शुरू कर दी। इसी बीच फोटो शूट की सारी फोटो तैयार हो कर आ गए।

फोटो देख कर सुमन उछल पड़ी और मुझे दिखाते हुए बोली ...देखो रघु, हमदोनो के फोटोग्राफ कितने शानदार आये है। सेठ जी ने फोटो मंगाया है ..वो इसे देख कर ज़रूर सेलेक्ट कर लेंगे और हमारे साथ तुम भी मॉडल बन जाओगे ......वो खुश होते हुए बोली।

धन्यवाद सुमन, तुम मेरे लिए कितना फिक्र करती हो ....मैं ने सुमन की ओर देखते हुए कहा।

अच्छा ठीक है, अब मैं चलती हूँ.... तुम भी मेरे साथ चलो। तुम्हे रास्ते में ड्राप कर दूंगी...सुमन बैग उठाते हुए बोली।

क्यों ? रोज की तरह , आज घर तक चलने के लिए नहीं कहोगी ,....मैं ने मजाक से कहा।

नहीं , आज नहीं बोल सकती। आज हमारे यहाँ एक गेस्ट आयी हुई है, वो खाने पर मेरा इंतज़ार कर रही होगी।

ठीक है जैसा आप का हुक्म ... बोलते हुए गाड़ी में बैठ गया ......

"मुझे हैरत है मुहब्बत पर मेरी..... ये कैसा मुकाम मेरी ज़िन्दगी में
आया
लाकर खड़ा कर दिया दिल ने ऐसे दोराहे पर.. ना आगे बढ़ सका
ना पीछे जा पाया..."

15

दिल ही तो है

स्टूडियो से निकलते हुए रात के दस बज चुके थे, रघु और सुमन कार में बैठे अपने अपने विचारों में खोये थे और कार अपनी गति से भाग रही थी।

आज शूटिंग की वजह से सुमन काफी थक गई थी, इस कारण उसे कार में ही नींद आ गई और वो मेरे कंधे पर सिर रख कर गहरी नींद में सो रही थी ...मैं उसके चेहरे को गौर से देख रहा था जिसमे समर्पण के भाव थे और मेरे साथ होने से एक निश्चिन्तता उसके चेहरे से झलक रही थी। मैंने भी उसे इसी तरह अपने कंधे पर सिर रख कर सोने दिया। मुझे भी उसके साथ रहने से एक अजीब सा सकून महसूस होता है। इन्ही सब बातों में खोया था कि ड्राईवर ने सुमन के मकान के सामने गाड़ी रोक दी। तभी सुमन की नींद खुल गई और वो आँखे खोल कर मुझे देखा और फिर से मेरी बांह पकड़ कर सोने की कोशिश करने लगी।

मैं धीरे से बोला ..तुम्हारा ठिकाना आ गया है। अगर अपने घर जाने की इच्छा ना हो तो अपनी खोली में ले चलूँ क्या ?

मुझे देखते हुए सुमन जबाब में बोली ....नहीं-नहीं, मुझे अपने फ्लैट में जाने दो। तुम भी मेरे साथ चलो, और खाना खा कर चले जाना।

नहीं सुमन, अभी मैं काफी थक गया हूँ। खाना खाते ही मुझे नींद आ जाएगी और तुम अपने घर पर सोने तो दोगी नहीं।

तुम बहुत शरारती हो गए हो, ड्राईवर सुनेगा तो क्या समझेगा ?

अच्छा बाबा, अब मुझे जाने दो और ड्राईवर से बोल दो कि मुझे भी खोली तक छोड़ दे ..मैंने सुमन से कहा।

ड्राईवर साहेब तब तक डिक्की से सामान निकाल चुके थे।

सुमन ने ड्राईवर से मुझे घर तक छोड़ने के लिए कहा और फिर अपने फ्लैट में चली गई।

सुमन आज बहुत खुश थी। अब उसे फोटोशूट की तस्वीरें देख कर यकीन हो चला था कि वो जो चाहती थी... उस ओर सही कदम बढ़ा रही है।

घर पहुँची तो राजू सो रहा था और रामवती बैठी उसका इंतज़ार कर रही थी।

अरे दीदी, तुम सो क्यों नहीं गई। मेरे पास एक्स्ट्रा चाभी तो है ही। ....सुमन देर से आने की वजह से उसे समझा रही थी।

हमारी छोटी बहन रात दिन मेहनत करे और मैं यहाँ इंतज़ार भी ना करूँ। चलो जल्दी से हाथ मुँह धो लो मैं खाना गरम किये देती हूँ ....रामवती ने कहा।

मेरे कारण तुम भी अभी तक भूखी बैठी हो ..सुमन दोनों के प्लेट में खाना पड़ोसते हुए कहा।

नहीं रे, मुझे भूख नहीं लग रही थी।आज दिन में देर से खाना खाई थी। और हाँ,...आज राजू टेबल पर रखी सुंदर सा कृष्णा की मूर्ति तोड़ डाली है। मैंने गुस्से में उसे बहुत मारा है ...रामवती गुस्सा होते हुए बोल रही थी।

दीदी, तुम्हे ऐसा नहीं करना चाहिए था। मूर्ति ही तो थी, दूसरा आ जाता। ...आगे से ध्यान रखना, आप राजू को किसी बात के लिए दंड मत देना।..वो हमारा सबसे प्यारा दोस्त बन गया है, आज कल हमारे पास ही ज्यादा रहने लगा है ..सुमन खुश होते हुए बोल रही थी। अच्छा चलो, सो जाओ रात बहुत हो चुकी है, तब तक मैं

किचन की सफाई कर लेती हूँ ..रामवती ने कहा।

सुमन जब सुबह उठ कर खिड़की से बाहर देखी तो मुसलाधार बारिस हो रही थी और आंधी भी चल रही थी। ऐसे में आज स्टूडियो में जाना कैसे संभव हो सकता है ..वो बिस्तर पर लेटे-लेटे सोच रही थी ,। तभी रामवती चाय लेकर आयी और दोनों बिस्तर पर ही बैठ कर चाय पिने लगे।

अच्छा बताओ दीदी, कल दिन भर अकेले घर में क्या किया ...सुमन हँसते हुए पूछी।

कल मैं खूब पढाई की और तुम्हारा बताया हुआ पाठ याद करती रही। पढने में खूब मन लग रहा है ...रामवती खुश होकर बोल रही थी। तुम तो बहुत जल्द हिंदी लिखना सिख जाओगी दीदी। आज तुमको बिउटी-पार्लर भी चलना है, ...देखना तुम जब वापस आओगी तो तुम्हारा चेहरा बिलकुल बदल जायेगा..और तुम भी अपने आप को पहचान नहीं पाओगी ...सुमन खुश होते हुए बोली।

नहीं रे, मैं ऐसे ही ठीक हूँ। लेकिन हम तुम्हारे साथ ही रहना चाहते है.. रामवती सुमन की तरफ देख कर बोल रही थी।

मैं भी यही चाहती हूँ दीदी, तुम्हारे आने से मुझे बहुत सहारा मिला है। मैं सोचती हूँ कि राजू को भी यहीं स्कूल में नाम लिखा दिया जाए।....क्यों कैसा रहेगा ?.

रामवती मन ही मन खुश हो रही थी और सोचने लगी ....मैं भी तो यही चाहती हूँ कि राजू स्कूल जाये और पढ़-लिख कर बड़ा आदमी बने। सुमन नहा-धो कर तैयार हो गई , तब तक बारिश भी समाप्त हो चुकी थी। सुमन स्टूडियो जाने की तैयारी शुरू कर दी और कल की लायी सारे फोटो को फिर से देखते हुए छांटने लगी ताकि उसे सेठ जी के पास भेजी जा सके। रघु के सारे फोटो तो बहुत शानदार आया था। वैसे पढ़ा लिखा ना सही लेकिन देखने में वो काफी हैंडसम है। उसके फोटो को सुमन अपने सीने से लगा कर उसकी यादों में खो गई। तभी रामवती आकर बोली ...चलो हटो , बिस्तर ठीक कर देती हूँ।

नहीं दीदी ,पहले हमलोग खाना खा लेते है ..मुझे भूख लग रही है और उसके बाद

में स्टूडियो के लिए भी निकलना होगा ...सुमन अपना आज का कार्यक्रम रामवती को बता रही थी।

ठीक है मैं खाना लगा देती हूँ, तुम ज़ल्दी से आ जाओ। बोल कर रामवती जाने लगी तभी पीछे से सुमन अचानक उसे पकड़ ली और प्यार भरे लहजे में बोली...तुम कितनी अच्छी हो दीदी।

अच्छा चल हट, दो दिनों में अच्छे बुरे की पहचान नहीं होती है .। हँसते हुए रामवती बोली और वो भी मुड़कर सुमन से लिपट गयी.....तू इतनी अच्छी क्यूँ है रे .....।

तभी राजू के रोने की आवाज़ आयी। सुमन दौड़ कर उसके पास गई और देखा कि राजू नींद में बिस्तर पर पेशाब कर दिया है। उसने जल्दी से उसके कपडे बदले और उसे फिर सुला दिया।

रामवती टेबल पर खाना रख कर सुमन को आवाज़ लगाई ....जल्दी से खाना खा लो, ठंडी हो रही है।

सुमन खाना समाप्त कर बोली ..दीदी, जो नीली वाली तुम्हारी साड़ी है ना , वो आज मुझे दो, उसी को पहन कर जाने को मन कर रहा है।

अरे सुमन, अब तो मेरा सब कुछ तुम्हारा हो गया है, तुम जो चाहो पहन कर जाओ।

राजू भी सो कर उठ चूका था और उसके साथ खेलने के चक्कर में सुमन को समय का पता ही नहीं चला और अचानक घडी देखा तो पांच बज चुके थे उसे तो अबतक स्टूडियो में होना चाहिए था।

वो हड़बडा कर तैयार हुई और बैग लेकर रामवती को बोल कर घर से निकल गई। लेकिन इसी जल्दीबाजी के चक्कर में सारे फोटो बिस्तर पर ही छुट गए थे।

सुमन जब स्टूडियो पहुँची तो रघु को ना पाकर दुसरे स्टाफ से पूछा ...तो पता चला कि रघु अभी तक नहीं आया है। सुमन को चिंता होने लगी, और वो तुरंत रघु को फ़ोन मिला दी ...हेल्लो रघु, तुम कैसे हो ?

मैं ठीक हूँ, बस थोड़ी सी बुखार हो गई है इसलिए नहीं आ सका। लेकिन आज का काम रुकना नहीं चाहिए। मेरा काम मैं कल पूरा कर लूँगा ...रघु समझा रहा था। रघु के बारे में जान कर सुमन जैसे पागल हो गई। सभी काम छोड़ कर. गाड़ी में बैठी और ड्राईवर को धारावी चलने को कहा।

ड्राईवर बोला... मैडम, उधर रास्ता तो जलमग्न है, जाना ठीक नहीं होगा।

सुमन ने जोर देकर ड्राईवर से बोली.... किसी तरह वहाँ पहुँचना जरूरी है।

ड्राईवर दुसरे रास्ते से गाड़ी ले जाने की कोशिश करने लगा और काफी परेशानी के बाद अन्ततः खोली तक पहुँच गई।

और देखा तो रघु बुखार से तप रहा था। हरिया और विकास पास में ही बैठे थे।

रघु को बुखार कैसे हुआ .. सुमन विकास की तरफ देख कर बोली।

हमलोग जो सर्वे में गए थे तो बारिस होने कारण थोडा भींग गए थे। लगता है उसी का असर है ..विकास आशंका व्यक्त की।

अभी कोई दवा दिया या नहीं.. सुमन पूछी।
अभी तक तो दवा नहीं दिए है मैडम, लेकिन दवा लेकर आते है...विकास बोला।
मैं बुखार की दवा मंगाई थी एक गेस्ट के लिए, शायद मेरे बैग में होगी ..सुमन दवा बैग में खोजने लगी।

तभी रघु आँखे खोल कर सुमन को देखते हुआ कहा....अब तुम आ गई हो तो बुखार तुमको देख कर ही भाग जायेगा।
अभी मजाक मत करो और ये टेबलेट पानी के साथ ले लो....सुमन टेबलेट हाथ में देते हुए बोली। और तब तब तक हरिया चाय ले कर आ गया।

रघु को चाय देने के बाद हमलोग भी चाय पी रहे थे।

करीब आधे घंटे के इंतज़ार के बाद बुखार उतर गया..तब सुमन को जान में जान

आयी।

इधर रामवती ने सोचा कि सुमन के आने का टाइम हो रहा है तो क्यों ना उसके रूम को ठीक-ठाक कर दिया जाए। वो चादर झाड़ रही थी कि बिस्तर पर पड़े सारे फोटो ज़मीं पर बिखर गए।

रामवती सोचने लगी कि अगर फोटो कही ख़राब हो गए तो सुमन को बहुत दुःख होगा ..ऐसा सोच कर जल्दी जल्दी फोटो को ज़मीन से उठाने लगी।

तभी एक फोटो पर रामवती की नज़र पड़ी तो चौंक गई। रौशनी कम थी इसलिए फोटो साफ़ नहीं दिख रहा था। इसीलिए वो फोटो को लेकर ड्राइंग रूम में आ गई और सोफे पर बैठ कर सभी फोटो को ध्यान से देखने लगी।

अरे यह क्या ...इस फोटो में तो यह आदमी बिलकुल रघु के जैसा दिख रहा है ..उसके मन में विचार आया।

फिर तुरंत सोचने लगी ..यह तो फिल्म लाइन का आदमी है .और हमारा रघु तो ईंट भट्टा में काम करता है।

यह रघु नहीं हो सकता ..वो अपने मन को समझा रही थी लेकिन बार बार फोटो को देखे जा रही थी ...

"हम अपने ज़ख़्म ... तुमको दिखा नहीं सकते
जो शिकवा तुम से है... औरों को सुना नहीं सकते,
मेरे ख़याल की गहराई को ज़रा तुम समझो
कि सिर्फ़ लफ़्ज़ तो ...मतलब बता नहीं सकते
मलाल ये है कि साक़ी तो बन गए जनाब
शराब हाथ में है ..लेकिन पिला नहीं सकते.."

16
तुम बिन जाऊं कहाँ

रामवती के मन में एक द्वंद चल रहा था...उसकी आँखे कह रही थी कि इस तस्वीर में "रघु" ही है। लेकिन दिल मानने को तैयार ही नहीं था। वो सोचने लगी....भगवान् उसके साथ इतना बड़ा मजाक क्यों करेगा।

सुमन ने मुझे और मेरे बच्चे की जान बचाई है और अपने घर में पनाह दी है। अपने सगे से भी ज्यादा मानती है ....उस पर यह आरोप कैसे लगा सकती हूँ कि ... तुम वही जादूगरनी हो, जिसने मेरे पति को फांस रखा है।

उस बेचारी का तो जीवन पहले से ही संघर्ष पूर्ण रहा है। वो एक ऐसे समाज में, जहाँ अबला नारी को पग पग पर चुनौतियों का सामना करना पड़ता है, , अपने को स्थापित करने में लगी है और .अपना सिर उठा कर इज्जत से जी रही है,।

इतना ही नहीं मुझ जैसे अंजान और बेसहारा औरत को बिना कुछ पूछे, लाकर अपने घर में शरण दिया है। बदले में मुझ से बहुत सारी उम्मीदें लगा कर बैठी होगी।

ठीक है, आज सुमन को आने देते है और मौका पाकर उससे हकीकत जानने का प्रयास करेंगे। अगर वो कोई दूसरा मरद निकला तो ठीक है वर्ना फिर सोचेंगे कि क्या करना है।

रात के बारह बज रहे थे लेकिन अभी तक सुमन का कोई अता – पता नहीं था। यह

कैसी औरत है, काम के पीछे पागल रहती है और खाने का भी ध्यान नहीं रहता है। इतनी मेहनत कैसे कर लेती है अकेली।

चलो जब भी आएगी, खाना गरम करके खिलाऊँगी और उसी समय खुद भी खा लुंगी। उसके बिना खाने का निवाला भी मुँह में नहीं जाता है। पता नहीं उससे इतना लगाव क्यों हो गया है ,।

हम ही नहीं राजू भी उसी के पास रहना चाहता है, उसका तो स्वभाव ही ऐसा है। सचमुच जादूगरनी है ...खुद ही बोल कर हंस पड़ी। और रामवती का मन नहीं माना तो फिर एक बार और लिफाफा खोल कर उस फोटो को ध्यान से देखने लगी

तभी सुमन बाहर से चाभी डाल कर दरवाज़ा खोला और अंदर आ गई। वो घर में आते ही देखा कि रामवती बैठी उसी का इंतज़ार कर रही थी। रामवती सुमन को अंदर आता देख फोटो को जल्दी से तकिये के नीचे छुपा दी।

मैं कितनी बार समझाया है दीदी कि कभी – कभी हमें आने में देर हो जाती है। इसलिए आप मेरे लिए नींद क्यों खराब करती हो। और मुझे पता है, .. तुमने खाना भी नहीं खाया होगा ...सुमन समझाते हुए बोली।

रामवती हँसते हुए बोली ...अरे मेरी छोटी बहन, तुम जब तक घर नहीं आ जाती हो, मेरे आँखों में नींद भी नहीं आती है।

अच्छा चलो, जल्दी से कपडे बदल लो, मैं खाना गरम करती हूँ। कल रविवार है इसलिए हमलोग कल घुमने चलेंगे।

ठीक है दीदी ... सुमन बोलते हुए खाने के टेबल पर दोनों साथ बैठ गई।

आज तू तो बहुत थकी सी लग रही हो, तू अपने शरीर को इतना कष्ट क्यों देती हो ? घर जल्द आने की कोशिश करना चाहिए ...रामवती समझाते हुए बोल रही थी।

खाना खा कर सुमन सोने चली गई, लेकिन रघु की बीमारी के कारण उसे नींद नहीं आ रही थी। वो तकिया के नीचे से फोटो निकाल कर फिर से देखने लगी और कल जो फोटो सेठजी को भेजना था उसे अलग कर रही थी। तभी रूम का लाइट जलता देख रामवती भी आ गई।

अरे दीदी, तुमको भी नींद नहीं अ रही है ...सुमन जम्हाई लेते हुए बोली।

नहीं, मैं तो पूछने आई थी कि गरम- गरम दूध लेकर आऊँ। पिने से अच्छी नींद आएगी।

सुमन फोटो एक तरफ रखते हुए बोली....रहने दो दीदी। तुम कितना काम करोगी। आओ, नींद नहीं आ रही है तो मेरे पास बैठो। आज तो तुम्हारे बारे में पूछा ही नहीं कि आज दिन भर तुमने क्या किया ?

कल हमलोग मार्किट चलेंगे। तुम्हारे और राजू के लिए कुछ कपडे और सामान खरीदना होगा। अब तुम सुमन की बड़ी बहन हो। तुम्हे एक दम टिप- टॉप रहना होगा ....सुमन हँसते हुए बोली।

रामवती ज़बाब में बोली .. अगर तुम बुरा ना मानो, तो एक बात कहूँ।

अरे दीदी, तुम बेझिझक कोई भी बात कहो, ...मुझे बुरा नहीं लगेगा। इस घर में तुम्हारा अधिकार क्षेत्र बहुत बड़ा है। किसी भी बारे में संकोच ना करो और खुल कर बोलो ...सुमन अपना सिर उसकी गोद में रख कर आँखे बंद कर ली, जैसे उसकी गोद में ही सोना चाहती हो।

रामवती उसके माथे पर प्यार से हाथ फेरते हुए बोली ....मुझे भी वहाँ ले चलो जहाँ फोटो उठाने जाती हो ..।

ओ अच्छा, शूटिंग देखने जाना चाहती हो ...सुमन उसकी बात को समझते हुए बोली।

हाँ- हाँ , तुम ठीक समझ रही हो ...रामवती ज़ल्दी से बोली।

ठीक है दीदी ..जिस दिन स्टूडियो जायेंगे तुमको भी साथ ले चलेंगे।

और बोलते बोलते सचमुच थोड़ी देर में उसकी गोद में ही आँख लग गई और सुमन गहरी नींद में सो रही थी। लेकिन रामवती के आँखों से नींद गायब थी। .बार -बार बस एक ही सवाल उसके मन में घूम रहा था कि अगर वो सचमुच रघु निकला तो उसे क्या निर्णय लेना चाहिए।

भावनावश, उसके आँखों से आँसू टपक कर सुमन के गाल पर जा गिरे और सुमन अचानक चौक कर उठ बैठी .।

क्या हुआ दीदी, तुम रो क्यों रही हो...सुमन घबरा कर पूँछ बैठी।

नहीं रे, ऐसे ही तुम्हारी हालत पर मुझे रोना आ गया था। उसने अपने आँचल से आँख को साफ करते हुए बोली।

तुम आज मेरे साथ ही सो जाओ दीदी...सुमन उसे पकड़ कर बोली।

लेकिन राजू बगल के कमरे में अकेला ही सो रहा है ..रामवती चिंतित होकर बोली।

इतना बड़ा पलंग है यह , हमलोग तीनो ही यहाँ सो जायेंगे ...सुमन बोलते हुए उठी और राजू को भी लाकर अपने बगल में सुला दी और रामवती को पकड़ कर खुद भी उसके गोद में सिर रख कर सोने लगी ..।

रामवती ममता से ओत – प्रोत हो गई और उसे महसूस हुआ कि उसके एक नहीं, दो-दो बच्चे है। और सुमन को अपने गोद में सिर रख कर सोने दिया। रामवती को भी बहुत शुकून का अनुभव हो रहा था।

सुबह रामवती जल्दी उठ कर घर के कामों में लग गई और सुमन के उठने का इंतज़ार करने लगी।

सुमन की जब नींद खुली तो धुप खिड़की से अंदर आ रही थी। उसे समझते देर ना लगी कि उठने में उसे आज देर हो गई है। खैर, आज तो रविवार है, फिक्र की कोई बात नहीं है।

वो बिस्तर पर लेटे ही आवाज़ लगाई .....दीदी, चाय कहाँ है ?

ला रही हूँ बाबा ...राजू को भी तो दूध देनी है ..रामवती बोलते हुए चाय और बोतल में दूध लेकर आ गई।

राजू के मुँह में दूध की बोतल डाल कर, दोनों चाय पीने लगी।

अरे दीदी, तुम्हारी आँखे क्यों सूझ गई है। चेहरा भी उतरा हुआ है। लगता है किसी बात से काफी चिंतित हो। क्या मुझसे कोई भूल हुई है ?

नहीं -नहीं सुमन...तुम से तो कुछ ज्यादा ही लगाव हो गया है। अब तो तुम्हारे बिना मैं रह भी नहीं पाऊँगी शायद।

सुमन बोली....अच्छा छोड़ो और मेरी बात ध्यान से सुनो...हमलोग जल्दी से नास्ता कर के दस बजे घर से निकल जायेंगे और सबसे पहले पार्लर जायेंगे। मैं भी अपना बाल सेट कराऊंगी और तुम्हारा भी करा दूंगी।

फिर हमलोग मुंबई घुमने चलेंगे। तुम देखना यहाँ ऊँची ऊँची बिल्डिंगें है, समुद्र है, हमलोग खूब मज़े करेंगे। और खाना एक अच्छी होटल में खायेंगे।

सुमन की बातें सुन कर रामवती खुश हो गई और बोली ... तुम मेरा कितना ख्याल रखती हो। जा तू पहले ज़ल्दी से स्नान कर तैयार हो, तब तक राजू को मैं भी तैयार करती हूँ।

नहीं दीदी, तुम किचेन का काम कर लो मैं राजू को तैयार कर दूंगी ..सुमन बोलते हुए बाथरूम में चली गई।

तयशुदा समय पर ड्राईवर भी आ गया और सबलोग गाड़ी में बैठ कर निकल पड़े।

पार्लर पहुँच कर पहले सुमन अपना बाल सेट करवा ली और फिर वहाँ के स्टाफ को निर्देश देकर रामवती को बैठा दी और खुद बाहर आकर सेठ जी को फ़ोन मिला दी...

हेल्लो सेठ जी,... मैं सुमन बोल रही हूँ। आज आपको स्टूडियो से आये कुछ फोटो भेज रही हूँ। आप चार बजे घर पर रहेंगे ना...।

हाँ -हाँ ..आज मैं घर पर ही हूँ ...सेठ जी खुश होते हुए सोच रहे थे कि ऐसी विकट स्थिति में भी सुमन मन लगा कर काम कर रही है। सुमन हमारे फैक्ट्री के लिए एक दम फिट है।

थोड़ी देर के बाद पार्लर की स्टाफ रामवती को ले कर मेरे पास आयी। रामवती बहुत खुश नज़र आ रही थी।

क्या दीदी ? आप तो पहचान में नहीं आ रही है ...गजब का लुक हो गया है। बिलकुल मेम की तरह ...सुमन हँसते हुए बोली।

रामवती अपने आप को आइना में देख कर आश्चर्य चकित रह गई , उसका पूरा चेहरा ही बदल गया था और वह बहुत सुंदर दिख रही थी ....आईना में खुद को देख कर शरमा रही थी।

दीदी, आज तुमको पहली बार इतना खुश देख रही हूँ। तुम इसी तरह हमेशा खुश रहा करो ..उसे खुश देख कर सुमन बोल रही थी।

फिर घड़ी की ओर देखते हुए सुमन बोल पड़ी...अभी दिन के दो बज रहे है, इसलिए पहले होटल चलते है वहाँ से लंच लेकर फिर चौपाटी चलेंगे। राजू को वहाँ बालू पर खेलने में खूब मज़ा आएगा।

ठीक है सुमन, तुम जैसा चाहो , ..रामवती ने कहा .।

रामवती और सुमन गाड़ी में बैठ कर होटल के लिए रवाना हो गए। रास्ते में बड़ी -बड़ी बिलडिंग और आस पास के नज़ारे को देख कर रामवती खूब खुश हो रही थी। राजू भी गाड़ी में बैठ कर मजे कर रहा था ..।

करीब एक घंटा घुमने के बाद "गेटवे ऑफ़ इंडिया" पर पहुँच गए और थोड़ी देर वहाँ बिताने के बाद पास के होटल में चले गए .। ड्राईवर को भी खाने के लिए पैसे दे दिए सुमन ने।

बोलो दीदी, तुम क्या खाओगी ...सुमन उसकी ओर देखते हुए बोली।

तुम जो खिलाओ और जहाँ घुमाव ...आज तुम्हारी इयूटी है ...रामवती हँसते हुए बोल रही थी।

ठीक है दीदी ..मैं आर्डर दिए देती हूँ ...बोल कर सुमन "भोजन सूची" से खाने का सिलेक्शन करने लगी।

इधर रघु परेशान था कि सुबह से सुमन का एक बार भी फ़ोन नहीं आया था। कही उसकी तबियत तो खराब नहीं हो गई। उसे कल रात में यहाँ से वापस जाने में काफी देर हो गई थी।

वह चिंतित हो उठा और सुमन का हाल समाचार जानने के लिए उसे फ़ोन मिला दिया, लेकिन फ़ोन रिंग हो कर कट गया। उस समय सुमन भी लंच समाप्त कर अपने गाड़ी की ओर बढ़ रही थी। तभी रघु दोबारा फ़ोन मिला दिया तो सुमन फ़ोन उठा कर बात करने लगी।

हेल्लो, अब तुम्हारा तबियत कैसा है ?... सुमन ने पूछा।

मैं तो ठीक हूँ, तुम कैसी हो ? तुम्हारा फ़ोन सुबह से नहीं आया था इसलिए चिंता हो रही थी ...रघु बोला।

नहीं – नहीं , चिंता की कोई बात नहीं है। तुमको बताया था ना, कि एक गेस्ट आयी हुई है, उसी को घुमाने चौपाटी ले कर जा रही हूँ।

रघु के मन में शंका होने लगी ..कि वो ऐसा कौन सा गेस्ट है ,जिसके लिए आज मुझे भी फ़ोन करना उचित नहीं समझा .. उसके गाँव से आज तक तो कोई आया ही नहीं था। और ना कभी किसी दोस्त या गेस्ट के बारे में कभी मुझसे जिक्र ही

किया था।..

उसके मन में हुआ की वो भी चौपाटी जाकर हकीकत पता करे ..उसे तो पता ही है कि चौपाटी में सुमन कहाँ मिलेगी। पहले भी कितनी बार मेरे साथ वहाँ गई है और उसका पसंदीदा जगह भी मुझे पता है ...और वो सोचते हुए टैक्सी में बैठ कर चौपाटी के लिए रवाना हो गया......

17
मन की उलझन

टैक्सी में बैठा रघु सोच रहा था....., कल तो सुमन मेरी तबियत ख़राब होने की खबर सुन कर ही रास्ते की कठिनाइयों को पार कर मेरी खोली में आ गई थी। और आज उसको पता होने के बाबजूद कि मुझे बुखार है फिर भी आना तो दूर फ़ोन भी करना उचित नहीं समझा। वह अपने माथे पर हाथ रख कर महसूस किया कि अभी भी बुखार है और ऐसी हालत में घर से नहीं निकलना चाहिए था।

टैक्सी अपनी गति से सड़क पर दौड़ रही थी और रघु आँखे बंद किये बस उस गेस्ट के बारे में सोच रहा था जिसके कारण आज रविवार होने के बाबजूद सुमन उससे मिलने नहीं आयी। पहले तो ऐसी स्थिति में फ़ोन करके परेशान कर देती थी।

अचानक आँखे खुली तो चौपाटी का खुबसूरत नज़ारा आँखों के सामने था। वैसे शाम को तो यहाँ की खूबसूरती और भी निखर जाती है। लेकिन आज उसे कोई ख़ुशी महसूस नहीं हो रही थी इसका कारण एक नहीं दो थे ....एक तो बुखार से शरीर तप रहा था और सिर में पीड़ा का अनुभव कर रहा था। और दूसरी तरफ सुमन के गेस्ट के बारे में पता करना भी ज़रूरी था।

सुमन अकेले रहती है अतः ऐसे वैसे लोगों के चक्कर में पड़ गई तो एक नया मुसीबत खड़ी हो जाएगी। यह तो मुंबई शहर है , यहाँ अनजान आदमी पर भरोसा करना खतरे से खाली नहीं होता। रघु सोचते – सोचते चौपाटी के उस छोर पर पहुँच

गया जहाँ अक्सर सुमन घंटो उसके साथ बैठा करती थी। चारो तरफ नज़रें घूम रही थी लेकिन सुमन उस जगह पर नहीं थी जहाँ हमेशा बैठा करती थी। वह बेचैन हो उठा, ऐसा तो नहीं, कही दूसरी ज़गह चली गई हो।

मुझे तो उसके गेस्ट पर शंका हो रही थी ..कही वो उसे कोई और जगह ना ले गई हो ...रघु बेचैन होकर इधर उधर ढूंढता रहा और तभी उसकी नज़र सुमन पर पड़ गई ..वो चाट वाले से चाट ले रही थी लेकिन उसके आस पास कोई नहीं था।

रघु एक दुकान की आड़ में छुप कर सब कुछ देखने लगा और जानने की कोशिश करने लगा, कि सुमन के साथ कौन है ?

सुमन चाट वाले को अपने बैग से पैसे निकाल कर दे रही थी, तभी एक औरत उसके पास आई.. ,तो उसको देख कर रघु चौक पड़ा ..अरे, यह तो मेरी रामवती के जैसी लग रही है। चेहरा तो बिलकुल वैसा ही है लेकिन उसके बाल और लुक थोडा अलग थे। रामवती ठहरी गाँव वाली और यह तो बिलकुल शहर वाली लग रही थी।

वो मन ही मन बोल रहा था ..उसको भी कैसा कैसा शक हो जाता है ..भला रामवती मुंबई आ जाये और उसे खबर भी ना हो, ऐसा कैसे हो सकता है ? फिर भी पता तो लगाना ही पड़ेगा कि वो अनजान औरत है कौन और सुमन के पास किस इरादे से आई है। रघु उत्सुकता से उधर ही लगातार देखे जा रहा था। उन दोनों ने चाट का प्लेट लेकर एक ओर चल दी। थोड़ी दूर पर बालू पर ही बैठ कर चाट खा रही थी और तभी एक नन्हा सा बच्चा आ कर चाट खाने की जिद करने लगा। शायद वो पास में ही बालू पर खेल रहा था।

जब रघु ने उन बच्चे को देखा तो उसके होश उड़ गए। अरे यह क्या ..यह तो अपना राजू है, मेरा बच्चा, भला उसको पहचानने में कैसी परेशानी। वो तो ....शत -प्रतिशत राजू ही है। हमारी आँखे इस मामले में धोखा नहीं खा सकती, रघु अपने मन में ही बोले जा रहा था। वो अपना माथा पकड़ कर वही बैठ गया, इसका मतलब

तो यही हुआ ना कि वो गेस्ट और कोई नहीं रामवती ही है। सुमन ने ही उसका लुक बदल दिया है, और उसे "गाँव-वाली" से "शहर-वाली" बना दिया है।

चलो वो सब मान भी लेता हूँ कि रामवती और राजू ही है। लेकिन फिर एक सवाल यह कि रामवती मुंबई आयी कैसे और वो भी डायरेक्ट सुमन के पास। क्या दोनों एक दुसरे के बारे में पहले से जानते है ? नहीं, ऐसा नहीं है ,... अगर वो एक दुसरे को जानते तो अब तक घमासान हो गया होता .... और मैं दोनों के बीच में सैंडविच बन गया होता।

रामवती अपनी सौतन कभी स्वीकार नहीं कर सकती। वो लोग अब तक एक दुसरे से अनजान है, मुझे पूरा विश्वास है।

भगवान् का लाख लाख शुक्र है कि अभी तक यह भेद नहीं खुल पाया है, वर्ना अब तक सब का जीना हराम हो गया होता। रघु को बुखार के बावजूद माथे से पसीना की बुँदे टपकने लगे और सिर का दर्द भी गायब हो गया। क्योंकि बहुत बड़ी समस्या खड़ी होने वाली थी। रघु और ज्यादा देर तक यहाँ ठहरना उचित नहीं समझा ,अगर उनलोगों में से किसी ने भी देख लिया तो यही महाभारत शुरू हो जायेगा।

वह जल्दी से वहाँ से निकल जाना चाहता था और उनलोगों के नज़रों से खुद को बचाते हुए एक टैक्सी में जा कर बैठ गया।

टैक्सी घर के लिए निकल चूका था। वो आँखे बंद किये आने वाले समस्याओं के बारे में सोचने लगा। तभी उसके मोबाइल की घंटी बज उठी... रघु आँखे खोल कर मोबाइल में देखा तो सुमन बात करने को तैयार थी। लेकिन अब तो सुमन से बात करने में भी डर लग रहा था। मैंने हिम्मत करके धीरे से बोला .. .हेल्लो,

अरे अभी तक सो रहे हो ? देखो आज मौसम कितना सुहाना है। अगर तुम्हारी

तबियत खराब नहीं होती तो तुम्हे भी चौपाटी ले कर आती और अपनी प्यारी सी गेस्ट से मिलवा देती।

आज बहुत दिनों के बाद धुप खिली है इसलिए यहाँ शाम का नज़ारा बहुत ख़ूबसूरत लग रहा है। मुझे इस समय तुम्हारी बहुत याद आ रही है। तुम ठीक तो हो ना..?.

हाँ –हाँ, मैं बिलकुल ठीक हूँ तुम अपने गेस्ट का ख्याल रखो। मैं अभी चाय पी रहा हूँ. .. रघु घबरा कर बोला और फ़ोन काट दिया।

उसे पता था कि ज्यादा देर बात की तो उस गेस्ट के कारण मुसीबत में पड़ जाऊंगा। ड्राईवर मेरी झूठी बातों को सुनकर मुस्कुरा रहा था, क्योकि ना तो मैं चाय पी रहा था और ना ही मैं घर पर था। मेरा बुखार लगभग उतर चूका था और मैं भगवान् से प्रार्थना कर रहा था कि इस आने वाले मुसीबत से मुझे बचा ले। इधर, सुमन के साथ- साथ रामवती और राजू भी खूब मस्ती कर रहे थे। चौपाटी का नज़ारा देख कर रामवती को लग रहा था जैसे वो दुसरे ही दुनिया में आ गयी है।

रामवती खुश होकर बोली...सुमन ,चलो हमलोग भी फोटो उठाते है, वो देखो ना, वहाँ फोटो उठाने वाला भी घूम रहा है।

ठीक है दीदी ...सुमन फोटो वाले को आवाज़ देकर बुला ली और सब लोग खूब फोटो खिचाने लगे। राजू तो इतना खेल-कूद किया कि उसे नींद आने लगी और अँधेरा भी हो चला था। इसलिए रामवती बोली ..अब वापस चलना चाहिए। घर पर चल कर खाना भी बनाना होगा।

सुमन भी रामवती के साथ खूब मौज मस्ती करके खुश थी और सोच रही थी इतने दिनों में पहली बार रघु के बिना चौपाटी घुमने आयी थी।

कार में बैठते ही राजू और रामवती दोनों सो गए और सुमन अपनी आँखे बंद कर फैक्ट्री और अपने भविष्य के बारे में सोच रही थी। क्योंकि फैक्ट्री की सफलता के पीछे ही उसकी कामयाबी छुपी हुई है।

इन्ही ख्यालो में सारा रास्ता कट गया और गाड़ी फ्लैट के नीचे आ कर खड़ी हो गई। रामवती भी नींद से जग गई और तीनो घर में आ गए।

दीदी, कल रात की नींद की भरपाई तुम ने गाड़ी में ही सोकर कर ली....सुमन रामवती को देखते हुए बोल रही थी।

बिलकुल ठीक कह रही हो ...आज बहुत दिनों के बाद इतनी अच्छी नींद आयी थी। अच्छा चलो, तुम कपडे बदल लो मैं चाय बनाती हूँ, मुझे तो चाय पीने की इच्छा हो रही है ...रामवती सुमन की ओर देखते हुए बोली।

तुम तो मेरे मन की बात बोल दी , चाय पीने से थोड़ी थकान कम हो जाएगी ..सुमन खुश होते हुए बोली।

दोनों बैठ कर चाय पीते हुए कल की प्लानिंग करने लगे और तभी सुमन की मोबाइल रिंग करने लगी।

दीदी, मेरा फ़ोन टेबल से उठा कर जरा देना ....सुमन चाय समाप्त करते हुए बोली।

रामवती से फ़ोन लेकर सुमन ने देखा तो दूसरी तरफ से सेठ जी... , हेल्लो हेल्लो कर रहे थे।

गुड इवनिंग सर ...सुमन ने कहा।

सेठजी ज़बाब में खुश होकर बोल रहे थे ...वेल डन ,सुमन। तुम्हारा भेजा हुआ फोटो सभी मिल गया है और वो फोटो पसंद आ रहे है। मैं चाहता हूँ ,इसी तरह के फोटो

शूट दूसरे प्रोडक्ट के लिए भी बनाओ और हमें भेजो। जब तक फैक्ट्री एरिया में जल जमाव की समस्या है, ,तुम इसी काम पर फोकस करो। .सेठ जी से शाबासी पाकर सुमन खुश हो रही थी।

थैंक यू सर ..सुम्सं बोल कर फ़ोन काट दी।

और इसी ख़ुशी में सुमन ने रघु के फ़ोन की घंटी बजा दी।...रघु ने जैसे ही देखा कि यह सुमन का फ़ोन है... उसका दिल जोर जोर से धड़कने लगा। उसे लगा कि भेद खुल चूका है, वर्ना इतनी रात को वो फ़ोन क्यों करती। रामवती तो वैसे ही शक्की है। फ़ोन पर ना जाने कितनी बार धमकी दे चुकी थी।

रघु डरते हुए फ़ोन को उठाया और धीरे से .. हेल्लो कहा।

दूसरी तरफ से सुमन की खनकती आवाज़ सुनाई दी ...क्या हो रहा है ? और तुम्हारी अभी तबियत कैसी है ?

अभी मैं बिलकुल ठीक हूँ ...रघु ने ज़बाब दिया। उसने सोचा कि अगर ऐसा नहीं बोलेगा तो , सुमन अपने गेस्ट के साथ मेरे खोली में ना पहुँच जाये। यहाँ आते ही अपना तो भांडा ही फुट जायेगा।

सुमन खुश होते हुए बोल रही थी ...जानते हो रघु , आज सेठ जी ने फोटो देखा और उनको सभी फोटो पसंद आ गए है। उनका कहना है कि ऐसे ही फोटो शूट अपने दुसरे गारमेंट्स के लिए भी तैयार करने है। इसलिए अगर कल तक तबियत ठीक हो जाती है तो शाम में स्टूडियो पहुँचना है। और हाँ, साथ में मेरी गेस्ट को भी लेती आउंगी। उनको भी तुमसे मिलवाना है।

ठीक है , कल की कल सोची जाएगी.... और बोलकर रघु ने फ़ोन ज़ल्दी से काट दिया।

सुमन को रघु के ऐसे व्यवहार पर कुछ आश्चर्य हुआ। पहले तो फ़ोन पर घंटो बातें किया करता था ,लेकिन आज जैसे बात करना ही नहीं चाहता है। या फिर हो सकता है ...उसका नेचुरल कॉल आ गया हो.. ऐसा सोच कर हंसने लगी।..

इधर रामवती से मिलाने वाली बात सुमन की मुँह से सुन कर फिर रघु को पसीने आने लगे। रामवती सामने पा कर मुझे तो ज़रूर पहचान जाएगी। अब उससे बचने के लिए क्या करना चाहिए, रोटी खाते हुए रघु सोच रहा था ...

"ज़िन्दगी की उलझनों ने किस कदर उलझा दिया
कहीं दूर तक मंजिल नहीं ...जाने कहाँ पहुँचा दिया
अब नहीं बाकी किसी से कोई भी ...उम्मीदे ए वफ़ा
अपनों ही ने हर कदम जितना हुआ ...धोखा दिया"

18
हाय री किस्मत

रामवती से मिलाने वाली बात सुमन के मुँह से सुन कर रघु को पसीने आ रहे थे। उसे पता था कि रामवती सामने पा कर मुझे तो ज़रूर पहचान जाएगी। इस स्थिति को किसी तरह भी टालना होगा।

उससे बचने के लिए क्या करना चाहिए, रोटी खाते हुए रघु सोच रहा था। चिंता के मारे, उसके मुँह से निवाले नीचे नहीं उतर रहे थे।

पास में बैठा विकास उसकी हालत को देख कर बोल पड़ा ...क्या बात है रघु भैया, आप कुछ चिंतित नज़र आ रहे है। मैंने तो अपना खाना समाप्त भी कर लिया है और आप अभी तक लेकर बैठे हुए है।

रघु उदास स्वर में विकास से बोला ... बहुत गड़बड़ घोटाला हो गया है विकास।

ऐसा क्या हुआ है भैया ?...विकास उत्सुकता से पूछा, तभी हरिया भी पास आ गया।

दरअसल , बात ऐसी है कि रामवती राजू को लेकर गाँव से मुंबई आ गई है .. रघु बोला।

यह तो अच्छी बात है, लेकिन भाभी है कहाँ ? ..विकास उत्नेसुकता से पूछा।

वो अभी सुमन के पास है और सुमन को यह पता नहीं है कि वह मेरी रामवती है ... खाना की थाली सरकाते हुए रघु ने कहा।

यह क्या कह रहे है ? यह सब कैसे हुआ ?..इस बार हरिया बोल पड़ा।

यह तो एक लम्बी कहानी है, इसे छोडो। हमें उपाय सोचना है कि रामवती के सामने होते हुए भी वो मुझे पहचान नहीं सके। कल सुमन स्टूडियो में मुझसे मिलाने ला रही है .... रघु पॉकेट से बुखार का टेबलेट निकाल कर खाते हुए कहा।

अरे, बाप रे...यह तो बड़ी भारी समस्या आ गई है .. हरिया बोल पड़ा।

तभी विकास बोला ...एक उपाय कर सकते है, अगर आप कहे तो बताऊँ ?

तो ज़ल्दी बताओ ना... रघु बेचैन हो कर पूछा।

विकास बोलने लगा ..आप मेरी बात ध्यान से सुनियेगा। आप को शूटिंग तो कल करना है ना ?.

हाँ तो ....रघु ने कहा।

आप अपना गेट अप एक दम बदल लीजिये। मूँछ सफा-चट और दाढ़ी मौलाना वाली। सिर पर मुस्लिम टोपी। आप तो बिलकुल मुसलमान बन जाइये और सुमन को समझा दीजिये कि धारावी में मुस्लिम आबादी ज्यादा है, इसलिए उसके पहनावे को ध्यान में रख कर आज फोटो शूट करेंगे।

इसमें सुमन भी मान जाएगी और रामवती को तो शक भी नहीं होगा... विकास अपनी बात समझा रहा था।

बिना मूँछ के रघु भैया को तो हम भी नहीं पहचान पाएंगे .... हरिया हँसते हुए बोला।

तुम ठीक कर रहे हो विकास , और कोई रास्ता नज़र नहीं आ रहा है ...रघु चिंतित मुद्रा में बोला। रात इसी तरह सोचते हुए बीत रही थी। रघु के साथ – साथ विकास और हरिया भी जाग रहे थे। थोड़ी देर बाद बुखार उतर चूका था और फिर तीनो को नींद आ गई।

इधर सुबह जब रामवती उठी तो उसके बदन में दर्द हो रहा था, शायद कल मुंबई घुमने की थकान अभी तक गई नहीं थी। सुमन तो अभी भी घोडा बेच कर सो रही थी।

फिर भी रामवती आज खुश थी और किचन में चाय बनाते हुए सोच रही कि जब सुमन उठेगी तो उसको चाय के साथ एक सरप्राइज दूंगी, हाँ अब मुझे लिखना-पढना आ गया है ..मैं अपना नाम लिखने के साथ साथ अपने पति का भी नाम लिख सकती हूँ ..... रघु राम।

वो चाय बनाते हुए एक देसी गीत गुनगुना रही थी। रामवती के गीत की आवाज़ सुनकर सुमन की नींद खुल गई। उसे समझते देर ना लगीं कि आज रामवती बहुत खुश है।

सुमन बिस्तर पर बैठे बैठे आवाज़ लगा दी... चाय में कितनी देर है दीदी।

मुझे पता था . ... तू उठते ही चाय के लिए आवाज़ देगी, इसलिए सबसे पहले तुम्हारी चाय और राजू के लिए दूध तैयार कर दी हूँ , बस अभी लेकर आ रही हूँ।

सुमन चाय लेते हुए बोली.... वाह , आज चाय से अच्छी खुशबु आ रही है, दीदी।

हाँ, मैंने इलायची जो डाली है चाय में ...रामवती बोल कर उसी के पास अपनी चाय भी लेकर बैठ गई।

कल तुम्हारे साथ मुंबई घुमने में बड़ा मजा आया..रामवती खुश हो कर बोल रही

थी। जिसका पास में घर होता होगा वो तो रोज़ वहाँ मजे करते होंगे।

नहीं दीदी ,वहाँ पर रहने वाले लोग बहुत धनी होते है ..उनके पास समय की कमी होती है और वो उसका मज़ा नहीं ले पाते...सुमन समझाते हुए बोल रही थी।

तभी रामवती ने देखा कि सुमन पेट पकड़ कर बैठी है, शायद पेट में दर्द हो रहा था। उसने सुमन का हाथ पकड़ कर पूछ लिया ...तुम्हारे पेट में तकलीफ है क्या ?

हाँ दीदी, ..थोडा दर्द महसूस हो रहा है,। बोलते बोलते सुमन अचानक बेहोश हो गई।

रामवती सुमन की स्थिति को देख कर घबरा गई। वो दौड़ कर किचन से पानी लेकर आयी और उसके मुँह पर पानी के छीटें मारे। उसे होश तो आ गया लेकिन दर्द काफी हो रहा था।

रामवती को सुमन की हालत देखी नहीं जा रही थी। उसके सिर को अपने गोद में रख कर सहला रही थी, और मन ही मन सोच रही थी .... मुझ जैसे अनपढ़ को ना तो दवा और ना ही रोग के बारे में कुछ पता है। ऐसे हालत में. अकेली मैं औरत जात क्या करुँगी।

सुमन ने हमारे लिए कितना कुछ किया है लेकिन मैं यहाँ ना तो किसी को जानती हूँ ना ही इस जगह से वाकिफ हूँ। रामवती अपने को अकेला महसूस करने लगी और उसके आँखों में आँसू आ गए।

तभी रामवती को एक उपाय सुझा और सुमन को डॉक्टर के पास चलने का आग्रह करने लगी।

सुमन ने कहा ....अभी थोडा दर्द है और कुछ देर में अपने आप ठीक हो जायगा। तुम चिंता मत करो दीदी।

लेकिन रामवती डॉक्टर के पास जाने को जिद करने लगी, और मज़बूरी में सुमन को ड्राईवर को फ़ोन कर बुलाना पड़ा। .

ड्राईवर सुमन की हालत के बारे में समझ कर तुरंत भाग कर आ गया। .किसी तरह

रामवती ड्राईवर की मदद से उसे डॉक्टर के पास लेकर गई।

डॉक्टर ने सुमन की तुरंत जांच की और फिर बोला... मैं कुछ क्लिनिकल जांच के लिए लिख दे रहा हूँ। रिपोर्ट आने के बाद ही सही ढंग से इलाज हो पायेगा तब तक के लिए मैं कुछ दवा दे देता हूँ और इंजेक्शन भी लगा देता हूँ ....थोड़ी देर में आराम हो जाना चाहिए .। ...

रामवती से कहा कि दो दिन में ठीक नहीं हुआ तो इनका गहन जांच करने हेतु हॉस्पिटल में भर्ती करना पड़ सकता है। फिलहाल दो दिन तक पूर्ण आराम की आवश्यकता है।

सुमन को घर ले कर रामवती आ गई और बिस्तर पर सुलाते हुए बोली ...तुम यहाँ आराम करो। ,मैं तुम्हारे लिए कुछ खाने को लाती हूँ और वो किचन में चली गई।

सुमन अब थोडा अच्छा महसूस कर रही थी, तभी सुमन के फ़ोन की घंटी बज उठी और सुमन ने फ़ोन उठाया तो दूसरी तरफ से रघु हेल्लो हेल्लो किये जा रहा था। सुमन धीरे से बोली ...तुम कैसे हो रघु ?

मैं बिलकुल ठीक हूँ लेकिन तुम्हारी आवाज़ को क्या हो गया है , तुम्हारी तबियत तो ठीक है ना ?...रघु घबरा कर पूछ रहा था।

हाँ, रघु, मैं बिलकुल ठीक हूँ .....वो अपनी बीमारी की बात छुपा कर बोली।

अरे हाँ, तुम कल स्टूडियो आ रहे हो ना.... सुमन कन्फर्म होने के लिए रघु से पूछ ली।

हाँ सुमन, कल स्टूडियो समय से पहुँच जाऊंगा ...रघु शांत स्वर में बोला। ,

तभी रामवती फ्रूट जूस लाकर सुमन से बोली...तुम अभी जूस पी लो। थोड़ी देर बाद खाना देती हूँ .। मोबाइल में जैसे ही रामवती की आवाज़ सुनाई पड़ी.. रघु फ़ोन ज़ल्दी से काट दिया।

अचानक इस तरह रघु के व्यवहार से सुमन एक बार फिर चौंक उठी और सोचने

लगी... ,आज कल रघु को ये क्या हो गया कि मुझसे बात बिलकुल नाप तौल कर करने लगा है।कल मिलूंगी तो इसका कारण ज़रूर पूछूँगी।

सुमन को दवा का असर हुआ और रात में खाना खाने के बाद वह आराम से सो सकी .लेकिन रामवती रात भर जग कर उसकी देखभाल करती रही।

सुबह जैसे ही सुमन की आँख खुली तो देखा रामवती उसके पास ही बैठ कर उसका सिर सहला रही है। सुमन के जागते ही वो पूछी...अब कैसी तबियत है सुमन।

सुमन रामवती को पकड़ कर बोली...मेरी अच्छी दीदी, मैं तो अब ठीक हूँ ,लेकिन तुम रात भर मेरे पास बिना आराम किये बैठी रही....इसीलिए तुम अपनी हालत बताओ ...।

मुझे क्या होने वाला है, ,मैं बिलकुल ठीक हूँ ...रामवती बोली।और हाँ तुन्हें आज दिन भर सिर्फ आराम करना है , डॉक्टर साहेब ने कहा है।

शाम के चार बज रहे थे और सुमन अभी तक सो रही थी। रामवती उसके उठने का इंतज़ार कर रही थी, और खुद से बोल रही थी कि सुमन उठ जाये तो मैं भी उसके साथ स्टूडियो जाने की तैयारी करूँ।

सुमन तो जग चुकी थी और रामवती की बातें सुन ली थी। वह अंगराई लेती हुई बोली...दीदी, तुम जल्दी से तैयार हो जाओ और मैं भी तैयार हो जाती हूँ।

ठीक पांच बजे दोनों स्टूडियो में पहुँच गए ...सुमन रामवती और राजू को सोफे पर बैठा कर बोली ...दीदी, तुम यही से शूटिंग देखना और किसी चीज़े की ज़रुरत हो तो गेट पर खड़ा ड्राईवर को बोल देना।

सुमन स्टेज पर जा कर सभी इंतज़ाम का का मुआइना करने लगी। लेकिन उसे आश्चर्य लगा कि रघु अभी तक कही दिखाई नहीं पड़ रहा था।

सुमन चिंतित होकर रघु को फ़ोन मिला दी ..लेकिन रघु फ़ोन उठा नहीं रहा था।

सुमन परेशान हो उठी और खुद से बोलने लगी.. लगता है रघु की तबियत फिर से

ख़राब हो गयी। वो हतास हो कर इधर उधर टहलने लगी। तभी सुमन ने देखा ,एक मुस्लिम युवक उसकी ओर आ रहा है। वो उसे देख कर पहचानने की कोशिश करने लगी ...तभी वो सुमन के पास आकर धीरे से बोला ..हेल्लो सुमन।

सुमन पलट कर देखि तो पहचान ही नहीं पायी।

सुमन आश्चर्य से उसकी ओर देख कर बोली ..अरे तुम, रघु हो ? ... तुम तो बिलकुल पहचान में ही नहीं आ रहे हो। यह मुस्लिम वाला गेट अप क्यों किया है।

मेरा गेट अप ठीक नहीं लगा क्या ? रघु सुमन की ओर देखते हुए बोल पड़ा..।

नहीं- नहीं, ऐसी बात नहीं है, , तुम तो बिलकुल पठान लग रहे हो...।

रामवती दूर से चुप चाप बैठे उनलोगों को देखे जा रही थी... शायद उसकी तेज़ नजरो से रघु का बचना मुश्किल ही लगता है। ...

> *"मन ही मन को जानता ...मन की मन से प्रीत,*
> *मन ही मनमानी करे ...मन ही मन का मीत .*
> *मन झूमे मन बाबरा ... मन की अद्भुद रीत*
> *मन के हारे हार है .... .मन के जीते जीत"*

19

अब क्या होगा

सुमन पलट कर देखी तो पहचान ही नहीं पायी। वह आश्चर्य से रघु की ओर देख कर बोली ....अरे रघु , तुम हो ?... तुम तो बिलकुल ही पहचान में नहीं आ रहे हो। लेकिन आज यह मुस्लिम वाला गेट – अप क्यों किया है ?

मेरा गेट- अप ठीक नहीं लगा क्या ? रघु सुमन की ओर देखते हुए बोला।

नहीं- नहीं, ऐसी बात नहीं है , तुम तो बिलकुल पठान लग रहे हो..।

देखो सुमन, हमने "धारावी" में सर्वे के दौरान पाया कि वहाँ मुस्लिम जन समूह ज्यादा है और अगर उनके ज़रूरत के हिसाब से अपने गारमेंट डिजाईन किये जाएँ तो सफलता मिलने की गारंटी है। लेकिन इसके लिए सही ढंग से प्रचार –प्रसार किया जाना चाहिए। उसी बात को ध्यान में रख कर काफी मेहनत कर यह गेट अप बनाया है। इसका फोटो शूट होने दो। देखना, इसे सेठ जी ज़रूर पसंद करेंगे ... रघु समझाते हुए सुमन से कहा।

बिलकुल सही सोच है तुम्हारी.... सुमन ने कहा और टोपी की जगह पगड़ी पहनने को दिया ताकि वह पूरा पठान लगे क्योकि ड्रेस भी उसी तरह का था। सुमन आज रघु को सामने देख कर बहुत खुश थी। लेकिन रघु को देख कर सुमन को ऐसा

महसूस हो रहा था कि वह कुछ डरा- डरा सा नज़र आ रहा है।

थोड़ी देर में दोनों शूटिंग में व्यस्त हो गए और इधर रामवती कुछ दूर पर सोफे में बैठ कर शूटिंग देख कर खुश हो रही थी।

हालाँकि , रामवती को तो पहले से ही शक हो गया था। , माना कि रघु कपडे और चेहरे से मुसलमान लग रहा था , लेकिन उसके हाव – भाव से बिलकुल रघु ही लग रहा था .....रामवती मन ही मन सोच रही थी।

लेकिन जब वो मेरे सामने आएगा तो मेरी पैनी निगाहों से बच नहीं पायेगा। मैं तो उसकी आँखे ही देख कर पहचान सकती हूँ ..उसकी नशीली आँखे और उसमे ऐसा जादू है कि ..उस में फंस के ना जाने उसके कितने गुनाहों को माफ़ किया है मैंने .....सुमन मन ही मन सोच रही थी।

आज थोडा ही काम कर के सुमन थक जा रही थी और रघु भी अभी बीमारी से उठा था,। इसलिए सुमन बोली ....आज का काम जल्दी समाप्त कर लेंगे और बाकी का काम कल करेंगे। मेरी भी तबियत कुछ ठीक नहीं लग रही है।

अच्छा तो तुम्हारी तबियत ख़राब थी और तुमने यह बात मुझसे छुपाई थी ... रघु नाराज़ होते हुए सुमन से बोला।

अरे नहीं रघु , ऐसी बताने वाली कोई बात नहीं थी ..... सुमन हँसते हुए बोली।

अच्छा ठीक है, आज का काम समाप्त करते है। बाकी का काम अगले दिन किया जायेगा ...रघु सुमन से सहमती लेने हेतु बोला।

ठीक है, जरा देखो, फोटो सब तैयार हो गए क्या ? रघु को बोल कर सुमन वहाँ से आकर रामवती के पास बैठ गई और आँखे बंद कर आराम करने लगी। बीमारी की वजह से तुम्हे कमजोरी बहुत हो गई है, सुमन। ,इसीलिए थोड़ी सी मेहनत करने पर थकान हो जा रही है......रामवती सुमन के माथे पर आये पसीने को पोछते हुए बोली।

तब तक "स्पॉट बॉय" चाय ले कर आ गया और दोनों चाय पीने लगे। तभी सुमन को ध्यान आया कि रघु अभी तक फोटो लेकर नहीं आया है और रामवती का परिचय भी तो करवाना है।

सुमन चाय समाप्त कर जल्दी से स्टेज पर जाकर रघु को खोजने लगी। लेकिन वह कहीं दिखाई नहीं दे रहा था। सुमन परेशान होकर स्पॉट बॉय से पूछी ...अरे रामू, तूने रघु को देखा है क्या ?

रघु जी तो अभी अभी चले गए ... रामू ने सुमन को बताया।

सुमन को बड़ा आश्चर्य हुआ कि बिना मुझे बोले रघु जा कैसे सकता है ? मुझे तो पहले से ही उसका व्यवहार बदला बदला सा महसूस हो रहा है। वजह क्या हो सकता है ... सुमन वहाँ एक कुर्सी पर बैठ कर सोचने लगी।

सुमन को रघु के ऐसे व्यवहार पर बहुत जोर का गुस्सा आया और उसी गुस्से में उसने रघु को फ़ोन मिला दिया। काफी देर रिंग होने के बाद रघु अन्ततः फ़ोन उठाया और हेल्लो बोला।

सुमन आश्चर्य प्रकट करते हुए रघु से बोली ....अरे रघु, , तुम अचानक बिना बताये

चले गए ?

हाँ सुमन, कुछ ज़रूरी काम आ गया था, इसलिए वहाँ से अचानक आना पड़ा ...रघु अपने सफाई में कहा।

ऐसी कौन सी ज़रूरी काम थी तुम्हारी, कि मुझे बताना भी उचित नहीं समझा ...सुमन नाराजगी प्रकट करते हुए बोली।

नहीं सुमन, ऐसी कोई बात नहीं है। मैंने आज तक कोई भी बात तुमसे नहीं छुपाया है ....सुमन के गुस्से को शांत करने के लिए रघु बोला।

नहीं, पहले तुम बताओ कि वो ज़रूरी काम क्या था कि अचानक तुम्हे जाना पड़ा ...सुमन जोर देकर पूछने लगी।

तुम तो बेकार में परेशान हो रही हो। दरअसल बात यह है कि अभी अभी हरिया का फ़ोन आया था कि उसे पुलिस ने पकड़ लिया है और थाना ले जाने की धमकी दे रही है। ,

इसीलिए उसी के पास जाने के लिए जल्दीबाजी में तुम से बिना पूछे निकल गया...रघु घबरा कर एक ही सांस में सारी बातें कह दी।

अगर मुझे बता दिए होते तो मैं भी चलती तुम्हारे साथ ... सुमन नाराज़ होते हुए बोली।

नहीं सुमन, मैं तुम्हे पुलिस के लफड़े से दूर ही रखना चाहता हूँ और जैसा होगा मैं तुम्हें खबर करता हूँ. ... रघु बोल कर फ़ोन काट दिया।

अब सुमन को रघु की बात सुन कर विश्वास करना पड़ा। फिर भी उसके मन में एक शंका तो घर कर ही गयी थी।

वो चुप चाप रामवती के पास आयी और बोली ... दीदी, आपको आज जिससे

मिलवाना चाहती थी वो एक बहुत ज़रूरी काम से चला गया है इसीलिए अगली बार जब भी शूटिंग होगी तो तुम्हे साथ लेती आउंगी। तुम शूटिंग देखना और उससे मिल भी लेना।

कोई बात नहीं सुमन, फिर कभी मिल लेंगे। अब घर चलते है, तुझे थकान हो रही है ..रामवती ने कहा।

ठीक है दीदी, ड्राईवर को बोल कर सामान गाड़ी में रखवा लो, तब तक फोटो सभी लेकर आती हूँ।

रामवती सामान रख कर गाड़ी में बैठ सुमन का इंतज़ार करने लगी। उसका दिमाग आज के पुरे घटनाक्रम पर टिक गया।

उसे बहुत कुछ समझ में आ गया था और उसके दिमाग में पूरा तस्वीर साफ़ हो चुकी थी। ..., कहीं मैं उसे पहचान नहीं जाऊं इसीलिए वो अपना हुलिया बदल कर आया था।

लेकिन चेहरा बदल लेने से क्या होता है। उसकी चाल – ढाल तो बिलकुल रघु जैसे ही थी। वह और कोई नहीं बल्कि रघु ही है ...मुझे पक्का यकीन हो रहा है ...रामवती मन ही मन आँखे बंद कर सोच रही थी।

कार तेज़ गति से चल रही थी और सुमन भी आँखे बंद किये रघु के बारे में ही सोच रही थी,.... ,कि आखिर ऐसी क्या बात है कि पिछले कुछ दिनों से वह परेशान और घबराया हुआ सा रहता है और हमसे आज कल बात भी बहुत कम करता है।

अचानक गाड़ी ब्रेक के साथ रुक गई और दोनों ने आँखे खोल कर देखा तो घर आ चूका था।

कार से उतर कर सुमन घर के अंदर आयी और एक तरफ सोफे पर बैठ कर आराम करने लगी।

दीदी, रात के दस बज चुके है और भूख भी लगी है ....सुमन बोली।

तुन चिंता मत करो मैं बस थोड़ी देर में खाना तैयार कर लेती हूँ, फिर हमलोग साथ खाना खायेंगे ...रामवती समझाते हुए बोली।

नहीं दीदी, पहले राजू के लिए दूध और मेरे लिए एक कप चाय बना दो...सुमन विनती करते हुए बोली।

ठीक है, मैं अभी चाय लेकर आती हूँ। तुम्हे अभी दवा भी खानी है ...रामवती ने याद दिलाया।

खाना खाने के बाद, रामवती सुमन को लेकर बिस्तर पर आयी और बोली...चलो सुमन, तुम्हारे बदन को दबा देती हूँ, थकान थोड़ी कम हो जाएगी।

नहीं मेरी दीदी, मैं बिलकुल ठीक हूँ। तुम भी तो जाने आने में थक गई होगी। चलो तुम्हारी गोद में ही सो जाती हूँ, तुम्हारी थपकी से मुझे तुरंत नींद आ जाती है... . सुमन रामवती को पकड़ कर बोली।

अच्छा थोड़ी देर ठहरो मैं किचन का काम पूरा करके आती हूँ...रामवती बोलते हुए किचन में चली गई।

लो यह गिलास का दूध पी लो और दवा भी ले लो ..दवा देते हुए रामवती बोली।

दवा खा कर सुमन रामवती की गोद में ही सोने का प्रयास करने लगी ..तभी रामवती बोल पड़ी...।

आज तो शूटिंग देख कर मजा आया। राजू भी बड़ी बड़ी आँखे करके शूटिंग देख रहा था। कितना तरह का लाइट होता है।

अरे सुमन, उसका क्या हुआ जिसको पुलिस पकड़ कर ले गई थी। पुलिस ने उसको छोड़ा कि नहीं।

अरे हाँ दीदी ...मैं तो पूछना ही भूल गई ...यहाँ की पुलिस बहुत बदतमीज़ होती है। एक बार पीछे पड़ जाये तो जल्दी छोड़ती नहीं है ...सुमन ने कहा। और लेटे लेटे ही

हरिया को फ़ोन मिलाया ......

हेल्लो ,मैं हरिया बोल रहा हूँ....उधर से आवाज़ आयी।

मैं सुमन बोल रही हूँ...और बताओ, पुलिस तुम्हे क्यूँ पकड़ कर ले गई थी। और अभी तुम छूटे कि नहीं।

पुलिस ..? ...हरिया आश्चर्य प्रकट करते हुए से बोला। .. मुझे क्यों पुलिस पकड़ कर ले जाएगी ?

लेकिन कोई लफड़ा तो हुआ था ना ,,,सुमन जिज्ञासा से बोली।

नहीं मैडम, मैं तो सुबह से खोली में ही हूँ। आज तो बाहर निकला ही नहीं ...हरिया अपनी बात को बताया।

सुनकर सुमन को घोर आश्चर्य हुआ और उसे कुछ समझ में नहीं आया।

अच्छा, ठीक है ...सुमन बोल कर फ़ोन काट दी।

सुमन फ़ोन काट कर सोचने लगी.. कोई तो बात है, इसलिए रघु बार बार हमसे झूठ बोलता है। और इतने दिनों से रघु का हाव – भाव भी बदला हुआ है। इसका पता अब तो लगाना ही पड़ेगा ...।

रामवती सुमन की सारी बात ध्यान से सुन रही थी और अब उसके सामने पूरी तस्वीर साफ़ हो चुकी थी कि रघु उसका पति ही है और वो हरिया के साथ ही रहता है। मुझे लगता है कि विकास भी वहीं रहता होगा। अब हकीकत जानने से कोई रोक नहीं सकता लेकिन सच्चाई का पर्दाफाश कैसे किया जाये... रामवती मन ही मन सोच रही थी।

20

आपके है कौन ?

आज सुबह जब रामवती की नींद खुली तो मन बड़ा उदास लग रहा था। किचन में जाकर राजू के लिए दूध बना रही थी और सोच रही थी ... रात में सुमन के द्वारा की गई सारी बात उसने ध्यान से सुनी थी।

अब पूरी तस्वीर साफ़ हो चुकी है कि रघु वही है जो उसका पति है और वो हरिया के साथ ही रहता है। सुमन भी यही है , जिसके बारे में मेरी धारणा थी कि वो जादूगरनी है और उसने मेरे पति को जबरदस्ती फांस रखा है।

लेकिन सुमन को देखने के बाद मेरे विचार पूरी तरह बदल गए है। वो वैसी बिलकुल नहीं लगती है। अब तो इसके प्रति हमारे दिल में इतना प्यार हो गया है कि ,मेरे मुख से कुछ भी ख़राब उसके लिए निकल ही नहीं सकता।

अब सवाल है कि या तो मैं या फिर सुमन ,किसी एक को ही यहाँ जगह मिल सकती है। मुझे सुमन को रास्ते से हटाना होगा या मुझे खुद उसके रास्ते से हट जाना होगा। इसका फैसला मुझे खुद लेना होगा।

अब रिश्ते में तो तुम मेरी शौतन लगती हो, लेकिन हकीकत में मैं तुम्हे छोटी बहन मान चुकी हूँ ....रामवती मन ही मन बोल रही थी। तभी सुमन की जोरदार चीख

सुनाई दी ...।

सभी काम छोड़ कर वो सुमन के पास भाग कर गई तो देखा सुमन पेट पकड़ कर दर्द से छटपटा रही है।

रामवती उसकी ऐसी हालत देख कर घबरा गई। उसने सुमन को पकड़ कर बोली .. तुम्हे फिर पेट में दर्द शुरू हो गया है क्या ?

हाँ दीदी, पेट में बहुत दर्द हो रहा है ... सुमन बहुत मुश्किल से बोल पा रही थी।

चलो अभी डॉक्टर के पास चलते है, तुम्हे तो डॉक्टर के पास आज जाना भी था और तुम्हारा जांच रिपोर्ट भी आ चूका होगा .. रामवती घबराते हुए बोली।

तभी सुमन मुश्किल से ड्राईवर का नंबर मिला कर रामवती को देते हुए बोली ... लो दीदी, ड्राईवर को आने के लिए बोल दो।

हाँ – हाँ , अभी तुरंत आने के लिए बोलती हूँ उसे. .....सुमन के हाथ से फ़ोन लेते हुए बोली।

तभी देखा कि सुमन बेहोश होकर बिस्तर पर गिर पड़ी। रामवती दौड़ कर पानी लेकर आयी और उसके चेहरे पर पानी के छींटे दिए। कुछ देर में सुमन को होश आ गया , लेकिन दर्द के मारे वो कराह रही थी।

हिम्मत से काम लो सुमन, अभी कुछ देर में हमलोग डॉक्टर के पास होंगे .....रामवती उसे हिम्मत दिला रही थी।

ड्राईवर का नंबर लग गया और रामवती सुमन की हालत के बारे में उसे बताया और कहा कि आप जल्दी से आ जाइये।

ड्राईवर कुछ ही समय में हाज़िर हो गया और दोनों ने मिलकर किसी तरह सुमन को उसी डॉक्टर के पास लेकर आ गए। सुमन अभी होश में थी।

सुमन रामवती का हाथ पकड़ कर रखी थी और उसके चेहरे पर दर्द और घबराहट

साफ़ दिखाई दे रहे थे।

ड्राईवर दौड़ कर डॉक्टर के पास गया और सुमन की हालत के बारे में बताया। डॉक्टर स्टाफ को स्ट्रेचर लाने को कहा और खुद भी सुमन के पास जाकर उसकी हालत का मुआयना करने लगे।

डॉक्टर साहेब, देखिये ना सुमन को क्या हो गया है ...रामवती रोते हुए बोल रही थी।

आप धैर्य रखिये, मैं अभी चेक करता हूँ ..डॉक्टर साहेब ने कहा।

तभी सुमन डॉक्टर को देखते हुए बोली...मेरा जांच की रिपोर्ट तो आ गई होगी।

हाँ , आपकी जांच रिपोर्ट को देख लिया है और उसी के बारे में चर्चा करना चाह रहा हूँ। आप अपने घर से किसी को बुला लीजिये।

जो भी है बस हमारी दीदी है ... जो भी बात करना है आप इसके सामने ही करें.।

देखिये आप तो पढ़ी लिखी है, समझदार है। दरअसल बात यह है कि आप की जांच रिपोर्ट से यह पता चल रहा है कि आपका अपेंडिक्स पक कर उससे स्राव हो रहा है, जिसके कारण आप के पेट में भयंकर पीड़ा हो रही है.....डॉक्टर साहेब ने कहा।

अभी मुझे जितनी जल्द हो सके ऑपरेशन करके अपेंडिक्स को निकालना होगा।..अगर वह पेट में ही फट गया तो आप की जान को खतरा हो सकता। अगर कोई आप के अपने हो जो यहाँ के फॉर्मेलिटी को पूरा कर सके और... डॉक्टर की बात पूरी भी नहीं हुई कि सुमन फिर से बेहोश हो गई।

डॉक्टर साहेब सुमन को तुरंत एक इंजेक्शन लगा दिया और उसके होश आने का इंतज़ार करने लगा।

रामवती को सुमन की हालत देखी नहीं जा रही थी . और आँखों से झर झर आँसू बह रहे थे। समझ में नहीं आ रहा था कि अब क्या किया जाये।...

तभी उसको रघु की याद आई और उसने सुमन के मोबाइल से रघु नाम को देख कर उसे फ़ोन लगा दी। वो तो अच्छा हुआ कि सुमन ने उसे लिखना और पढना सिखा दिया था।

उधर फ़ोन की घंटी बजा और रघु अपने मोबाइल में नंबर देख कर बोला ...हाँ सुमन, बोलो क्या बात है।

मैं रामवती बोल रही हूँ ....रामवती ने जबाब में कहा।

रघु को अब समझ नहीं आ रहा था कि क्या जबाब दे। अगर वो मुझे पहचान लेगी तो अभी ही बबाल हो जायेगा।

वो फ़ोन पकडे रहा लेकिन कुछ बोल नहीं पा रहा था।

तभी रामवती बोली ..देखो जी, मैं आप को जान गई हूँ और मैं आप की पत्नी बोल रही हूँ। , ये आप भी जान रहे हो। लेकिन अभी उन सब बातो के लिए मेरे पास समय नहीं है ....सुमन मैडम हॉस्पिटल में है और डॉक्टर तुरंत ऑपरेशन करने के लिए बोल रहा है।

अगर ऑपरेशन में देर हुआ तो उसके जान को खतरा हो सकता है।

मेरी तो कुछ समझ में नहीं आ रहा है। तुम जल्दी से चले आओ और सुमन को किसी तरह बचा लो .....बोलते हुए रामवती रोने लगी।

सुमन को तभी होश आ चूका था और वो रामवती की रघु से फ़ोन पर की गई बाते सुन ली।

रघु को यह तो अच्छी तरह समझ आ गया था कि अब रामवती से कुछ भी छिपाना ठीक नहीं है, वो हॉस्पिटल का नाम पूछा और कहा ....तुम घबराओ नहीं ,...मैं तुरंत पहुँच रहा हूँ...।

रघु बिना एक पल गवाएं हॉस्पिटल के लिए रवाना हो गया।

डॉक्टर ने रामवती से ही सारे पेपर पर हस्ताक्षर करा लिए थे, और ऑपरेशन थिएटर में ले जाने की तैयारी करने लगे। उसी समय रघु भी दौड़ता हुआ वहाँ पहुँच गया। उस समय सुमन को होश आ चूका था। और वो रघु को देख रही थी, पर मुँह से कुछ बोल नहीं पा रही थीं। उसके आँखों से आँसू बह रहे थे।

इधर रघु भी एक टक उसे देखे जा रहा था .. उसने अपने दोनों हांथो से सुमन के हाथ को पकड़ रखा था।उसके आँखों से आँसू टपक कर सुमन के हाथो को भिंगो रहे थे। सुमन एक हाथ उठाकर इशारे से रामवती को बुलाई।

रामवती भी उसके हाथ को पकड़ ली और रोने लगी ...सुमन कुछ देर तक दोनों को देखती रही और फिर उसने रघु के हाथ को रामवती के हाथ में दे दिया। उसे पता चल चूका था कि रघु रामवती का पति है। और सुमन को आभास हो चला था कि उसका बचना मुश्किल है।

तब तक डॉक्टर साहेब भी आ गए और रामवती से बोले कि अभी आप पचास हज़ार रूपये काउंटर पर जमा करा दीजिये।

डॉक्टर की बात सुन कर रामवती रघु की ओर देख कर बोली... इतने पैसो का अभी कैसे इन्तेजाम हो सकता है ?

तभी रघु को सेठ जी का ख्याल आया और उनको फ़ोन लगा दिया।

हेल्लो सर, मैं रघु बोल रहा हूँ। यहाँ सुमन मैडम को अपोलो हॉस्पिटल से लेकर आया हूँ और डॉक्टर अभी तुरंत ऑपरेशन करने को बोल रहे है ... रघु घबरा कर सेठ जी को कहा।

अच्छा ठीक है , आप डॉक्टर से मेरी बात कराओ....सेठ जी ने रघु से कहा।

रघु जल्दी से डॉक्टर को फ़ोन देकर कहा ...कृपया मेरे सेठ जी से बात कर लीजिये।

हेल्लो , मैं मांगी लाल अग्रवाल , धारावी इंडस्ट्री का मालिक बोल रहा हूँ .. .सेठजी ने कहा।

आप को कौन नहीं जनता है....डॉक्टर उनकी आवाज़ सुनकर जबाब में कहा।

मैं बस आधे घंटे में पहुँच रहा हूँ, आप पैसो की फिक्र ना करे, आकर सारा पेमेंट कर दूंगा।

आप ऑपरेशन की तैयारी करें.....सेठ जी जल्दीबाजी में डॉक्टर से निवेदन किया।..

तभी हरिया और विकास भी पहुँच गया। और मैडम को देख कर बोला ...मैडम आप बिलकुल चिंता नहीं कीजिये , आप बहुत जल्दी ठीक हो जायेंगे। सुमन उन दोनों को देखा और अपना दर्द छिपा कर मुस्कुरा दी।

रामवती अपने बच्चे राजू को हरिया को थमाते हुए बोली . -..इसे अभी अपने पास रखो और जाते वक़्त अपने साथ ही लेते जाना।

नहीं रामवती , तुम भी घर चली जाओ। मैं यहाँ सब संभाल लूँगा ...रघु रामवती को समझा रहा था।

मैं सुमन को एक पल के लिए भी नहीं छोड़ सकती। अगर इसे कुछ हो गया तो मेरा भी जीवन व्यर्थ हो जायेगा ...रामवती के आँखों में आँसू थे।

इसी बीच डॉक्टर साहेब आये और रघु की तरफ मुखातिब होकर बोला...अभी इनकी हालत बहुत बिगड़ चुकी है, कुछ कहा नहीं जा सकता है कि इन्हें बचा पाउँगा या नहीं। अपेंडिक्स के फट जाने से अंदर जहर फ़ैल चूका है।

ऐसा मत कहिये डॉक्टर साहेब, इसे हर हाल में बचाना होगा ....रामवती रोते हुए बोल रही थी ...

☙

21
मैं तेरी सौतन

रामवती अपने छोटे बच्चे, राजू को हरिया को थमाते हुए बोली ..इसे अभी अपने पास रखो। और जाते वक़्त अपने साथ ही लेते जाना।

नहीं रामवती , तुम भी घर चली जाओ। मैं यहाँ सब संभाल लूँगा ...रघु रामवती को समझा रहा था।

मैं सुमन को एक पल के लिए भी नहीं छोड़ सकती, अगर इसे कुछ हो गया तो मेरा भी जीवन व्यर्थ हो जायेगा ....रामवती ने साफ़ साफ़ लफ्जो में रघु को बोली।

डॉक्टर साहेब भी बहुत चिंतित मुद्रा में लग रहे थे। ..वे सुमन के पास आये और रघु की ओर देखते हुए बोले ..... अभी इनकी हालत काफी बिगड़ चुकी है।, कुछ कहा नहीं जा सकता है कि इन्हें बचा पाउँगा या नहीं। अपेंडिक्स के फट जाने से अंदर जहर फ़ैल रहा है। मुझे तुरंत ऑपरेशन करना होगा।

ऐसा मत कहिये डॉक्टर साहेब, इसे हर हाल में बचाना होगा ....रामवती रोते हुए बोल रही थी।।

मैं पूरी कोशिश कर रहा हूँ, बाकि तो सब ऊपर वाले के हाथ में है। दुआ में बहुत ताकत होती है, आप लोग दुआ कीजिये कि सुमन बच जाये। डॉक्टर साहब ऑपरेशन थिएटर में जाकर ज़रूरी तैयारी करने लगे।

सुमन बेहोश स्ट्रेचर पर पड़ी थी। रघु और रामवती उसके दोनों ओर खड़े होकर एक

टक सुमन को देखे जा रहे थे और दोनों के आँखों से आँसू बह रहे थे।

तू तो मेरी "सौत" हो , फिर भी तुझसे इतना स्नेह क्यों है ?...रामवती मन में सोच रही थी।

इतने में डॉक्टर साहेब अंदर से आये और सुमन को एक इंजेक्शन लगाया और एक स्टाफ की मदद से ऑपरेशन थिएटर में लेकर चले गए

ऑपरेशन थिएटर के बाहर सभी लोग खड़े हाथ जोड़ कर भगवान् से दुआ कर रहे थे। उसी समय सेठ जी भी आ गए।

सुमन कहाँ है ? ...सेठ जी ने रघु से पूछा।

सर, डॉक्टर साहेब अभी अभी अंदर लेकर गए है, शायद ऑपरेशन चालू हो गया है। सेठ जी ऑपरेशन थिएटर के बाहर जलते बल्ब को देख कर समझ गए कि ऑपरेशन शुरू हो चूका है।

वो वहीं एक बेंच पर बैठ गए और सब लोगों को भी बैठने का इशारा किया। लेकिन सभी लोग वही खड़े रहे और हाथ जोड़ कर भगवान् से प्रार्थना करते रहे।

आज यह पता चला कि सुमन का व्यवहार इतना अच्छा है कि हर कोई उसके ज़िन्दगी के लिए भगवान् से प्रार्थना कर रहा है। यह तो सच ही है कि उसने सब की भलाई के लिए कुछ ना कुछ किया है ...भले ही उसकी ज़िन्दगी संघर्ष पूर्ण रही हो।

वो अपने मेहनत और सच्ची लगन से काम करते हुए इस मुकाम पर पहुँची है कि इतने बड़े इंडस्ट्री का मालिक भी उसके लिए बाहर बेंच पर बैठ कर जल्द ठीक होने की कामना कर रहा है।

ऑपरेशन थिएटर का दरवाजा खुला तो सभी लोग दौड़ कर उस ओर भागे।

रघु जल्दी से डॉक्टर से पूछा.... अब कैसी है सुमन ?

डॉक्टर साहेब परेशान नज़र आ रहे थे। वो रिसेप्शन में गए और वहाँ के स्टाफ को कहा कि डॉक्टर माथुर जैसे ही यहाँ आयें, उनको अंदर लेकर आ जाना।

बोल कर वापस ऑपरेशन थिएटर में जाने लगे तभी सेठ जी ने पूछ लिया ....अब कैसी है सुमन ?

डॉक्टर साहेब उनकी ओर मुखातिब होकर बोले ....अभी सुमन की हालत बहुत नाज़ुक है, अपेंडिक्स फट जाने के कारण शरीर में ज़हर फ़ैल गया है। , इसलिए मैं एक और एक्सपर्ट डॉक्टर को भी बुला रहा हूँ।

आप पैसों की चिंता नहीं करेंगे। आपको जितने डॉक्टर को कंसल्ट करना है, कीजिये ... आप को किसी भी हाल में सुमन को बचाना होगा। वो मेरी बेटी जैसी है .....सेठजी के आँखों में आँसू आ गए थे।

कुछ देर बाद, रघु ने सेठ जी से कहा .. ऑपरेशन तो बहुत देर तक चल सकता है। आप कितना देर यूँही बैठे रहेंगे। आप घर जाइये और जब ऑपरेशन पूरा हो जायेगा तो आप को खबर कर दूंगा।

ठीक है, मैं जाता हूँ। लेकिन पल पल की खबर देते रहना ..बोल कर सेठ जी जाने लगे।

तभी एक डॉक्टर रिसेप्शन पर पहुँच कर बोला ...आई ऍम डॉ माथुर। ....

जी सर, आप का ही इंतज़ार कर रहे थे ... रिसेप्शनिस्ट ने कहा और उनको लेकर ऑपरेशन थिएटर में चला गया।

सब लोगो की सांस अटकी हुई थी, न जाने क्या होने वाला है। लेकिन एक बात तो

तय है कि सुमन ने इतने लोगों का भला किया है तो उनकी दुआएं अवश्य काम करेगी।

लंच का टाइम हो रहा था, लेकिन किसी को भी भूख नहीं लग रही थी। बस सभी लोग टकटकी लगाए उस दरवाजे को देख रहे थे जिसके अंदर सुमन ज़िन्दगी और मौत से जूझ रही थी।

चार घंटे तक चले लम्बे ऑपरेशन के बाद डॉक्टर साहेब अपने सिर के पसीने को पोछते हुए बाहर आये और इतना ही कहा .. .हमारा काम जो ऑपरेशन का था वो तो कर दिया है। अभी होश आने में करीब चार घंटे लग सकते है।

लेकिन ऐसी स्थिति में कभी कभी मरीज़ कोमा में भी चला जाता है। आपलोग भगवान् से दुआ कीजिये कि ऐसी स्थिति ना आये। अभी उसको रूम में शिफ्ट किया जा रहा है।

थोड़ी देर बाद, सुमन को ऑपरेशन थिएटर से निकाल कर रूम में शिफ्ट कर दिया गया। सुमन बेहोश बेड पर पड़ी थी और रामवती और रघु उसके पास ही खड़े होकर उसके होश में आने का इंतज़ार कर रहे थे। तभी सुमन के शरीर में हरकत हुई और सभी लोग चौक कर उसे देखने लगे।

सुमन धीरे से अपनी आँखे खोली और रामवती को देखने लगी।

वो कुछ बोलना चाह रही थी, लेकिन मुँह से आवाज़ बिलकुल नहीं निकल रहा था। वो रामवती को बस एक टक देखे जा रही थी। सुमन की आँखे मानो कह रही हो .....आखिर तुमने मुझे बचा ही लिया दीदी....सुमन की आँखों से आँसू बह रहे थे।

हाँ – हाँ सुमन, मैं तुम्हारे पास ही हूँ। रामवती उसकी हाथ को अपने हाथ में लेते हुए बोली। अब तुम बिलकुल ठीक हो जाओगी।

लेकिन वह फिर बेहोश हो गयी। सभी लोग घबरा गए और रघु दौड़ कर डॉक्टर के पास गया और बोला ...डॉक्टर साहेब, सुमन को होश आया था लेकिन फिर बेहोश हो गयी।

डॉक्टर साहेब चल कर सुमन के पास आये और उसकी जांच करने के बाद बोले .....अभी अनेस्थिसिया का असर है , अभी होश आने में दो घंटे और लगेंगे।

तभी रामवती ने डॉक्टर साहेब से कहा ...सर,वो कुछ बोलना चाहती थी लेकिन उसके मुँह से आवाज़ ही नहीं निकल पा रहा था।

डॉक्टर साहेब ने समझाते हुए कहा ... शरीर में जहर फ़ैल जाने के कारण, उस जहर से कुछ अंग भी प्रभावित हुए होंगे। शायद इसी कारण उनकी आवाज़ भी चली गयी होगी।

मैं उनको दवा दे रहा हूँ, शायद फिर से वो बोलने लगे। आपलोग भी भगवान् से प्रार्थना कीजिये कि इनकी आवाज़ जल्दी वापस आ जाये।

और हाँ, आपलोगों को एक बात और भी बताना था। शरीर में फैले ज़हर की वजह से इनकी बच्चेदानी में भी इन्फेक्शन हो गया था, इसलिए लाचारी में इनका बच्चादानी भी काट कर निकालना पड़ा है।

अब ये कभी माँ नहीं बन सकती है। और कौन कौन सा अंग प्रभावित हुआ , उनके होश आने पर ही पता चल पायेगा। आप फिलहाल किसी भी तरह से इन्हें परेशान नहीं करें और पूरा आराम करने दें।

अभी चार घंटा बहुत ही विशेष है ..., कुछ भी हो सकता है, बोल कर डॉक्टर साहेब चले गए।

रामवती को सुमन की स्थिति के बारे जान कर चिंता .और पीड़ा महसूस हो रही थी।

हे भगवान्,... तू ने यह क्या कर दिया ...सुमन की तो सारी ज़िन्दगी चौपट कर दी। . . बाँझ रह कर ही सारी ज़िन्दगी उसे बिताना पड़ेगा। एक औरत के लिए इससे बड़ी दुःख और क्या हो सकता है। ...

इसने तो सब का भला किया, किसी का भी दिल नहीं दुखाया। फिर किस बात की

सजा इसे मिल रही है ....रामवती दुखी होकर मन ही मन बोल रही थी और सुमन के सिर पर हाथ रख कर शीघ्र ठीक होने की कामना कारन्ने लाशि।

तभी रघु बाहर से कुछ खाना लेकर आया और रामवती को खाने के लिए दिया , लेकिन वो खाने से मना करते हुए बोली... अभी मुझे भूख नहीं है।

देखो रामवती, मैं समझ सकता हूँ कि सुमन की ऐसी स्थिति से तुम दुखी हो,... मुझे भी तो दुःख है।

लेकिन भूखे रहने और इस तरह रोने – धोने से अगर तुम भी बीमार पड़ जाओगी तो सुमन की सेवा कौन करेगा ?

इस पर रामवती के कहा... सुमन को होश तो सुबह तक आएगा .. ..मैं स्त्री हूँ, इसलिए मुझे इसके पास रहना ज़रूरी है। आप घर चले जाओ और राजू का भी ध्यान रखना। सुबह भले ही जल्दी आ आना ...

22

ज़िन्दगी इम्तिहान लेती है

सुमन बेड पर बेहोश पड़ी थी और डॉक्टर साहब भी अभी अभी आये थे और अपने स्टाफ को उसे पानी चढाने का निर्देश देकर गए थे। अभी भी उसे पूरी तरह होश आने में करीब दो घंटे का समय लगने की सम्भावना थी...।

सुमन भी अजीब लड़की है, दुनिया के लोगो की परवाह करती है और अपने शरीर पर तनिक भी ध्यान नहीं देती, सिर्फ काम के पीछे पागल रहती है। इसी कारण तो आज इतना बड़ा ऑपरेशन कराना पड़ा है .....रामवती मन ही मन सोच रही थी।

सुमन के बदन में फिर थोड़ी हरकत हुई तो रामवती दौड़ कर उसके पास गई। सुमन आँखे खोल कर अपने चारो ओर देखा। तभी रामवती ने इशारे से पूछा...अब कैसा लग रहा है, सुमन। सुमन कुछ बोलना चाह रही थी लेकिन उसके गले से आवाज़ नहीं निकल पा रही थी।

उसी समय डॉक्टर साहब सुमन को इंजेक्शन देने के लिए आ गए, उन्होंने सुमन की स्थिति देखी और बोले कि लगता है इनकी आवाज़ चली गयी है, इसलिए इनके गले से आवाज़ नहीं निकल पा रही है।

सुमन को पूरी तरह होश आ चूका था और वो डॉक्टर की बातें साफ़ साफ़ सुन रही थी। यह जान कर उसको बहुत दुःख हो रहा था कि अब वो कभी बोल नहीं पायेगी। वो अपनी आँखे बंद कर इस तकलीफ को बर्दास्त करने की कोशिश करने लगी।

डॉक्टर साहब रामवती की तरफ देखते हुए आगे कहा ...यह सब इनके शरीर में फैले ज़हर के कारण ही हुआ है और हाँ एक बात और बताना है कि इनके बच्चादानी में भी इन्फेक्शन हो गया था। इसी कारण इनके बच्चादानी को भी निकालना पड़ा है।

अब ये कभी भी माँ नहीं बन सकती ..इतना सुनना था कि सुमन जैसे अंदर से टूट ही गई। वो रामवती को पकड़ कर रोने लगी ..उसके आँखों से आँसू बह रहे थे।

उसकी ऐसी मानसिक स्थिति को देख कर रामवती भी अपने आँसू रोक नहीं पा रही थी.। यह पीड़ा किसी औरत के लिए असहनीय होती ही है कि उसे बाँझ बन कर ज़िन्दगी जीना पड़े। सुमन को लग रहा था कि अब जीवन में कोई ख़ुशी नहीं बची है, और अब उसका जीवन ही बेकार हो गया है।

उसकी भावनाओ को समझते हुए रामवती उसके माथे पर हाथ रख कर दिलासा दे रही थी। और रघु भी पास खड़ा सब देख रहा था। उसके आँखों के आँसुओं को रघु पोछते हुए कहा..हिम्मत से काम लो सुमन। हमलोग सभी तुम्हारे साथ है।

रघु सुमन को दिलासा तो दे रहा था लेकिन साथ ही साथ सोच रहा था ..., यह मुझसे इतना प्यार करती है कि मेरे लिए उसने शादी के सभी ऑफर को ठुकरा दिया था ...... और एक मैं हूँ, कि रामवती के कारण उससे झूठ बोल कर उससे बचने का प्रयास करता रहा हूँ।

लेकिन अब तो सुमन को सब कुछ. पता चल चूका है। पता नहीं, ऐसी स्थिति में अब मैं सुमन का सामना कैसे कर पाउँगा।

रामवती रघु को देखते हुए बोली...तुम क्या सोच रहे हो ? अब तो सुमन को होश आ चूका है। तुम जल्दी से चाय ले आओ तो सुमन को पिलायेंगे और हम सब भी पियेंगे। डॉक्टर साहब ने कहा है ...अब चाय दे सकते है।

ठीक है, अभी मैं चाय लेकर आता हूँ....बोलकर रघु बाहर निकल गया।

सुमन एक टक रामवती को देखे जा रही थी और उसके आँसू जैसे थमने का नाम ही नहीं ले रहे थे।

रामवती भी बहुत भावुक होकर उसे हिम्मत दे रही थी लेकिन मन ही मन सोच रही थी ....यह सही है कि सुमन ने रघु की जान तो बचाई ही है और मेरा भी ज़िन्दगी उसी के सहयोग के कारण बची है। इस तरह देखा जाए तो हमदोनो की ज़िन्दगी उसी की देन है और उसके बदले में हमलोगों से अगर थोड़े अधिकार की उम्मीद वो रखती है, तो इसमें गलत ही क्या है .. उसका हक़ तो बनता ही है।

मैं अपना सब कुछ और यहाँ तक कि राजू को भी उसे सौंप दूंगी ताकि उसे ज़िन्दगी में किसी चीज़ की कमी महसूस ना हो। इतना तो बलिदान मुझे देना ही होगा.। इन्ही सब बातों में रामवती खोई हुई थी, तभी रघु चाय लेकर आ गया।

रामवती धीरे धीरे सुमन को बड़े प्यार से चाय पिला रही थी। तभी सुमन इशारे से बोली कि तुम सब भी चाय पी लो।

ठीक है सुमन, हमलोग भी चाय ले लेते है। रामवती उठकर चाय कप में डाला और रघु को देने के बाद खुद भी लेकर तीनो चाय पीने लगे। सुमन भी पहले से अब सामान्य हो रही थी।

रात के दस बज रहे थे और तभी विकास घर से सुमन के लिए खिचड़ी ले कर आ गया।

रामवती विकास को देख कर आश्चर्य से बोली ...तुम्हे कैसे पता चला कि अभी सुमन को खिचड़ी खाने को डॉक्टर ने बोला है।

मुझे रघु भैया फ़ोन पर सब बात बता दिए थे ...विकास खिचड़ी का डिब्बा टेबल रखते हुए बोला।

और राजू तुमलोग को तंग तो नहीं कर रहा है ....रामवती उत्सुकता से पूछी।

नहीं, वो हमलोग के साथ खूब अच्छा से रहता है, टाइम से खाना खा लेता है और आराम से सो जाता है। वो बिलकुल तंग नहीं करता है।

सुमन राजू के बारे में सुन कर खुश हो रही थी और इशारे से बोली कि कल उसे लेते

आना, देखने का मन कर रहा है।

हाँ विकास, कल उसे भी लेते आना, सुमन का मन बहल जायेगा ..रामवती विकास को बोल रही थी।

रामवती सुमन को पकड़ कर तकिये के सहारे बेड पर बैठा दी, ताकि वो आराम से खाना खा सके। और

खिचड़ी अपने हाथों से सुमन को बड़े प्यार से खिला रही थी।

उसी समय सेठ जी भी आ गए, ..उन्होंने साथ में लाये हुए फलों को टेबल पर रखते हुए सुमन से पूछा-..अब कैसी तबियत है सुमन ?

सुमन सेठ जी को देख कर धीरे से मुस्कुरा दी।

सेठ जी को सुमन के नहीं बोलने पर आश्चर्य हो रहा था। तभी रघु ने धीरे से सेठ जी को बताया कि ,सुमन की आवाज़ चली गई है। डॉक्टर ने कहा है कि अब वो बोल नहीं सकती है।

सेठ जी सुमन को बड़े प्यार से देखा और बोले....सुमन, तुम दुखी मत होना। मैं बड़ा से बड़ा डॉक्टर से तुम्हारा इलाज करवाऊंगा और जैसे भी हो तुम्हारी आवाज़ को वापस लाने में सफल होऊंगा। सेठ जी उसके सिर पर हाथ रख कर दिलासा दे रहे थे।

फिर सेठ जी रघु की ओर देख कर बोले .....शायद चार दिनों बाद सुमन को यहाँ से छुट्टी मिल जाएगी और मैं अब तक का सारा बिल का पेमेंट कर दिया है और ये कुछ पैसे तुम रख लो और सुमन को जिस चीज़ की ज़रुरत हो तो लाकर देते रहना और अच्छी तरह सेवा करना ताकि सुमन जल्द ठीक हो जाये।

मैं गला के डॉक्टर से संपर्क करने की कोशिश करता हूँ ..सेठ जी बोल कर जाने लगे।

विकास सेठ जी को उनकी गाड़ी तक छोड़ने चला गया।

तभी रघु रामवती की ओर देखते हुए बोला ..अब तो सुमन की हालत कुछ बेहतर है इसलिए आज रात को मैं यहाँ रहता हूँ और तुम विकास के साथ घर चली जाओ। राजू को भी तो संभालना होगा।

नहीं जी, सुमन के साथ एक औरत को यहाँ रहना ज़रूरी है. इसलिए मैं यहाँ रहती हूँ। तुम घर चले जाओ। तुम भी तो दो दिनों से सो नहीं सके हो। तुम्हे थोडा आराम मिल जायेगा। तुम सुबह फिर आ जाना ...रामवती उसे समझा कर बोली।

ठीक है रामवती, तुम अपना भी ख्याल रखना। तभी, सुमन रघु को इशारे से बुला के कुछ फल ले जाने का इशारा किया. और इशारे से ही बोली ....राजू और तुम सब के लिए है।

उदास और बेआवाज़ सुमन के चेहरे को देख कर रघु का दिल रो गया और आँखों में आँसू आने से पहले ही वह मुँह फेर लिया और कमरे से बाहर निकल गया।

सुमन समझ गई कि मेरी ऐसी स्थिति के कारण रघु बहुत परेशान है। लेकिन जो नियति है उसे बदला कैसे जा सकता है। हमारी ज़िन्दगी तो शुरू से ही संघर्षपूर्ण रही है। अब भगवान् और कितनी परीक्षा लेगा, पता नहीं ... ..वो आँखे बंद कर सोच रही थी।

चार दिन, देखते देखते किसी तरह कट गए और आज हॉस्पिटल में कष्ट से भरी चार दिन बिताने के बाद घर जाने की खबर से सुमन खुश थी। डॉक्टर साहब ने आज घर जाने की अनुमति दे दी थी।

सुमन तो सुबह से ही से तैयार बैठी थी कि कब गाड़ी आये और उसे इस हॉस्पिटल से छुटकारा मिले।

तभी रामवती रघु से बोली ....मैं पहले फ्लैट में जाती हूँ। सात दिनों से बंद घर बहुत गन्दा हो गया होगा, उसे साफ़ – सफाई करती हूँ और खाने – पिने का भी इंतज़ाम करना होगा।

ठीक है सुमन, अभी तो ऑफिस की गाड़ी आ रही है। तुम उसी से चली जाओ और

हमलोग हॉस्पिटल से अम्बुलेंस लेकर आ जायेंगे।

आज ज़िन्दगी में पहली बार सुमन अम्बुलेंस में बैठ रही थी, लेकिन उसे ख़ुशी थी कि वो घर जा रही थी ...कुछ समय से लिये अपना दुःख दर्द भूल चुकी थी.........

"न जाने ये ज़िन्दगी क्यों हर पल
एक नया इम्तिहान लेती है ...,
लूट लेती है फिर ये हमसे खुशियाँ हमारी
और हमें जीने का एक सबक देती है ...."

23

नया सवेरा आएगा

सुमन को हॉस्पिटल से अपने घर में आये हुए पूरे दस दिन हो गए थे और इन दस दिनों में रामवती दिन रात एक करके ऐसी सेवा कर रही थी, जैसे उसका अपना बच्चा बीमार हो।

रिश्ते में तो वो उसकी सौतन है। लेकिन, सच तो यह है कि रामवती उसे दिल से अपनी छोटी बहन ही मानती है , उसकी छोटी से छोटी इच्छायों का ध्यान रखती है और सुबह शाम उसे सहारा देकर टहलाती है और उसके खान – पान का विशेष ध्यान रखती है। इसी का परिणाम है कि सुमन के स्वास्थ्य में बहुत तेज़ी से सुधार हो रहा है।

फिर भी कभी कभी सुमन अकेले में बैठ कर रोने लगती है। उसके मन की व्यथा को रामवती भली भांति समझती है। एक तो हमेशा बक – बक करने वाली सुमन को भगवान् ने उसकी आवाज़ ही छीन ली और इससे भी बुरा हुआ कि वो अब कभी माँ भी नहीं बन पायेगी। यहाँ माँ वाली उसकी ममता लाचार दिख रही है। हालाँकि राजू को अपने बच्चे से बढ़ कर मानती है और अपना सारा प्यार उस राजू पर लूटाती है और राजू भी उससे इतना घुल मिल गया है कि रात में उसी के साथ सोने लगा है। फिर भी कभी कभी सुमन का मन उदास हो जाना स्वाभाविक है।

आज दस दिनों के बाद डॉक्टर ने उसका टांका को काटने के लिए बुलाया है। सुमन सुबह आज जल्दी उठ कर तैयार हो रही है। ठीक दस बजे का टाइम दिया है डॉक्टर ने।

सुमन तैयार होकर रामवती के पास आयी और उसे भी तैयार होने को इशारे से कहने लगी। तभी रामवती ने उसे समझाया ...तुम उनके साथ चली जाओ। मैं तब तक घर के सारे काम निपटा लुंगी और राजू को भी नहलाना और खाना खिलाना होगा। आज तो सिर्फ टांका ही कटना है। तुम बिलकुल भी मत घबराना। वो उसके साथ अपने न जा पाने की लाचारी बतला दी।

ड्राईवर भी ऑफिस का कार लेकर आ गया। आज इसी कार से हॉस्पिटल जाना था। सुमन फिर रघु को इशारे से बोली कि दीदी को भी ले चलो। लेकिन रघु बोला ..रामवती को सचमुच अभी घर के बहुत सारे काम निपटाने है और विकास को तो साथ लेकर चल ही रहे है। डॉक्टर साहब ज़ल्दी ही छोड़ देंगे। टांका कट जाने के बाद घर आकर तुम रामवती और राजू के साथ आराम से खेलती रहना।

सुमन को कार में बैठा कर रघु और विकास चल दिए। रास्ते में सुमन ने गाड़ी को रुकवाया, तो सभी चौक कर सुमन की ओर देखने लगे।

तभी सुमन ने रघु को देखा और सामने खड़े नारियल पानी के ठेले को देख कर नारियल पानी पिने की इच्छा जताई।

रघु सुमन को देख कर हंसने लगा और पूछा ...डॉक्टर से इजाजत ली हो।

सुमन ना में अपना सिर हिलाई लेकिन बच्चो की तरह नारियल पानी पीने की जिद करने लगी।

विकास जल्दी से सब के लिए नारियल पानी ले कर आ गया और तीनो एक दुसरे को देख कर खुश हो रहे थे।

रघु ने आज कितने दिनों के बाद सुमन को हँसते हुए देखा था। वो भगवान् से मन ही मन प्रार्थना करने लगा ..अब तो इसकी तकलीफ दूर कर दो प्रभु।

हॉस्पिटल पहुँच कर रघु डॉक्टर के पास पहुँचा और सुमन के आने की खबर उन्हें दी। डॉक्टर साहब खुद चल कर सुमन के पास आये और उसे पैर से चला कर अपने चैम्बर तक ले गए।

डॉक्टर साहब खुश होकर बोले .. .. वाह, सुमन। बहुत कम समय में अच्छी रिकवरी हुई है। आप सुमन को लेकर अंदर चलिए मैं इनका चेक -उप भी कर लूँ।

टांका कटने के बात सुमन ने राहत की साँस ली। और वो अब खुश दिखाई दे रही थी। वो रघु के कंधे को पकड़ कर खुद से खड़ा होने की कोशिश कर रही थी तभी रघु उसे सहारा देकर खड़ा किया और धीरे धीरे चलाने की कोशिश करने लगा। डॉक्टर साहब सुमन की स्थिति को देख कर संतुष्ट थे ...और बोले ..आप लोगों ने इनकी अच्छी तरह सेवा की है तभी सुमन के स्वास्थ में इतनी तेज़ी से सुधार हो पाया है।.

इधर रामवती घर का सभी कार्य जल्दी जल्दी निपटा रही थी। घर को बिलकुल सलीके से सजा दी ,ताकि सुमन जब वापस आये हो हर चीज़ उसे अपनी जगह पर मिल सके। .राजू को भी नहला धुला कर तैयार कर दी थी और खुद भी नहा धो कर तैयार हो गई थी।

हरिया राजू को लेकर एक कमरे में खिलौना से खेला रहा था, तभी डोर- बेल की घंटी बजी और हरिया दरवाज़ा खोला तो सुमन और रघु सामने खड़े थे। अंदर आते ही सुमन रामवती को इधर उधर खोजने लगी, लेकिन वो कही दिखाई नहीं दे रही थी।

तब सुमन ने रघु की तरफ आशंका भरी नज़रों से देखा। उसकी बात को समझते हुए रघु ने हरिया से पूछा ....रामवती कहाँ है ?

हरिया बोला ...कुछ देर पहले तक तो वो यही थी और अपने काम में व्यस्त थी। लगता है मैडम के लिए बाज़ार से कोई सामान लाने गई होगी। रघु भी उसकी बातों से सहमती जताई और सुमन से बोला..अभी थोड़ी देर में वो आ जाएगी।

तभी राजू सुमन को देख कर दौड़ कर उसके पास आया और सुमन ने उसे गले से लगा लिया। राजू सुमन को देख के खुश हो रहा था और सुमन राजू को देख कर। तभी राजू के पॉकेट में एक कागज़ का टुकड़ा दिखा तो सुमन ने सोचा कही कागज़ खा न ले, इसलिए उसके पॉकेट से निकाल कर देखने लगी ...अचानक उसके हाथ कांपने लगे और उसके आँखों से आँसू बहने लगे और जोर जोर से रोने लगी।

रघु को कुछ समझ नहीं आया। वो सुमन की तरफ देख कर कुछ जानने की कोशिश करने लगा, तभी सुमन ने रामवती द्वारा टूटी फूटी हिंदी में लिखी गई चिट्ठी रघु के हाथ में दे दी

रघु उस चिट्ठी को ध्यान से पढने लगा ....टूटी फूटी हिंदी लिखा था ...

मेरी छोई बहन सुमन.. .

मैं तुम्हे हमेशा खुश देखना चाहती हूँ। चाहे भगवान् की जो भी मर्जी रही हो लेकिन मेरे तरफ से अपना पति और अपना बच्चा तुम्हे सौप कर जा रही हूँ। तुम ने अब तक बहुत दुःख सहे है।

अब मैं चाहती हूँ कि तुम खुशहाल ज़िन्दगी जिओ और उन खुशियों का सामान तुम्हारे हवाले कर के जा रही हूँ। तुम मुझे खोजने की कोशिश मत करना।

रामवती की चिट्ठी को देख कर सभी लोग सकते में आ गए। किसी को कुछ समझ नहीं आ रहा था कि अचानक यह क्या हो गया और अब क्या किया जाए ?

तभी हरिया बोला ..रघु भैया, ऐसे घबराने से काम नहीं चलेगा। सब लोग मिल कर सोचिये कि रामवती को कैसे ढूँढा जाये। अभी ज्यादा समय भी नहीं हुआ है उनके गए हुए।

तभी विकास बोला ..हमलोग यहाँ पास के रेलवे स्टेशन "कुर्ला" में चलते है, शायद गाँव जाना चाह रही हो।

ठीक दो बजे एक ट्रेन है जो पटना, बिहार के लिए जाती है। उस में चल कर देखना चाहिए, शायद वहाँ मिल जाएँ..

सुमन चुपचाप सब लोगों की बातें सुन रही थी और रोये जा रही थी।

रघु उसे चुप कराते हुए बोला ..सुमन, तुम चिता मत करो, मैं जल्द ही उसे ढूंढ कर लाता हूँ।

हरिया बोला ...मैं यहाँ राजू को संभालता हूँ, आप और विकास जल्दी स्टेशन जाकर ढूंढे। बैठ कर समय नष्ट करने से कोई फायदा नहीं होगा।

तुम ठीक कह रहे हो हरिया ..रघु बोलते हुए उठा और विकास को लेकर निकल गया।

स्टेशन पर काफी भीड़ थी और पटना की गाड़ी प्लेटफार्म नंबर एक पर जाने को तैयार थी। रघु बोला ..देखो विकास . ट्रेन चलने में सिर्फ पांच मिनट शेष रह गया है ,उतने समय में ही उसे ढूंढना होगा।

तुम ईंज़न की तरफ से और मैं पीछे से देखता हूँ.....रघु ने विकास को समझाया।

ठीक है रघु भैया ..विकास बोला और दौड़ पड़ा रामवती को ढूंढने। दोनों के दिल की धड़कने तेज़ हो गई थी और चारो तरफ पागलों की भांति रामवती को ढूँढने के लिए एक एक डब्बा छानने लगे। लेकिन रामवती कहीं भी दिखाई नहीं दे रही थी। तभी ईंज़न ने सिटी बजाई और ट्रेन धीरे धीरे सरकते हुए तेज़ गति से भागने लगी।

रघु अपना माथा पकड़ कर प्लत्फोर्म पर ही बैठ गया। अब मैं सुमन को क्या ज़बाब दूंगा, .रघु के आँखों में आँसू आ गए। तभी ट्रेन थोड़ी दूर चलने के बाद अचानक रुक गई। लेकिन क्यों रुकी पता नहीं चला और रघु आँखे उठा कर ट्रेन की ओर देख रहा था तभी सामने ही ट्रेन के अंतिम डिब्बे में खिड़की के पास रामवती बैठी दिखी। उसे देख कर अचानक रघु के शरीर में फुर्ती आ गई और वो दौड़ कर रामवती के पास पहुँच गया।

रामवती, तुम अभी घर चलो ...रघु निवेदन पूर्वक बोला।

देखो जी, बात ऐसी है कि हमारे वहाँ रहने से सुमन खुल कर अपनी खुशहाल ज़िन्दगी नहीं जी सकती और मैं चाहती हूँ कि उसे वो सब खुशियाँ मिले जो एक औरत को अपने ज़िन्दगी में चाहिए। इसलिए तुम लोगों से दूर जाना चाहती हूँ ...रामवती रघु को समझाते हुए बोली।

लेकिन मैं तुम्हारे बिना भी नहीं रह सकता हूँ, रामवती। अगर ऐसा है तो मुझे भी

साथ ले चलो ...रघु रामवती को हाथ पकड़ कर बोला।

देखो जी, तुम बच्चो जैसी बातें मत करो .. सुमन मेरी छोटी बहन है और उसकी कोई भी तकलीफ मुझसे देखी नहीं जाएगी.....तुम बस बोल देना कि रामवती को बहुत ढूँढने पर भी नहीं मिली।

तभी रघु के फ़ोन की घंटी बज उठी ...हरिया बहुत ही घबराया हुआ लग रहा था और वो हेल्लो हेल्लो किये जा रहा था। रघु स्पीकर ऑन कर बात करने लगा और पूछा ..क्या बात है हरिया ?

रघु भैया, मैडम अचानक बेहोश हो गई है और उनके मुँह से झाग निकल रहा है। लगता है शायद ज़हर खा ली है। समझ में नहीं आ रहा है कि क्या करूँ। यहाँ राजू भी अकेले है इसलिए उसको छोड़ कर बाहर भी नहीं जा सकता ..बोल कर वो रोने लगा।

रामवती जल्दी से रघु से फ़ोन लेकर हरिया से बोली ...तुम हिम्मत से काम लो हरिया ..और उसको पानी पिलाने की कोशिश करो, मैं डॉक्टर को फोन कर देती हूँ वो तुरंत पहुँच जायेंगे।

ट्रेन फिर से स्टार्ट हो चुकी थी और गति पकड़ने वाली थी, तभी रामवती फ़ोन बंद की और रघु को लेकर ट्रेन से नीचे कूद पड़ी।

रघु आश्चर्य से रामवती को देखे जा रहा था, तो रामवती बोली...क्या देख रहे हो जी। मैं सुमन के लिए तो भगवान् से भी लड़ सकती हूँ। मैं उसे कुछ नहीं होने दूंगी। तुम जल्दी से टैक्सी ठीक करो, मुझे जल्द ही सुमन के पास पहुँचना होगा।

रामवती जल्दी से घर में दाखिल होकर सीधे सुमन के पास पहुँची तो देखा वो बेहोश बिस्तर पर पड़ी है। सबसे पहले रामवती पानी से उसके मुँह को धोई और पानी पिलाने की कोशिष करने लगी, तभी डॉक्टर साहब को ड्राईवर लेकर आ गया।

डाक्टर साहब चेक अप करने के बाद कहा ...आई ऍम सॉरी। इनकी दिल की धड़कन रुक गई है। रामवती डॉक्टर को लगभग धक्का देते हुए सुमन के नजदीक पहुँची और उसने उसे सीने से जोर से चिपका कर बोली...मेरी छोटी बहन,.... तुम्हे इतनी

आसानी से जाने नहीं दूंगी। अभी तो तुम्हे मेरे साथ ज़िन्दगी बितानी है और वो दहाड़ मार कर रोने लगी।

तभी सुमन के शरीर में थोड़ी हरकत हुई और अचानक उसकी आँखे खुल गयी।

रामवती को देखते ही सुमन जोर से चिल्लाने की कोशिश की .... दीदी.....दीदी .और उसके मुँह से अचानक आवाज़ आयी ..दीदी।

आवाज़ सुनकर लोग हैरान भी थे और खुश भी ....

रामवती ने कहा ..., एक बार फिर बोलो सुमन।

दीदी...सुमन साफ आवाज़ में बोली और रामवती से लिपट गई।

मुझे छोड़ कर क्यों चली गयी थी दीदी...अगर मुझे छोड़ना ही था तो क्यों बचाया मुझे ? मुझे मर जाने दिया होता।

रिश्ते और परिवार दोनों मेरे लिए हमेशा ही एक पहेली रहे है और जब आज परिवार और रिश्ते दोनों मिलने का एहसास हो रहा है तो मुझे छोड़ कर जा रही हो ..... यह जानते हुए भी कि आज मुझे तुमलोगों के मदद की ज़रुरत है।

आज जो भी परिस्थिति उत्पन्न हुई है इसके लिए हमलोगों में से कोई भी जिम्मेवार नहीं है। यह सब तो भाग्य और परिस्थिति का दोष है। इसके लिए अपने को दोषी मानना या फिर भावना में बह कर अपनी कुर्बानी देना, कहाँ तक उचित है दीदी ?

और दीदी, ...रिश्ते क्या केवल शादी ब्याह से ही बनाये जाते है .. अरे, कुछ रिश्ते तो अपने आप भी बन जाते है .....क्यों और कैसे .. पता ही नहीं चलता।

अगर इन रिश्तों को कुछ लेने या कुछ देने की नज़रों से देखा जाए तो ये स्वार्थी और गंदे हो जाते है।

दीदी, क्या मैं तुम्हारी छोटी बहन बन कर नहीं रह सकती हूँ ? क्या राजू को अपना

नहीं कह सकती ? बताओ न दीदी .... क्यों मुझे छोड़ कर जा रही थी।

रामवती स्नेह पूर्वक उसे सीने से लगा लिया और बोली... बस कर पगली, और कुछ मत बोल। ...

सभी के आँखों में आँसू बह रहे थे। लग रहा था कि आँसुओं में धुल कर सभी के मन का मैल साफ़ हो गया हो और यह इशारा भी था कि नया सवेरा हो चूका है और अब सबको एक नई ज़िन्दगी की शुरुवात करनी है।

"फिर नया सवेरा आएगा , फिर पेड़ों पर पंछी चहकेंगे
फिर से भँवरे भी गायेंगे , फिर हर कली हर फुल महकेंगे
कष्ट के दिन गुजर जायेंगे, फिर चंचल दिल बहकेंगे
फिर नया सवेरा आएगा , फिर पेड़ो पर पंछी चहकेंगे ..."

24

एक बेटी की कहानी

झूठ मत बोलो विनय। तुम मेरा मजाक उड़ा रहे हो। तुम कितना स्मार्ट दीखते हो, बिलकुल मेरे सपनो के राज कुमार की तरह और एक मैं हूँ बिलकुल काली कलूटी, जो कोई मुझे अँधेरे में देख ले तो भूत समझ कर डर जाए।

नहीं नहीं, तुम अपने आप को गलत समझ रही हो। तुम कभी मेरी नज़रों से अपने आप को देखो, फिर तुम्हारी यह हीन भावना समाप्त हो जाएगी।

क्या तुम सचमुच मुझसे प्यार करते हो ?.. कालिंदी संशय से देखते हुए विनय से पूछी।

बिलकुल, मैं तुमसे बेहद प्यार करता हूँ और तुमसे शादी भी करना चाहता हूँ, अगर

तुम्हे कोई एतराज़ ना हो तो।

तुम कैसी बातें कर रहो हो विनय, तुम जैसा स्मार्ट और अच्छे विचारों वाले को कौन नहीं अपना जीवन साथी बनाना चाहेगा। कालिंदी विनय को देखते हुए प्यार से कहा और फिर दौड़ कर उसके गले लग गयी।

ओह विनय, मैं कोई सपना तो नहीं देख रही हूँ ?

तभी माँ कमरे में दाखिल हुई। कालिंदी को नींद में बडबडाते हुए सुना और झल्लाते हुए कहा .. ..हाँ हाँ, तू सपना ही देखती रह। दिन कितना निकल आये है।

हमेशा कहती हूँ कि थोडा ज़ल्दी उठने की आदत डालो ताकि सेहत ठीक रहे। लेकिन मेरी बातों का तुझ पर असर ही नहीं होता है।

माँ की आवाज़ कानों में जाते ही कालिंदी की नींद अचानक खुल गयी ..और तभी उसे एहसास हुआ कि सचमुच यह सपना ही था।

वह जल्दी से बिस्तर पर उठ कर बैठ गयी और सोचने लगी ... मैं बार बार इस तरह के सपने क्यों देखा करती हूँ, जबकि सच तो यह है कि कोई मुझसे प्यार ही नहीं करता है, कोई भी मुझसे दोस्ती नहीं करना चाहता है क्योंकि मैं दिखने में बिलकुल सांवली हूँ, साधारण लड़की हूँ .. मैं मॉडर्न नहीं दिखती हूँ।

कालिंदी को वो सभी पिछली बातें याद आने लगी जो अब तक हर लड़कों ने उसे ताने देते हुए कहा था, जब भी उसने किसी लड़के से दोस्ती करनी चाही या उससे अपने प्यार का इज़हार किया था ...

शक्ल देखी है अपनी ? बड़ी आयी मुझसे प्यार करने वाली।

चेहरा तो देखो ...लगता है जैसे भगवान् ने मुँह पर कालिख पोत रखी है।

प्यार और तुमसे ...पागल हो क्या।

तुम्हे देख कर तो कोई प्यार क्या तुमसे दोस्ती भी ना करना चाहे ...

तुम लड़की कम और आंटी ज्यादा दिखती हो ...

ना तुम में स्टैण्डर्ड है और ना ही अच्छा लुक ..

वह राजेश जिसे अपने कॉलेज का सारा नोट्स शेयर (share) करती थी और पढाई में उसकी कितनी मदद करती थी। उसने भी एक दिन कह दिया था ....किसी ने मुझे तुम्हारे साथ देखा तो मोहल्ले में मेरी क्या इज्जत रह जाएगी। मुझसे दूर ही रहा करो..

सचमुच, सभी लड़के मतलबी होते है। इन सब बातों को याद कर उसके आँखों में आंसूं छलक आए।

कालिंदी को रोता देख माँ समझ गयी कि फिर किसी ने उसका दिल दुखाया है।

माँ ज़ल्दी से कालिंदी के पास आयी और प्यार से सिर पर हाथ रखते हुए कहा .. मेरी बेटी दुनिया की सबसे सुन्दर बेटी है। इसे तो कोई सपनो का राजकुमार ही मिलेगा।

माँ की बातें सुन कर कालिंदी भावुक हो उठी और माँ से लिपट कर बोली...माँ, मुझसे कोई प्यार नहीं करता है, कोई दोस्ती नहीं करता। मैं तो सभी की मदद

करती रहती हूँ।

फिर भी मेरे साथ लोग ऐसा क्यों करते है ?

धैर्य रखो बेटी, इस समाज को जबाब देने का बस एक ही तरीका है।..तुम पढ़ लिख कर कलेक्टर बन जाओ। फिर तुम उनलोगों के तानो का जबाब बखूबी दे सकती हो।

माँ की बातें कालिंदी के दिल में बैठ गयी।

उसने अपने आँसुओं को पोछा और बिस्तर से उठते हुए बोली... तुम्हारा वचन सत्य होगा माँ। मैं खूब मिहनत करुँगी और अपना मुकाम हासिल करके रहूंगी।

माँ बेचारी तो खुद ही अनपढ़ थी लेकिन वह चाहती थी कि उसकी बेटी खूब पढ़ लिख कर माँ बाप नाम का रोशन करे।

उसे पता था कि पढाई की इच्छा को मन में दबाने का परिणाम क्या होता है।

उसे अपने दिनों की याद आ गयी., जैसे कल ही की बात हो।

जब वह आठवीं पास कर चुकी थी, और उसके गाँव में हाई स्कूल नहीं थी।

उसके लिए शहर में रह कर पढाई करनी होगी। लेकिन बाऊ जी इसके लिए तैयार नहीं थे।

इसी बीच बुआ जी शादी के लिए एक लड़के का रिश्ता लेकर भी आ गयी। उन दिनों गाँव में कम उम्र में ही शादी कर दी जाती थी।

लड़के की नयी नयी नौकरी लगी थी और घर परिवार अच्छा था।

बाऊ जी को पूरी जानकारी होते ही वे तुरंत मेरी शादी उससे कराने के लिए तैयार हो गए।

बाऊ जी मुझे अभी विवाह नहीं करनी है . मैं अभी पढ़ना चाहती हूँ ... मैंने सहमते हुए बाऊ जी से कहा था।

पिताजी अपनी बड़ी बड़ी आँखों से मुझे घूरते हुए कहा था ...देखो बेटी, मुझे जितना पढ़ाना था पढ़ा दिया, और शादी करके चूल्हा चौका ही तो संभालना है।

वैसे हमारे समाज में लड़कियों को इससे ज्यादा पढ़ाने का रिवाज़ नहीं है।

मुझे आगे पढ़ने की बहुत इच्छा थी लेकिन बाऊ जी के सामने मेरी कुछ भी बोलने की हिम्मत नहीं होती थी इसलिए मुझे मज़बूरी में चुप हो जाना पड़ा।

मेरे उदास चेहरे को देख कर बाऊ जी मेरे सिर पर प्यार से हाथ रखा और समझाते हुए कहा था ...तू बड़ी भाग्यशाली है जो तुम्हे ऐसा घर मिल रहा है।

अब तुम जितनी जल्द हो सके अपनी माँ से घर गृहस्थी सँभालने के गुण सिख ले। आज तक मुझे इस बात का पछतावा है कि मैंने उस दिन बाऊ जी का विरोध क्यों नहीं किया।

तभी कालिंदी ने माँ को झकझोरते हुए कहा...माँ, अब तुम क्या सोचने लगी ? मैंने कहा ना , तुम्हारा सपना मैं पूरी करूँगी। चलो अब खाना लगाओ मुझे बहुत भूख लगी है।

कालिंदी के पिता बैंक में मामूली क्लर्क थे लेकिन अपनी इकलौती बेटी की हर इच्छा को पूरी करने को तत्पर रहते थे।

घर में लगभग सभी सुख सुविधाएँ थी पर कालिंदी को किसी चीज़ की कमी थी तो वह थी उसका वह सांवला रूप।

कालिंदी जिसकी उम्र 19 साल थी और अभी अभी BA फाइनल परीक्षा अच्छे नंबरों से पास की थी। वैसे पढ़ने में वह बहुत तेज़ थी और लोगो को पढाई में मदद भी बहुत करती थी।

तभी तो सभी लोग अपना मतलब साधने के लिए उससे जुड़ते थे और अपना काम निकल जाने पर मुँह घुमा कर चल देते थे।

कालिंदी अपने सांवले रूप को लेकर बहुत परेशान रहती थी। वह बहुत तरह के क्रीम आजमा कर देख चुकी थी लेकिन उसके चेहरे के रंग जस के तस रहा।

25

सफलता की ओर बढ़ते कदम

आज कालिंदी का दिल जोर जोर से धड़क रहा था। वह अपने रूम में पढाई करते हुए आज के समाचार पत्र आने का इंतज़ार कर रही थी क्योकि आज ही UPSC का रिजल्ट निकलने वाला था जिसमे वह भी शामिल हुई थी।

उसने काफी मेहनत से परीक्षा की तैयारी की थी और उसे पूरी उम्मीद थी कि उसे सफलता ज़रूर मिलेगी।

तभी अखबार बांटने वाले ने बरामदे में आज का अखबार डाल कर चला गया।

अखबार गिरने की आवाज़ सुनकर कालिंदी दौड़ कर वरामदे में गई और ज़ल्दी से अखबार उठा कर चुप चाप अपने रूम में आ गई।

स्टडी टेबल पर बैठ कर धड़कते दिलों से पेपर के पन्ने खंगालने लगी ताकि वह दिख जाए जिसका वह बेसब्री से इंतज़ार कर रही थी।

और भगवान् ने उसकी सुन ली, लिखित परीक्षा में वह सफल हो गयी थी।
अब इंटरव्यू में सफल होना है, फिर तो दुनिया अपने क़दमों में होगी।

कालिंदी दोनों हाथ जोड़ कर भगवान् को धन्यवाद दिया और मन ही मन बुदबुदाई...एक बार मैं कलेक्टर बन जाऊं फिर मैं उनलोगों को अच्छी तरह तरह ज़बाब दे पाऊँगी जो लोग मुझे घृणा की नज़र से देखते है ..

लेकिन इंटरव्यू के लिए तो खूब अच्छी तरह तैयारी करनी पड़ेगी जो दो महीने बाद होने वाला था।

वह मन ही मन सोचने लगी कि इंटरव्यू के लिए तो स्मार्ट बन कर जाना होगा और तभी सामने पड़ी शीशे में अपना काला चेहरा देख कर कालिंदी कुछ उदास सी हो गयी।

वह कुछ सोचते हुए अखबार को समेटने लगी, तभी अचानक उसकी नज़रे एक विज्ञापन पर पड़ी।
उसने गौर से देखा, जहाँ लिखा था .. १००% गोरा होने की गारंटी।

उसके उदास चेहरे पर अचानक एक ख़ुशी की लहर दौड़ गयी।

उसने सोचा कि अगर कलेक्टर बन गयी तो कलेक्टर की तरह दिखने के लिए रंग भी तो गोरा होना चाहिए और इंटरव्यू में भी अभी दो माह का समय है।

उसने घर में बिना किसी को बताये दवा का वह पैकेज तुरंत मंगवाने का फैसला किया।

कुल १५०००/- रूपये के उस पैकेज के लिए कालिंदी को अपने वह पुराने गुल्लक आज तोड़ने पड़े जिसे बचपन से संचय कर रखा था।

वह सोच रही थी कि अपने चेहरे के रंग के लिए वह ऐसे सैकड़ो गुल्लक कुर्बान कर सकती है, ऐसा सोच कर पैकेज के लिए उसने आर्डर कर दिया।

और बिना ज्यादा इंतज़ार किये ही दो दिनों के बाद वह पैकेज भी आ गया। पैकेज में दवा के साथ साथ उसे लेने की विधि बताई गयी थी।

कालिंदी ने उसमे बताये विधि के अनुसार दवा लेना शुरू कर दिया।

लेकिन लोग ठीक कहते है .... मनुष्य चाहे जितना भी जतन कर ले , पर ..“वही होता है जो मंजूरे खुदा होता है” ..

एक महिना तक दवा के सेवन के पश्चात् भी उसके चमड़ी के रंग में रत्ती भर भी परिवर्तन नहीं हुआ। उसका चेहरे का रंग गोरा तो नहीं हुआ।

हाँ, उल्टे दवा का साइड इफ़ेक्ट हो गया और उसके शरीर का वजन बढ़ गया। उसका छरहरा बदन फुल गया और वह मोटी दिखने लगी।

माँ को अचानक इस तरह के कालिंदी में आये बदलाव से आश्चर्य हुआ और साथ में वह चिंतित भी हो उठी। उसने कालिंदी से उसके कारण जानना चाहा और फिर उसे कालिंदी से हकीकत का पता चला।

माँ ने तुरंत घरेलु डॉक्टर से संपर्क किया तो डॉक्टर ने कालिंदी की पूरी जांच की और फिर उसे समझाते हुए कहा ...कालिंदी, अब तुम बच्ची नहीं हो, इन सब नीम हाकिम के चक्कर में कैसे पड़ गयी।

उन्होंने साफ़ साफ़ शब्दों में कहा ...तुम्हे कम से कम छः माह हमारी दवा लेनी होगी .... तभी तुम्हारा बढ़ा हुआ वज़न कम हो पायेगा।

जब पैकेज वाली दवा की बात पिता जी को मालुम हुआ तो उन्होंने भी काफी डांट लगाई। और इस तरह के विज्ञापनों से दूर रहने की हिदायत दी।

कालिंदी को अपने किये पर पछतावा हो रहा था। वह दो दिनों तक तकिये में मुँह छिपा कर रोती रही।

उसे अब घबराहट हो रही थी कि चेहरे से सांवली तो हूँ ही और मोटापा के कारण कही मैं इंटरव्यू में असफल न हो जाऊं।

माँ ने समझाते हुए कालिंदी से कहा ....हिम्मत से काम लो बेटी और अपमे मिशन में पूरी ताकत से जुट जाओ।

कालिंदी को माँ की बातों से थोडा हिम्मत हुआ। उसने अपने आप को संभाला और डॉक्टर के कहे अनुसार दवा के साथ साथ खाने पीने पर भी ध्यान देने लगी।

लगभग महीने भर के बाद नतीजा सामने आ गया और फिर से उसका वज़न कुछ कम होने लगा परन्तु उसके चेहरे के रंग में अब भी कोई फर्क नहीं पड़ा.।

और इधर उसके इंटरव्यू का दिन भी आ गया।

कालिंदी मन ही मन आशंकित हो कर इंटरव्यू का सामना किया और रिजल्ट वही हुआ जिसकी उसे आशंका थी।

कालिंदी इंटरव्यू में असफल हो गयी। इतना सारा किया गया मेहनत बेकार हो गया।

उसका मन बहुत दुखी हुआ। भगवान् ने कितना अच्छा मौका दिया था लेकिन थोड़ी सी लापरवाही के कारण मेरे हाथ से इतना अच्छा मौका चला गया।

अफ़सोस के कारण दो दिनों तक तो उसने खाना पीना ही त्याग दिया था, बस अपने कमरे में बैठ कर रोती रहती थी।

उसकी तकलीफ को देख कर पिता जी उसके कमरे में आये और कालिंदी के पास बैठ कर प्यार से समझाने लगे।

एक बार असफल होने से ज़िन्दगी की हार नहीं होती बल्कि दूसरी बार प्रयास ना करना हार कहलाएगी।

कालिंदी को पिता जी की बात बिलकुल सही लगी। जब माँ बाप अपने औलाद की हिम्मत बढाते है तो वह औलाद और ज्यादा ताकत से सफलता पाने की कोशिश करता है।

उसने मन ही मन सोचा ..एक बार की हार से ज़िन्दगी ख़त्म नहीं हो जाती।

मैं फिर से कोशिश करुँगी और अपने मिशन को जब तक प्राप्त नहीं करुँगी तब तक हार नहीं मानूगी।

पढाई और अच्छी तरह हो उसके लिए वह अपने कॉलेज के हॉस्टल में शिफ्ट हो गयी ताकि वहाँ के लाइब्रेरी और अपने प्रोफेसर के संपर्क में रह सके।

कालिंदी की पढाई में कोई रूकावट ना हो इसलिए उसके माता – पिता भी उसे हर तरह से उसकी मदद कर रहे थे। इसलिए उन्होंने हॉस्टल में रहने की इजाजत दे दी।

कालिंदी को पूरी उम्मीद थी कि इस बार UPSC में सफलता ज़रूर मिलेगी। वह दिन रात मेहनत में जुट गयी और ज्यादा समय कॉलेज लाइब्रेरी में बिताने लगी।

उसके मिहनत और पढाई में लगन को देख कर उसके प्रोफेसर साहब ने भी उसे हर तरफ से मदद करने लगे।

इधर दवा और संतुलित खान-पान से उसके शरीर में भी स्वाभाविक परिवर्तन होने लगा और उसका मोटापा गायब हो गया।

कालिंदी के चेहरे का रंग भी साफ़ हो गया। यह किसी चमत्कार से कुछ कम नहीं था। कालिंदी मन ही मन रोज़ भगवान् को धन्यवाद देती।

इस बार की परीक्षा में सफल होने के लिए ज्यादा ही आत्मा विश्वास (confidence) आ गया था।

26

कालिंदी की सफलता का सामना

हालाँकि कोई भी इच्छित कार्य करने में बाधाएं भी आती है। इसी बीच एक नयी परिस्थिति ने जन्म ले लिया। जो प्रोफेसर उसे पढाई में मदद कर रहे थे उससे घनिष्टता धीरे – धीरे बढ़ने लगी।

प्रोफेसर साहब आये दिन कभी कॉफ़ी के बहाने तो कभी फिल्म देखने के बहाने बाहर चलने की जिद करते।

शुरू शुरू में तो कालिंदी ज्यादा प्रतिरोध नहीं करती थी, लेकिन अपने पढाई के समय को बर्बाद होता देख वह उनके साथ बाहर न जाने का बहाने बनाने लगी।

प्रोफेसर साहब दिखने में स्मार्ट थे और वह धीरे धीरे कालिंदी की ओर आकर्षित होने लगे।

परन्तु कालिंदी के तरफ से उसकी उदासीनता देख कर वे मन ही मन बेचैन रहते और अपने मन की बात कहने का बहाना ढूंढने लगे।

आखिर एक दिन जब कॉलेज कैंटीन में कालिंदी कॉफ़ी पी रही थी तभी वह प्रोफेसर साहेब भी वहाँ आ गए और उसके सामने ही बैठ गए। कालिंदी ने ही एक और कॉफ़ी प्रोफेसर साहब के लिए मंगवा ली।

कॉफ़ी पीते हुए कुछ देर तो पढाई – लिखाई की बातें होती रही, लेकिन तभी प्रोफेसर साहब अपनी भावनाओं को प्रकट करने से नहीं रोक सकें और कालिंदी की ओर देखते हुए कहा... कालिंदी, मैं बहुत दिनों से अपने मन की बात तुमसे कहना चाह रहा था।

मैं तुमसे प्यार करने लगा हूँ और अब तुम्हारे बिना नहीं रह सकता।

कालिंदी उनकी इस तरह की अप्रत्याशित बातों को सुन कर स्तब्ध रह गई। वह बिलकुल पत्थर की तरह बुत बन गयी।

अब कालिंदी को समझ में आ रहा था कि प्रोफेसर साहब बार बार फिल्म देखने और बाहर घुमने के लिए हमेशा दबाब क्यों बनाते थे।

कालिंदी को चुप देख कर प्रोफेसर साहब ने पूछा... कालिंदी, कहाँ खो गयी ? मेरे बातों का ज़बाब नहीं दिया ?

प्रोफेसर की आवाज़ सुन कर उसका ध्यान भंग हुआ और फिर अपने को सँभालते हुए कालिंदी ने उनकी ओर देखते हुए दो टुक शब्दों में कहा ... देखिये प्रोफेसर साहब, हमारा और आप का रिश्ता तो एक गुरु और शिष्य का है और मेरा बस एक ही लक्ष्य है कि किसी तरह मैं प्रतियोगिता परीक्षा में सफल हो जाऊं।

कृपया मुझे माफ़ करे, मैं तो आप को अपना अभिभावक के समान समझती हूँ और

आप की इज्जत करती हूँ।

प्रोफेसर साहेब को कालिंदी के मुँह से इस तरह की दो टूक लहजे में जबाब की उम्मीद नहीं थी। उन्हें इस तरह के जबाब सुन कर बहुत बुरा लगा और कालिंदी पर गुस्सा भी आने लगा।
लेकिन सार्वजानिक जगह होने के कारण यहाँ कुछ प्रतिक्रिया देना उन्होंने उचित नहीं समझा और फिर कॉफ़ी समाप्त कर धीरे से कहा ...अच्छा कालिंदी मैं अब चलता हूँ। मुझे अभी एक क्लास लेनी है, मैं बाद में फिर मिलता हूँ।

कैंटीन की इस घटना से कालिंदी थोडा डिस्टर्ब रहने लगी और इधर परीक्षा की तारीख भी नजदीक आ रही थी।

उसे डर था कि कही प्रोफेसर उसकी परीक्षा के समय कोई झमेला ना खड़ी कर दे। वो अपने हॉस्टल के कमरे में उदास मन से बैठी थी, उसी समय पिता जी उसके कमरे में दाखिल हुए।

कालिंदी अचानक पिता जी को सामने पाकर जल्दी से पिताजी के पैर छू लिए और पूछा... माँ कैसी है पिता जी ?

तुम्हारी माँ बिलकुल ठीक है बेटी। उसने तुम्हारे लिए तिल के लड्डू भेजे है।

पिताजी खुश होते हुए बोले और लड्डू वाला डब्बा उसकी ओर बढ़ा दिए।

वाह, तिल के लड्डू ? कालिंदी डब्बे से लड्डू निकाल कर जल्दी से खाने लगी और पिता जी से बोली.– .माँ ने बहुत स्वादिस्ट लड्डू बनाये है। कालिंदी ने मन ही मन माँ को धन्यवाद दिया।

पिता जी अचानक कालिंदी की तरफ देखते हुए पूछा ... तुम कुछ परेशान नज़र आ रही हो, क्या बात है बेटी ?

कुछ नहीं पिता जी, शायद परीक्षा नजदीक आ गयी है, उसी के कारण चिंता हो रही

है।

नहीं बेटी, तुम मुझसे कुछ छुपा रही हो ? मैं बाप हूँ तेरा, तुझे अच्छी तरह समझता हूँ। तुम अपनी समस्या बता सकती हो।

कालिंदी ने पिता जी से कुछ भी छुपाना उचित नहीं समझा और प्रोफेसर वाली घटना उन्हेँ बता दी।

पिता जी कालिंदी की बातें सुन कर इत्मीनान से बोले...बस इतनी सी बात पर तुम परेशान हो गई। इस तरह की बातें तुम्हारी जैसी उम्र में तो होती ही रहती है।

तुम्हे ऐसी बातों से घबराना नहीं बल्कि उस समस्या का मुकाबला करना है।

तुम्हारा अभी एक ही लक्ष्य है और वो रात – दिन, उठते – बैठते तुम्हारी आँखों में होनी चाहिए तभी तुम्हे इतनी बड़ी सफलता हाथ लगेगी।

पिता जी की बातों को सुनकर कालिंदी का आत्मविश्वास और भी पुख्ता हो गया।

उसने पिता जी की ओर देखते हुए कहा .....आप ठीक कहते है पिता जी, मुझे अपना लक्ष्य सदा याद रहना चाहिए।

अब शाम होने वाली थी इसलिए पिताजी आशीर्वाद देकर वापस चल दिए, लेकिन जाते जाते कालिंदी का मनोबल बढ़ा गए।

कालिंदी दुसरे दिन से ही अपनी पढाई पर ध्यान देना शुरू कर दिया और खूब जम कर पढाई करने लगी।

देखते देखते परीक्षा के दिन भी आ गए और कालिंदी ने आत्मविश्वास के साथ परीक्षा दिया।

उसकी पढाई रंग लाई और लिखित परीक्षा में वह दुबारा सफल हो गयी।

आज ही परिणाम घोषित हुई थी और वह अपनी सफलता पर खुश हो रही थी, वह मन ही मन सोच रही थी कि इस बार इंटरव्यू में असफल होने का सवाल ही नहीं है, क्योकि मेरा मोटापा भी ठीक हो गया, और मेरा रंग भी साफ़ हो गया है।

अब तो मैं बिलकुल स्मार्ट लड़की लगती हूँ... कालिंदी स्टडी टेबल के सामने रखे आईने में अपने को देख कर मन ही मन कहा और उसके चेहरे पर एक मुस्कान बिखर गयी।

इधर प्रोफेसर को कालिंदी की सफलता से कोई ख़ुशी नहीं हुई। उसकी बात ना मानने पर वह तो कालिंदी से नाराज़ था। वह कालिंदी को सबक सिखाने के लिए तरह तरह के षड्यंत्र रचने लगा।

कालिंदी परीक्षा में सफल होने के बाद अपने घर आयी ताकि माँ का आशीर्वाद ले सके।

घर के दरवाजे पर कालिंदी को देख माँ दौड़ कर आई तो उसने माँ के पैर छू लिए।

माँ खुश होकर आशीर्वाद दिया और कालिंदी को गले लगा लिया।

उसकी लिखित परीक्षा में सफल होने पर पिता जी भी खुश थे और उन्होंने बधाई दिया और कहा .–..मुझे पूरी उम्मीद है कि तुम इंटरव्यू में भी सफल होगी।

कालिंदी पिता जी के पैर छू कर कहा –.. जी, पिता जी, मुझे सफलता ज़रूर मिलेगी क्योकि आप का आशीर्वाद जो मेरे सिर पर है।

घर में ख़ुशी का माहौल था और सात दिन कैसे बीत गए पता ही नहीं चला।

सुबह सुबह कालिंदी हॉस्टल जाने को तैयार हो रही थी तो माँ ने कहा ...कुछ दिन और रुक जाती अपने घर में।

नहीं माँ, इंटरव्यू का लेटर आने वाला होगा इसलिए होस्टल में रहना ज़रूरी है।

कालिंदी माता पिता से आशीर्वाद लेकर हॉस्टल आ गयी।

कालिंदी इंटरव्यू लेटर का बेसब्री से इंतज़ार करती रही ताकि पता चल सके कि उसका इंटरव्यू किस तारीख को है। दिन बीतते गए लेकिन उसका इंटरव्यू लेटर नहीं आया।

किसी ने कालिंदी को बताया कि इंटरव्यू तो शुरू हो चूका है। तब उसे लगा कि इंटरव्यू लेटर आ जाना चाहिए था।

उसके मन में शंका हुई कि ज़रूर किसी ने इंटरव्यू लेटर गायब कर दिया है।

27

अपने संकल्पों की पूर्ति

कालिंदी को पता चला कि दिल्ली में UPSC का इंटरव्यू शुरू हो गया है, तो वह चिंतित हो उठी , क्योंकि उसका इंटरव्यू लेटर अभी तक प्राप्त नहीं हो सका था।

उसने पिता जी को फ़ोन किया और घबड़ाते हुए पिता जी को सारी बातें बता दी। उसने यह भी कहा कि शायद मेरा इंटरव्यू – लेटर किसी ने गायब कर दिया है।

उसे पूरा शक हो रहा था कि प्रोफेसर साहेब तो नाराज़ है ही, उन्होंने ही ऐसी गन्दी हरकत की होगी। हालाँकि, कोई सबूत के आभाव में उन पर आरोप लगाना अभी उचित नहीं होगा।

कालिंदी के मन में तेज़ी से ऐसे विचार उठ रहे थे तभी पिता जी की फ़ोन पर आवाज़ सुनकर उसका ध्यान पिता जी की बातों पर चला गया।

पिता जी ने कहा ...तुम्हे चिंता करने की आवश्यकता नहीं है बेटी। तुम दिल्ली चलने की तैयारी करो, तुम्हे मेरे साथ कल ही प्रस्थान करना होगा। मैं आज ही अपने बैंक से छुट्टी ले लेता हूँ।

कालिंदी को पिता जी की बात सही लगी और उसने पिता जी से कहा ...जी पिता जी, कल ही हमलोग को जाना चाहिए ताकि मेरी इंटरव्यू की सही जानकारी प्राप्त हो सके।

अगले दिन ही कालिंदी पिता जी के साथ इंटरव्यू स्थल पर पहुँच गयी और वहाँ के अधिकारी से अपने इंटरव्यू लेटर न मिलने की शिकायत की।

अधिकारी अपने रिकॉर्ड की जांच कर कालिंदी से कहा .... आपका इंटरव्यू लेटर यहाँ से सही समय पर dispatch हुआ है और वहाँ किसी ने रिसीव भी किया है।

इतना सुनना था कि कालिंदी को बहुत जोर का गुस्सा आया और उसे पूरा यकीन हो गया कि यह गन्दी हरकत उसी प्रोफेसर ने की होगी। लेकिन यहाँ गुस्सा करने से क्या होगा ..वो मन ही मन सोचने लगी।

तभी उस अधिकारी ने अचानक कालिंदी से कहा .... आप का तो आज ही इंटरव्यू है। अच्छा हुआ आप समय पर आ गयी वर्ना आपका नुक्सान हो जाता।

आप जल्दी से conference हॉल में पधारे जहाँ और सभी प्रतिभागी अपने इंटरव्यू का इंतज़ार कर रहे है।

कालिंदी उस अधिकारी की बात सुन कर एकदम से घबरा गयी। वह तो इस समय मानसिक रूप से अपने को इंटरव्यू के लिए तैयार नहीं कर पाई थी।

तभी बाबू जी उसको समझाते हुए कहा. .. तुम तो पहले से ही तैयारी कर चुकी हो , बस हिम्मत से काम लो और शांत मन से इंटरव्यू का सामना करो। मेरी शुभकामना तुम्हारे साथ है।

पिता जी की बात सुनकर कालिंदी को थोड़ी राहत महसूस हुई और वह पिता जी के पैर छू कर आशीर्वाद ली। वह भगवान् का नाम लेते हुए इंटरव्यू हॉल में पहुँच गयी।

कालिंदी को घबराहट हो रही थी।

उसने वहाँ रखे फ़िल्टर से पानी लेकर पिया और मन को शांत करने की कोशिश करने लगी।

तभी उसके लिए कॉफ़ी आ गई। कॉफ़ी देख कर कालिंदी खुश हो गई। उसे इस समय कॉफ़ी की सख्त ज़रुरत थी।

वह वहाँ पड़ी कुर्सी पर बैठ कर कॉफ़ी के एक एक सिप का मज़ा लेने लगी। अब उसके चेहरे पर डर के भाव कुछ कम हुए, तभी कालिंदी का नाम announce हुआ और अगले ही पल वह इंटरव्यू बोर्ड के सामने बैठी थी।

इंटरव्यू में उसके पढ़ाई की हुई सब्जेक्ट से सम्बंधित बहुत सारे प्रश्न पूछे गए जिसका बखूबी से वह उत्तर देती रही।

उसका इंटरव्यू अच्छा जा रहा था, इसलिए उसका आत्म – विश्वास काफी बढ़ गया था।

तभी अचानक उससे एक व्यक्तिगत प्रश्न पूछा गया ...आप अगर यहाँ सफल हो जाती है तो इसका श्रेय किसे देना चाहेंगी ?

कालिंदी बिना एक पल रुके ही कहा ... सबसे पहले तो पिता जी को इसका श्रेय दूंगी और फिर समाज के उन लोगों को भी श्रेय दूंगी जिन्होंने समय समय पर मुझे ताने दिए और मुझे कुरूप समझ कर मेरा उपहास उड़ाते रहे.।

उसी के प्रतिशोध में मैंने अपने आप को मजबूत और काबिल बनाया ताकि एक ऊँचा मुकाम हासिल कर सकूँ और उन लोगों को उचित जबाब दे सकूँ।

इंटरव्यू ले रहे लोग कालिंदी की बातों से काफी प्रभावित हुए और कालिंदी भी अपने इंटरव्यू से संतोष महसूस कर रही थी।

तभी इंटरव्यू बोर्ड के एक मेम्बर ने पूछा...अच्छा कालिंदी जी, आप के जीवन के उद्देश्य क्या है ?

प्रश्न सुन कर कालिंदी के चेहरे पर गंभीरता आ गयी।

उसके कहा ...अगर मुझे मौका मिला तो मैं आईएएस को छोड़ आईपीएस की नौकरी पसंद करुँगी।

मेरे ज़िन्दगी का मकसद है कि समाज में जो दबे – कुचले लोग हैं जिन्हें लड़की या

औरत होने के कारण ना तो बराबरी का हक़ मिलता है ..और ना ही आगे बढ़ने का अवसर।

उनके बेहतरी के लिए काम करूँ। उनके शोषण के खिलाफ एक मिशन छेड़ दूँ ताकि उन पर ज़ुल्म करने वाले लोगों के मन में एक डर पैदा हो।

और इस तरह आये दिन उनके ऊपर होने वाले जुल्म और होने वाले वारदात को रोक सकूँ।

कालिंदी से इस तरह के साहसिक उत्तर की अपेक्षा बोर्ड को नहीं थी ..उसके बातों से बोर्ड के सारे सदस्य काफी प्रभावित नज़र आ रहे थे।

इंटरव्यू समाप्त कर कालिंदी सीधे अपने पिता जी के पास आई और उनके पैर छु कर खुश होते हुए कहा... पिता जी, आप का आशर्वाद काम आया। मेरा इंटरव्यू बहुत अच्छा हुआ है।

पिता जी उसके सिर पर प्यार से हाथ रखा और खुश होते हुए कहा... मुझे तुम पर गर्व है बेटी। एक दिन तुम अवश्य ही ऊँचा मुकाम हासिल करोगी।

सात दिनों के बाद,

आज घर में गहमा गहमी थी, कुछ नजदीकी सगे सम्बन्धी भी घर पर आये हुए थे। कल से फ़ोन पर बधाई देने वालों का तांता लगा हुआ था।

कालिंदी के आँखों में गजब की चमक दिख रही थी।

वह बहुत खुश दिख रही थी और वह खुश हो भी क्यों नहीं ....उसका जीवन का सबसे बड़ा सपना जो पूरा हो गया था। उसे UPSC में ना सिर्फ सफलता ही मिली बल्कि मनचाहा ब्रांच आईपीएस भी मिल गया।

वह अपने स्टडी टेबल पर बैठी इन्ही सब बातों में खोई थी तभी उसके फ़ोन की घंटी बज उठी।

कालिंदी की नज़र जैसे ही मोबाइल स्क्रीन पर पड़ी तो वह चौंक गयी, फ़ोन प्रोफेसर साहेब ने किया था।

कालिंदी जैसे ही फ़ोन उठाया तो प्रोफेसर साहेब ने कहा ....हेल्लो कालिंदी, बधाई हो, तुम्हारी मेहनत और लगन का अच्छा फल मिला। इसमें मेरा भी योगदान है।

कालिंदी ने धीरे से कहा ....जी. थैंक यू सर।

हालाँकि प्रोफेसर साहेब कालिंदी से नफरत करते थे और उसे परेशान करने का कोई ना कोई षड़यंत्र करते रहते थे।

उन्होंने इंटरव्यू लेटर गायब कर अपनी तरफ से कालिंदी को हानि पहुँचाने की कोशिश कर चुके थे। लेकिन ऊपर से शुभचिंतक होने का दिखावा करते थे।

कालिंदी को यह बात भली-भांति पता थी। उसे इंटरव्यू लेटर वाली बात याद आते ही उसका मन प्रोफेसर के प्रति घृणा की भावना से भर गयी और वह फ़ोन पर ही उन्हें भला बुरा कहना चाहती थी।

तभी पिता जी, जो पास में ही खड़े थे , इशारे से कालिंदी को ऐसा करने से मना कर दिया।

कालिंदी ने प्रोफेसर साहब को धन्यवाद देकर फ़ोन काट दिया लेकिन उसके चेहरे पर नफरत के भाव अभी भी दिख रहे थे।

तभी पिता जी ने कालिंदी को प्यार से समझाया और कहा ...देखो बेटी, तुम अपने मिशन में सफल हो गयी हो। लेकिन अभी पूर्ण सफलता नहीं मिली है।

अभी तो तुम्हे अपने काबिलियत का लोहा मनवाना है और अपने जीवन के उद्देश्य पुरे करने है।

इसलिए प्रोफेसर जैसे लोगों से इन छोटो छोटी बातों पर मत उलझो और अभी आगे की प्लानिंग करो।

आप ठीक कहते है पिता जी ... कालिंदी अपने गुस्से को त्याग कर कहा।

मुझे तो अपने जीवन के उद्देश्य की अभी शुरुआत करनी है। मुझे आशीर्वाद दीजिये पिता जी कि मैं अपने संकल्पों को पूरा कर सकूँ ..

28

अद्वितीय पुलिस अधिकारी

आज का दिन कालिंदी के लिए बहुत बड़ा दिन था क्योंकि अंततः आज उसका वर्षों का सपना पूरा होने जा रहा था। उसे UPSC में सफलता ही नहीं मिली बल्कि उसे मनचाहा ब्रांच भी मिला।

जी हाँ, उसके द्वारा चाही गयी आईपीएस (IPS) कैडर उसे मिला था।

आज उसकी छः महीने की ट्रेनिंग शानदार ढंग से पूरी हुई थी और उस ट्रेनिंग में अपने प्रदर्शन (performance) से ना सिर्फ ट्रेनर को प्रभावित किया बल्कि अपने साथियों का भी दिल जीत लिया।

लड़की होते हुए भी कालिंदी ने काफी जोश – खरोश के साथ हर प्रतियोगिता में भाग लिया और सभी में काफी बेहतर प्रदर्शन किया।

इसके लिए उसे बेस्ट आईपीएस ट्रेनी (best IPS trainee) का अवार्ड भी मिला।

इससे कालिंदी का मनोबल काफी ऊँचा हुआ था। वह शारीरिक रूप से मजबूत तो

थी ही दिमाग भी उसका बड़ी तेज़ चलता था।

ट्रेनिंग पूर्ण (complete) होने के दुसरे दिन ही पोस्टिंग का लेटर भी उसे प्राप्त हो गया। उसकी पहली पोस्टिंग महेश पुर इलाका में ASP के पद पर हुआ था।

इस पोस्टिंग से कालिंदी बहुत खुश थी क्योंकि अब उसे मन में लिए गए संकल्पों को पूरा करने का मौका मिल रहा था।

चूँकि नयी जगह थी और सरकारी बंगला भी काफी बड़ा था इसलिए उसने माँ को भी साथ ले जाना उचित समझा।

कालिंदी ने पिता जी से पूछा तो उन्होंने इसकी सहर्ष इज़ाज़त दे दी और कहा .. तुम्हारी माँ वहाँ तुम्हारे रहने और खाने पिने का सारा इंतज़ाम कर देगी। अतः उन्हें कुछ दिनों के लिए अपने साथ ही रखो।

कालिंदी को पुलिस की वर्दी पहने देख कर माँ बहुत खुश थी। बेटी अब बड़ा पुलिस – ऑफिसर बन चुकी थी और इस पर माँ को गर्व महसूस हो रहा था।

उसने ज़ल्द ही बेटी के साथ जाने की सारी तैयारी पूरी कर ली।

तभी ऑफिस की गाड़ी आयी और माँ – बेटी जीप में बैठ कर स्टेशन रवाना हो गये। उसके बाद ट्रेन पकड़ कर महेश पुर पहुँचना था।

ट्रेन के पुरे सफ़र में माँ बेटी बातें करती रही। ट्रेन की खिड़की से ठंडी हवा का झोका आ रहा था और तभी कालिंदी अपनी आँखे बंद किये अपने सुन्दर भविष्य की कल्पना में खो गयी।

उसके मन में तरह तरह के विचार उठ रहे थे। अचानक कुछ सोचते हुए उसके चेहरे पर हँसी बिखर गई।

कालिंदी को इस तरह आँखे बंद किये हँसता देख माँ ने समझा कि उसे नींद आ रही है इसलिए माँ ने उसे जगाते हुए कहा... कालिंदी, अब तुम खाना खा लो। मैं घर से बना कर खाना साथ लेती आयी हूँ। खाना खा कर फिर आराम करना।

इसकी क्या ज़रुरत थी माँ, यहाँ ट्रेन में ही खाना उपलब्ध है ... माँ की तरफ देखते हुए कालिंदी ने कहा।

नहीं बेटी , घर का खाना अच्छी सेहत के लिए ज़रूरी है। ऐसा कहते हुए माँ के अपने बैग से टिफ़िन निकाला और सीट पर ही अखबार बिछा कर दोनों माँ – बेटी ने खाना खाया।

खाना खाने के बाद कालिंदी ट्रेन की खिड़की पर अपना सिर टिकाए थोडा आराम करने लगी।

ट्रेन अपनी तेज़ गति से भाग रही थी और खिड़की से ठंडी – ठंडी हवा आ रही थी तो ऐसे समय में झपकी आना लाज़मी था।

कालिंदी इसी तरह खिड़की पर सिर टिकाये झपकी ले रही थी और इधर माँ भी ट्रेन की बर्थ पर सो गयी।

अभी आधा घंटा ही बीता था तभी एक यात्री ने आवाज़ लगाया ... महेश पुर आने वाला है और वह अपना सामान जो सीट के नीचे रखा हुआ था उसे निकालने लगा।

यात्रियों के हल चल से कालिंदी की नींद खुल गयी और उसने माँ को धीरे से उठाया और कहा ..., माँ, हमलोग को अगले स्टेशन में उतरना है।

और थोड़ी देर में वह स्टेशन आ गया जहाँ उन दोनों को उतरना था।

महेश पुर एक छोटा सा स्टेशन था और इक्के – दुक्के लोग ही प्लेटफार्म पर नजर आ रहे थे।

हालाँकि, कालिंदी के पास सामान ज्यादा नहीं थे।

वह माँ के साथ अपना सामान लेकर प्लेटफार्म पर उतर गयी।

कालिंदी प्लेटफार्म के मेन गेट की ओर बढ़ रही थी तभी वहाँ कुछ पुलिस वालों को

फूल के गुलदस्ते लिए किसी का इंतज़ार करते हुए देखा।

कालिंदी ने सोचा कि शायद कोई नेता आने वाला होगा और वे लोग उसी के स्वागत के लिए फुल लेकर आये है।

तभी एक स्मार्ट सा इंस्पेक्टर कालिंदी के पास आकर पूछा .. . क्या आप ही कालिंदी जी है ?

कालिंदी ने उस इंस्पेक्टर को देखते हुए ज़बाब दिया .. यस, मैं ही हूँ।

तभी वह इंस्पेक्टर ने सावधान की मुद्रा बनाई और कालिंदी को सैलूट किया और फिर अपना परिचय दिया।

उसके बाद कालिंदी और उसकी माँ को फुल का गुलदस्ता देकर उनलोगों का स्वागत किया।

फिर कालिंदी की ओर मुखातिब हो कर कहा ... मैडम, आपलोगों के लिए गाड़ी बाहर खड़ी है। आप माँ जी के साथ अपने बंगले में प्रस्थान करें।

किसी भी सामान की ज़रुरत हो, तो आप हमें बता दीजियेगा।

माँ जी इस तरह के आव-भगत देख कर अपनी बेटी पर गर्व का अनुभव कर रही थी।

कालिंदी माँ के साथ गाड़ी में बैठ कर अपने सरकारी बंगले में आ गई।

वैसे महेश पुर छोटी जगह थी। लेकिन ज़रुरत के सभी वस्तुएं आस पास में ही उपलब्ध थे।

इसलिए घर में ज़रुरत की सारी वस्तुएं जमाने में ज्यादा परेशानी नहीं हुई।

माँ तो इतना बड़ा बंगला देख कर बहुत खुश थी और ज़ल्द ही सभी सामान को सलीके से सजा दिया और खाना बनाने की तैयारी में जुट गयी।

आज का दिन तो बिना किसी ज्यादा परेशानी के कट गया। अब कल तो अपने सीनियर ऑफिसर को रिपोर्ट करनी है....कालिंदी बिस्तर पर सोते हुए सोच रही थी। थोड़ी देर में वह नींद की आगोश में चली गयी।

कालिंदी की नींद सुबह जल्दी ही खुल गई। उसने देखा कि माँ रसोईघर में ब्रेकफास्ट तैयार कर रही है।

कालिंदी ने माँ के पास आकर उसके पैर छुए और उनका आशीर्वाद लिया।

आज का दिन कालिंदी के लिए ख़ास है क्योंकि आज उसके इ्यूटी का पहला दिन है।

कालिंदी पुलिस हेड क्वार्टर में योगदान देने के लिए तैयार हो रही थी तभी ड्राईवर अपनी डिपार्टमेंट की जीप के साथ रिपोर्ट किया।

कालिंदी जल्दी से ब्रेकफास्ट समाप्त किया और जीप में बैठ कर अपने हेड क्वार्टर के लिए रवाना हो गयी।

कालिंदी बड़े साहब के चैम्बर में पहुंची और सैलूट मार कर अपना परिचय दिया।

साहब उसे देखते ही खुश हो गए और हँसते हुआ कहा ...आओ कालिंदी, मैं अभी तुम्हारी ही फाइल पढ़ रहा था।

तुम तो सचमुच बहादुर और बुद्धिमान (intelligent) ऑफिसर हो। मुझे महेश पुर इलाके के लिए तुम जैसे बहादुर और तेज़ तर्रार ऑफिसर की ज़रुरत है।

इस इलाके में कोयला खदानों की वजह से माफिया लोगों का बोल बाला है। मुझे ऐसी खबर मिली है कि हमारे डिपार्टमेंट के कुछ लोगों की भी मिली भगत है।

महेशपुर में लॉ एंड आर्डर को सुधारना तुम्हारी पहली प्राथमिकता होगी।

तब तक चाय आ गयी और कालिंदी भी साहब के साथ चाय पीने लगी।

तभी साहब ने कालिंदी को एक फाइल दिया जिसमे उसके इलाके में चल रही अवैध (illegal) गतिविधियों की सारी जानकारी उपलब्ध थी। उस इलाके के सारे माफिया लोगों के काले चिट्ठे थे उस फाइल में।

इसमें वो सारी जानकारी है जो वहाँ प्रशासन व्यवस्था दुरुस्त रखने में तुम्हारी मदद करेगी...बड़े साहब कालिंदी को समझाते हुए कहा।

कालिंदी ने चाय समाप्त किया तभी चपरासी ने आकर बड़े साहब को बताया कि सम्मलेन (conference) हॉल में सभी अधिकारी आ चुके है और आप का इंतज़ार कर रहे है।

साहब ने उसे कहा...ठीक है मैं अभी आ रहा हूँ।

और तभी कालिंदी की तरफ देखते हुए उन्होंने कहा ... आज हमने आस पास के सभी थाना अधिकारी की मीटिंग बुला रखी है। वे कालिंदी के साथ मीटिंग हॉल में पहुँच गए।

बड़े साहब ने मीटिंग शुरू करते हुए सभी लोगों का कालिंदी से परिचय कराया।

कालिंदी की प्रशंसा करते हुए उन्होंने कहा ... यह जाबांज ऑफिसर आज ही हमारे डिपार्टमेंट में ज्वाइन की है।

कालिंदी बहुत ही बहादुर और intelligent ऑफिसर है।

৹৩

29

बेबसी की गहरी आवाज

आस पास के सारे थाना इंचार्ज को आज के मीटिंग में बुलाया गया था।

बड़े साहब ने मीटिंग में कालिंदी का सभी लोगों से परिचय कराया और कहा .. यह एक जांबाज़ ऑफिसर है जो आज ही हमारे जिले के महेश पुर में ASP के पद पर जोइनिंग दी है।

हमें आशा ही नहीं पूर्ण विश्वास है कि इन्हें जो ज़िम्मा सौपा गया है उसे वह बखूबी निभा पाएंगी।

मीटिंग करीब दो घंटे चली और इस दौरान कालिंदी सभी पुलिस अधिकारीयों की समस्याओं को ध्यान से सुना और उसे अपनी डायरी में नोट भी किया।

मीटिंग खत्म हुई तो कालिंदी वापस अपने ऑफिस आ गयी जो मुख्यालय से थोड़ी दूर पर ही थी।

उसके ऑफिस में पहुँचते ही वहाँ के सभी लोगों ने कालिंदी का भव्य स्वागत किया। कालिंदी अपने ऑफिस के सभी स्टाफ लोगों से मिली और फिर उनलोगों के साथ एक मीटिंग भी की।

कालिंदी ने उस मीटिंग में अपने सभी स्टाफ लोगो को साफ़ – साफ़ सन्देश दिया कि अपने क्षेत्र में जो भी लॉ एंड आर्डर (Law & order) की समस्या है उसे दूर करना होगा। इस काम में हमें समाज के सभी वर्गों का सहयोग और समर्थन लेने

का प्रयास करना चाहिए।

हम सब बिना किसी भेद भाव और डर के अपने कर्तव्यों का निर्वहन करेंगे तो सारी समस्याएँ दूर हो जाएगी।

शाम का वक़्त था, कालिंदी सिविल ड्रेस में ही वहाँ उस छोटे से मार्किट में निकल गयी, ताकि यहाँ की वर्तमान स्थिति का पता लगाया जा सके।

वह तो आज ही ड्यूटी ज्वाइन की थी इसलिए सिविल ड्रेस में होने के कारण उसे कोई नहीं पहचान सकता था।

कालिंदी वहाँ एक चाय के दुकान में बैठ कर चाय मंगाई और चुप – चाप चाय पिने लगी।

तभी एक जवान आदमी जो दिखने में तो शरीफ लग रहा था, आकर मैडम के सामने ही बैठ गया और चाय का आर्डर दिया। उसके बाएं कंधे से झोला लटक रहा था और हाथ में कैमरा था।

दिखने में प्रेस रिपोर्टर लग रहा था ....

दोनों अपने अपने चाय पी रहे थे तभी एक गुंडा किस्म का आदमी उस चाय की दूकान में घुस आया।

वह बदमाश दूकान में घुसते ही उस प्रेस रिपोर्टर के पास आया और धमकी भरे लहजे में कहा .... तुमने भैया जी के बारे में उलटी पुलटी ख़बरें अपने अखबार में छाप कर ठीक नहीं किया।

आगे से इस बात का ध्यान रखना कि उनके बारे में कुछ गलत बात तुम्हारे अखबार में न छप सके।
    इस पर उस नवयुवक ने कहा ...एक पत्रकार का यही तो काम है कि जो सच्चाई है उसे जनता के सामने लाया जाए। मैंने कोई झूठी बात नहीं छापी है।

इतना सुनते ही वह गुस्से से आग बबूला हो गया और सरेआम पिस्तौल निकाल

कर उसके ऊपर तान दिया।

कालिंदी को लगा कि कही वह गोली ना चला दे। इसलिए तुरंत एक्शन में आयी और अपने कराटे की कला का इस्तेमाल करते हुए पलक झपकते ही उसके हाथ से पिस्तौल छीन लिया।

इस घटना से वह गुंडा छाप युवक गुस्से से लाल हो गया।

लेकिन इससे पहले कि वह कोई हरकत करे, वहाँ तैनात पुलिस दौड़ कर घटनास्थल पर पहुँच गया।

पुलिस तो मैडम को देख कर पहचान गया और उनका इशारा पाते ही उसे पिस्तौल के साथ गिरफ्तार कर लिया।

इस घटना से कालिंदी को यकीन हो गया कि यहाँ की क़ानून व्यवस्था काफी कमजोर है और इसे सुधारने के लिए कुछ कड़े कदम उठाने पड़ेंगे।

वह पत्रकार युवक कालिंदी की बहादुरी से बहुत प्रभावित हुआ। उसने कालिंदी की ओर देखते हुए कहा ... आप ने इस गुंडे से मुझे बचाया इसके लिए दिल से शुक्रिया।

आप जैसे पुलिस ऑफिसर की यहाँ सख्त ज़रुरत है। यहाँ का क़ानून व्यवस्था काफी बिगड़ गया है, अगर आप थोड़ा सख्ती करेंगी तो शायद शांति व्यवस्था बहाल हो सकेगा।

मैं पूरी कोशिश करूंगी। लेकिन मैं चाहूँगी कि आप अपने अखबार में बिना किसी भेद भाव के लिखते रहे।

जी मैडम, मैं जब रिपोर्टर बना हूँ तो डर कर सच का साथ नहीं छोड़ सकता हूँ।

मैं आप को बतला दूँ कि यहाँ माफिया का दो ग्रुप है और यह लोग दलाली, हफ्ता वसूली से लेकर हत्या तक करने से नहीं हिचकते है।

इन लोगों की सामानांतर सरकार चलती है। इन लोगों का इतना दशहत है कि आप

के महकमे के कुछ लोग इनके इशारे पर ही काम करते है, भले ही तनख्वाह सरकार से लेते है।

इसलिए आप भी थोड़ा सतर्क होकर रहे। मुझे पूरा विश्वास है कि आप जैसा दबंग ऑफिसर के सामने ये लोग अपनी अवैध गतिविधियाँ बंद कर देंगे।

इधर उस गुंडे की गिरफ़्तारी और नए ऑफिसर की साहसिक करवाई की बात पुरे इलाके में तुरंत फ़ैल गई और आस पास के सभी दूकानदार और लोगों की भीड़ इकट्ठी ही गई।

सभी लोग हाथ जोड़ कर आशा की दृष्टी से मैडम की ओर देखने लगे।

कालिंदी ने उनलोगों की ओर देख कर कहा ...आप लोग बिलकुल भी ना घबराएं।

धीरे धीरे सब कुछ ठीक हो जायेगा।

रात में कालिंदी खाना खा कर ज़ल्दी ही सोने चली गयी। आज पहला दिन इस तरह से व्यतीत हुआ कि थकान काफी लग रही थी। लेकिन बिस्तर पर जाते ही उसकी जैसे नींद गायब ही हो गयी।

वह बिस्तर पर लेटे -लेटे ही आगे की प्लानिंग के बारे में सोच रही थी।

पहले तो अपने महकमे के लोगों को ही ठीक करना होगा और बेईमान अधिकारीयों को हिदायत देना होगा कि अपने आप को सुधार ले वर्ना उनके विरूद्ध पहले कार्यवाही की जाएगी।

इन्ही सब बातों में खोई, जाने कब उसकी नींद लग गयी।

कालिंदी सुबह सो रही थी तभी उसके मोबाइल की घंटी बजी और चौंक कर उसने आँखे खोली। फ़ोन किसी unknown नम्बर से आया था इसलिए फ़ोन को काट कर फिर से सोने की कोशिश करने लगी।

तभी दुबारा फ़ोन की घंटी बजी। इस बार कालिंदी ने फ़ोन उठा कर पूछा...हेल्लो,

आप कौन बोल रहे है ?

मैडम, अभी इन सब बातों का समय नहीं है कि मैं कौन बोल रहा हूँ ..

रासपुर खदान में एक बहुत बड़ा हादसा होने वाला है। वहाँ खदान में पानी घुस रहा है और चट्टान खिसकने के कारण बाहर निकलने का रास्ता ब्लॉक हो गया है।

....और खदान के मालिक और अधिकारी उन मजदूरों को बचाने का प्रयास नहीं कर रहे है। ...उन खदान में करीब पचास मजदूर अंदर फंसे हुए है। आप जल्दी से पहुँच कर उनलोगों को बचाने का कोई उपाय कीजिये।

लेकिन मैं कैसे समझूँ कि आप सही बोल रहे है ...कालिंदी ने प्रश्न करते हुए पूछा।

मैडम मैं इस तरह के चौंकाने वाले और भी ख़बरें देता रहूँगा, फिलहाल बता दूँ कि प्राइवेट खदान वाले मालिक अपने मजदूर के जान की परवाह नहीं करते है, उन्हें सिर्फ अपने फायदे से मतलब होता है।

आये दिन इस इलाके में ऐसा हादसा होते रहता है और ये लोग पुलिस से मिली भगत कर केस को दबा देते है। आप फिलहाल कोशिश करें तो उनलोगों की जान बच सकती है।

कालिंदी को पता नहीं क्यों उसकी बातों पर यकीन करने का मन कर रहा था।

लेकिन ड्राईवर ना होने के बाबजूद कालिंदी तुरंत तैयार हो कर जीप लेकर खुद ही निकल गयी।।

वह घटना स्थल पर पहुँची तो देखा कि वहाँ काफी अफरा तफरी मची हुई है। वहाँ पता चला कि खदान के अन्दर की एक दीवार पानी के दबाब के कारण टूट गयी है, जिसके कारण बाहर निकलने का रास्ता ब्लॉक हो गया है और अन्दर खदान में पानी घुस रहा है।

किसी को हिम्मत नहीं हो रही थी कि खदान के अन्दर नीचे उतर सके। सभी लोग सिर्फ बाहर से असहाय बन कर तमाशा देख रहे थे।

कालिंदी के मन में खदान के अन्दर फंसे मजदूरों की पीड़ा महसूस हुई और सोचा कि न जाने कितनो की जाने जाएँगी और कितने घर तबाह हो जायेंगे।

ऐसा सोच कर वह भावुक हो उठी और उसने तुरंत अंदर खदान में उतरने का फैसला किया।

30

भूमिका और साहस

"कितना भी पकड़ लो, ...फिसलता ज़रूर है
ये वक़्त है साहब ....बदलता ज़रूर है ..."

काफी लोगों की भीड़ वहाँ इकट्ठी हो चुकी थी। सभी लोगों को ऐसा लग रहा था कि खदान में ज़ल्द ही पानी भर जायेगा और उसमें फँसे सभी पचास मजदूर उसी में दफ़न हो जायेंगे।

किसी को भी हिम्मत नहीं हो रही थी कि खदान के अन्दर जाकर ब्लॉक हुए रास्तों को खोलने और मजदूरों को बचाने का प्रयास करे।

इधर कालिंदी ने स्थिति की गंभीरता को देखते हुए खदान में उतरने का फैसला ले लिया।

वहाँ खड़े सभी लोग कालिंदी को खदान के अन्दर जाने से मना कर रहे थे लेकिन उनलोगों के मना करने के बाबजूद भी उसने मन ही मन अपने पिता को याद किया और फिर खदान में उतर गयी। उसे अपने पिता के आशीर्वाद पर भरोसा था।

उसके साथ ही वहाँ ड्यूटी पर तैनात पुलिस वाले को भी उसके साथ खदान के अन्दर जाना पड़ा।

खदान के अन्दर बिलकुल अँधेरा था। कालिंदी टॉर्च की मदद से किसी तरह उस जगह पर पहुँची जहाँ रास्ता ब्लॉक हो गया था और रास्ते के दूसरी तरफ मजदूर फंसे हुए थे।

उसने उन मजदूर भाइयों को आवाज़ लगाई और उनका हौसला बढ़ाते हुए कहा .. आपलोग हिम्मत से काम लीजिये।

यह जो सामने बड़े सा पत्थर है उसे किसी तरह एक तरफ हटाना होगा तभी आपलोग सुरक्षित बाहर निकल सकते है।

उधर से आप लोग और इधर से हमलोग एक साथ जोर लगा कर उस पत्थर को हटाने का प्रयास करेंगे।

कालिंदी की बात का असर हुआ और सभी मजदूर जोश से भर गए और सबने मिलकर अपनी पूरी ताकत लगा दी और उस पत्थर को हटा डाला।

उनलोगों को ख़ुशी का ठिकाना नहीं रहा। उन मजदूरों के आँखों में ख़ुशी के आँसू थे क्योंकि उन मजदूरों ने मौत को इतने करीब से जो देखा था। वे सभी खुल चुके रास्ते से एक सुरक्षित स्थान पर आ गए।

कालिंदी ने ट्राली की मदद से एक एक कर मजदूरों को खदान से बाहर भेजा और अंत में वह खुद भी बाहर आ गई।

कालिंदी ने अपनी सूझ – बुझ और हिम्मत से उन सभी मजदूर भाइयों को सकुशल खदान से बाहर निकाल लाई थी। किसी को एक खरोच भी नहीं आयी।

वहाँ उपस्थित सभी लोग कालिंदी की बहादुरी और सूझ बुझ की तारीफ कर रहे थे। उसके बहादुरी भरे कारनामे की खबर सारे इलाके में आग की तरह फ़ैल गयी।

उस इलाके की जनता में कालिंदी की इज्जत काफी बढ़ गई। वह जनता की चहेती पुलिश ऑफिसर बन गयी। शायद वर्षो बाद ऐसी जाबांज और ईमानदार पुलिस ऑफिसर इस इलाके में आयी थी।

कालिंदी घटना स्थल से वापिस अपने ऑफिस आ गयी और कुर्सी पर बैठते ही चपरासी को चाय लाने को कहा।

कालिंदी चाय पीते हुए अपनी थकान मिटा रही थी। सामने मेज़ पर एक अपराधी के केस की फाइल पड़ी थी जिसपर उसकी नज़र पड़ी।

यह तो उसी अपराधी की फाइल थी जिसको पहले दिन ही उस पत्रकार पर हमला करने के जुर्म में गिरफ्तार किया था।

तभी अचानक कालिंदी को उस गुप्त सुचना देने वाले शख्स की याद आ गयी। उसकी आवाज़ शायद उस पत्रकार की आवाज़ से मिलती जुलती थी।

वह सोच रही थी कि वह कौन भला इंसान है जो इस इलाके में चल रहे अनैतिक धंधे और अपराधी के बारे में गुप्त रूप से मुझे सही सही जानकारी दे रहा है। वो अपना पहचान गुप्त क्यों रखना चाहता है ?

इस तरह अपने जान जोखिम में डाल कर लोगों की भलाई करने के पीछे उसका मकसद क्या है ?

कालिंदी के मन में तरह तरह के सवाल उठ रहे थे कि तभी उसके फ़ोन की घंटी बज उठी। उसके देखा तो फ़ोन पर अनजाना नंबर था।

कालिंदी ने फ़ोन जैसे ही उठाई तो उधर से उसी आदमी की आवाज़ सुनाई दी , जो गुप्त सूचनाएं दिया करता था। वह हमेशा अलग अलग नंबर से फ़ोन किया करता था, ताकी उसकी पहचान छुपी रहे।

हेल्लो मैडम, मेरा इनफार्मेशन सही था ना ? ... उसने पूछा।

लेकिन आज तो आपने जिस दिलेरी से उन असहाय मजदूरों की जान बचाई, उससे मेरे दिल में आपके प्रति इज्जत और बढ़ गई।

अगर आप इसी तरह ईमानदारी और निडरता से काम करती रही तो जल्द ही यहाँ

अमन – चैन कायम हो जायगा और यहाँ के मजदूर भाइयों को माफिया के चंगुल से छुटकारा मिल सकेगा।

लेकिन आप अपना पहचान गुप्त क्यों रखना चाहते है ? आप पुलिस का मुखबिर बनकर काम क्यों नहीं करते ? हमारे विभाग से आप को तो सम्मान के साथ उचित ईमान भी मिलेगा।

मुझे ईनाम और सम्मान की चाहत नहीं है। मेरा आपको सुचना देने के पीछे एक मकसद है जिसे मैं आपसे मिलकर फिर कभी बताऊंगा। इतना बोल कर उसने फ़ोन काट दिया।

इधर बड़े साहब को खदान वाली घटना की जानकारी मिली तो उन्होंने कालिंदी को अगले दिन अपने ऑफिस में उपस्थित होने का फरमान भेज दिया।

कालिंदी जब ऑफिस से अपने घर पहुँची तो माँ देखते ही दौड़ कर आयी और उसे गले लगा लिया .. उसके आँखों से झर झर आँसू गिरने लगे।

माँ को इस तरह रोता देख कालिंदी ने आश्चर्य से उसे देखते हुए पूछा... क्या हुआ माँ ? तुम रो क्यों रही हो ?

यह तो ख़ुशी के आँसू है पगली। तुमने आज बहुत पुण्य का काम किया है। लेकिन मेरा दिल तो यह सोच कर बैठा जा रहा था कि कहीं तुमको कुछ हो जाता तो हमलोग का क्या होगा ?

तुम्हारा आशीर्वाद जब मेरे सिर पर है तो मुझे किसी बात से डर नहीं लगता है और यही मेरी सफलता का राज़ भी है।

तुम युग युग जिओ बेटी ... और फिर माँ ने प्यार से उसके सिर पर हाथ रखा।

मुझे बड़े जोर की भूख लगी है माँ, आज दिन भर की भाग – दौड़ से थक गई हूँ। मैं थोड़ा आराम करना चाहती हूँ ... कालिंदी ने उबासी लेते हुए माँ से कहा।

हाँ हाँ , अभी तुम्हारे लिए खाना लाती हूँ।

आज तो तेरे मन पसंद का गाजर का हलवा भी बनाया है। तुम ज़ल्दी से खाना खा कर आराम करो .. माँ ने कहा और रसोई में चली गयी।

गज़र का हलवा तो बहुत स्वादिष्ट है माँ... कालिंदी खाना खाते हुए माँ की तारीफ की।

खाना खाकर बिस्तर पर जाते ही कालिंदी खर्राटे भरने लगी।

सुबह ज़ल्दी उठ कर कालिंदी को तैयार होता देख कर माँ ने पूछा ... आज इतनी ज़ल्दी तैयार क्यों हो रही हो। आज भी कोई गुप्त सुचना मिली है क्या ?

नहीं माँ, आज बड़े साहब ने हेड क्वार्टर में बुलाया है तो समय पर पहुँचना है।

ठीक है, मैंने तुम्हारा टिफ़िन तैयार कर के गाडी में रखवा दिया है।

ठीक है माँ , अब मैं चलती हूँ। किसी चीज़ की ज़रुरत हो तो ड्राईवर को बता देना , लौटते में लेती आउंगी।

सुबह के ठीक दस बज रहे थे और कालिंदी साहब के चैम्बर में दाखिल हुई और सैलूट मार कर उनका अभिवादन किया।

कालिंदी को देख कर बड़े साहब मुस्कुराये।

और अपनी कुर्सी से उठ कर उसके पास आये और प्यार से उसके सिर पर हाथ रखते हुए कहा ...well done kalindi, I am proud of you ..

तुमने तो कमाल ही कर दिया। इतने लोगों की जान अकेले दम पर बचा लिया। इसीलिए न सिर्फ तुम्हारा बल्कि सारे पुलिस महकमे की बड़ाई हो रही है।

हमलोग ने तो फैसला किया है कि तुम्हारा नाम अवार्ड प्राप्ति हेतु अपने उच्च अधिकारीयों से सिफारिस करूँगा।

तुम्हारी ड्यूटी के प्रति लगन और निष्ठां देख कर मुझे बहुत ख़ुशी हो रही है और तुम हमारे डिपार्टमेंट के लिए एक आदर्श बन गयी हो।

तभी साहब के चैम्बर में बिक्रम सिंह प्रवेश कर साहब को सैलूट किया।

आओ आओ, विक्रम। तुम्हे मैंने एक खास काम से बुलाया है।

चाय पीते हुए कालिंदी की ओर देख कर साहब ने कहा .... यह है सब इंस्पेक्टर (sub inspector) विक्रम सिंह। इसे तुम एनकाउंटर स्पेशलिस्ट भी कह सकती हो। यह अपराधियों का एनकाउंटर करके सफाया कर देता है।

हेल्लो मैडम ...., मैं विक्रम सिंह, रायगढ़ थाने का सब इंस्पेक्टर हूँ। अगर आपके इलाके में भी ऐसी अपराधी हो तो हमें याद कीजियेगा।

धन्यवाद, लेकिन इसके लिए आप की सहायता की ज़रुरत नहीं पड़ेगी।

हमारा काम करने ढंग कुछ अलग तरह का है ....कालिंदी इंस्पेक्टर की तरफ देख मुस्कुराते हुए बोली।

हाँ, यह सही है कि हर किसी के काम करने का तरीका अलग अलग होता है। फिर भी हमलोगों का काम ही कुछ इस तरह का है कि हमें हर समय चौकन्ना रहना पड़ता है .. बड़े साहब ने कहा।

दोनों के चाय समाप्त हो चुके थे तभी कालिंदी ने बड़े साहब की ओर देखा।

साहब ने कहा...अच्छा कालिंदी, अब तुम जा सकती हो।

और इसी तरह देखते देखते छः महीने का समय बीत गए ..

रात दिन काफी प्रयास करने के बाद "लॉ एंड आर्डर" की स्थिति में कुछ सुधार हुआ।

चोरी, जुआ और फिरौती जैसे अपराध करीब करीब बंद हो गए।

उस इलाके के व्यापारी और आम जनता हालात सुधरने से काफी खुश थे।

लोकल समाचार पत्रों में भी कालिंदी की खूब तारीफ होने लगी।

सचमुच कालिंदी की मेहनत रंग लाई और थोड़े दिनों में ही उसे अपने मिशन में सफलता मिल रही थी। लेकिन अभी बहुत कुछ करना बाकी था।

31

कालिंदी का खुफिया रोमांच

"एक अलग ही पहचान बनाने की आदत है मेरी
तकलीफों में भी मुस्कराने की आदत है मेरी"

कालिंदी अपने बड़े साहब से शाबाशी पाकर बहुत खुश थी। लेकिन यह भी सच है कि रात दिन काफी प्रयास करने के बाद "लॉ एंड आर्डर" की स्थिति में कुछ सुधार हुआ है।

कालिंदी के कार्य क्षेत्र में चोरी, जुआ और फिरौती जैसे अपराध करीब करीब बंद हो गए है।

इलाके में अब अमन चैन है और यहाँ के आम जनता के साथ साथ व्यापारी वर्ग भी हालात सुधरने से काफी खुश है।

चारो तरफ कालिंदी की प्रशंसा हो रही थी और लोकल समाचार पत्रों में भी कालिंदी की खूब तारीफ होने लगी थी।

दिन के दो बज रहे थे और कालिंदी को आज लखनपुर के लिए रवाना होना था।

क्योंकि ऐसी सुचना मिली थी कि वहाँ कुछ लोग देशी शराब बनाने का धंधा कर रहे है।

राज्य में शराब बंदी के बाबजूद धड़ल्ले से शराब की बिक्री हो रही है। वहाँ का थाना इंचार्ज की भी इसमें मिली भगत है।

कालिंदी तैयार हो कर निकल ही रही थी कि उसके मोबाइल की घंटी बज उठी और कालिंदी ने देखा तो पाया कि फ़ोन उसी unknown नंबर से किया गया है। वह समझ गयी कि फ़ोन करने वाला शख्स वही है जो उसे गुप्त सूचनाएं देता है।

कालिंदी ने फ़ोन उठाया ही था कि उधर से आवाज़ आयी .... .हेल्लो मैडम, आप लखनपुर के लिए रवाना हो रही है क्या ?

जबाब देने के बजाए कालिंदी ने उल्टा ही उससे प्रश्न किया और कहा ...तुम्हे कैसे पता चला कि मैं वहाँ जा रही हूँ। मेरे और मेरे स्टाफ के अलावा किसी को भी मेरे जाने की जानकारी नहीं है।

वह सब आप छोड़िये मैडम... इन सब बातों में कुछ नहीं रखा है।

आप मेरी बात ध्यान से सुनिए ... आप अभी लखनपुर के लिए नहीं निकलेंगी। यह मेरा हुक्म नहीं है बल्कि निवेदन है। प्लीज, आज मेरी यह बात आप मान लीजिये।

मैं कल फिर आपसे बात करूँगा। इतना बोल कर उसने फ़ोन काट दिया।

कालिंदी उसकी बात सुन कर असमंजस में पड़ गयी। आखिर वह मुझे वहाँ जाने से क्यों रोकना चाहता है।

यह सही है कि वह इलाका काफी खतरनाक माना जाता है ,लेकिन हमारा तो यही काम है कि जहाँ गड़बड़ी हो वहाँ लॉ एंड आर्डर को दुरुस्त करना।

फिर भी कोई न कोई बात तो ज़रूर होगी तभी उसने मना किया है।

चलो आज उसकी बात मान लेती हूँ। मैं अब आज के बदले कल लखनपुर का दौरा करुँगी ... कालिंदी अपने कुर्सी पर बैठे बैठे सोच रही थी।

लंच का समय हो रहा था और कालिंदी घर से लंच नहीं ला सकी थी, इसलिए उसने खाना खाने के लिए घर जाना उचित समझा ताकि माँ के हाथ का गरम गरम खाना खा सके।

वह अपनी गाड़ी लेकर घर की ओर चल दी।

घर पहुँचते ही कालिंदी ने माँ से कहा ....माँ, मुझे बहुत भूख लगी है। जल्दी से खाना खिला दो। खाना खा कर ज़ल्दी ऑफिस जाना होगा। आज ऑफिस में काम बहुत है।

माँ कालिंदी को देख कर बोली.. .यह तुम ने अच्छा किया जो खाना खाने घर पर आ गयी। मैं अभी तुम्हे गर्म खाना परोसती हूँ।

कालिंदी हाथ मुँह धो कर खाना खाने बैठी और पहला निवाला ही मुँह में रखी थी कि उसके फ़ोन की घंटी बज उठी।

बड़े साहब फ़ोन पर थे।

कालिंदी खाना छोड़ कर ज़ल्दी से साहब के फ़ोन को attend की और कहा ...हेल्लो सर, मैं कालिंदी बोल रही हूँ।

साहब ने पूछा ...तुम ठीक तो हो न ? तुम को तो अभी लखनपुर जाना था, उसका

क्या हुआ ?

सर, मैं बिलकुल ठीक हूँ और मैं लखनपुर का दौरा कल करुँगी। आज कुछ ज़रूरी काम में फंस गयी थी।

बड़े साहब फ़ोन पर ही बोले....... थैंक्स गॉड, तुम सही सलामत हो।

ऐसी क्या बात हो गयी सर ? ... कालिंदी ने हडबडा कर पूछा।

अभी अभी खबर मिली है कि लखनपुर पहुँचने के पहले जो रास्ते में पुलिया है उसे ब्लास्ट कर उड़ा दिया गया है। इस घटना में उस समय वहाँ से जो जीप गुज़र रही थी उसके परखच्चे उड़ गए।

चूँकि उस जीप में केवल ड्राईवर था अतः इस घटना में उसकी मौत हुई है।

मेरा अनुमान है कि अपराधियों ने उस जीप को पुलिस का जीप समझ कर बारूदी सुरंग के माध्यम से उड़ा दिया।

मैं घटना स्थल पर जा रहा हूँ तुम भी यहाँ आ जाओ।

इस दुर्घटना की खबर से कालिंदी भौचक रह गई .. अब उसे समझ में आ रहा था कि उसके जीप को ही अपराधियों ने उड़ाने का प्लान बनाया था .. लेकिन उस खुफिया हमदर्द ने मुझे वहाँ जाने से रोक कर मेरी जान बचा ली।

परन्तु कालिंदी के दिमाग में दो प्रश्न उठ रहे थे .. पहला कि उसके लखनपुर जाने का प्रोग्राम किसने लीक किया।.. क्योंकि वह गुप्त रूप से वहाँ जा रही थी और इसकी सुचना सिर्फ उसके ड्राईवर और बॉडी गार्ड के अलावा किसी को भी न थी।

तो क्या इसका मतलब है कि हमारे ऑफिस के कुछ स्टाफ अपराधियों से मिले हुए है ..और शायद पुलिस की गतिविधियों की अग्रिम सुचना उन तक पहुंचाते है।

और दूसरा सवाल यह कि उस गुप्त सुचना देने वाले इंसान को उन अपराधियों के प्लान का कैसे पता चला ?

क्या वह भी उनलोगों के संगठन से जुड़ा हुआ कोई महत्वपूर्ण व्यक्ति है .. जो दुनिया के आँखों में धुल झोकने के लिए पत्रकार का पेशा अपनाए हुए है।

तभी कालिंदी ने सोचा... इन सब बातों पर बाद में विचार करेंगे, फिलहाल तो साहब के पास ज़ल्द पहुँचना है।

उसने ज़ल्दी ज़ल्दी अपना भोजन समाप्त किया और कुछ ही देर में साहब के ऑफिस में पहुँच गयी।

साहब तो पहले से ही तैयार बैठे थे। उन्होंने तुरंत कालिंदी के साथ घटनास्थल की ओर रवाना हो गए।..

साहब की गाड़ी तेज़ गति से लखनपुर की ओर जा रही थी जहाँ भयंकर दुर्घटना हुआ था। साहब के मन में तरह तरह के सवाल उठ रहे थे।

उन्होंने कालिंदी की ओर देखते हुए कहा ...कालिंदी, यह तो तय है कि यह विस्फोट तुम्हारी जीप समझ कर की गयी थी। लेकिन तुम्हारा भाग्य अच्छा था कि तुमने अचानक अपना प्लान कैंसिल कर दिया और तुम्हारी जान बच गयी।

इस पर कालिंदी ने कहा ...लेकिन सर, हमारा वहाँ का दौरा बिलकुल गुप्त था और इसकी जानकारी सिर्फ मेरे ड्राईवर और बॉडी गार्ड के आलावा किसी को न थी।

फिर कैसे पुलिस की गतिविधियों की खबर उन माफिया लोगों तक पहुँच जाती है।

कालिंदी की बातों को सुन कर साहब कुछ सोच में पड़ गए।

लेकिन तभी कालिंदी से कहा... मुझे भी शक हो रहा है कि हमारे विभाग के कुछ लोग उन तक सूचनाएं पहुंचाते है।

मैं सोचता हूँ कि खुफिया विभाग के एस. पी. से बात करूँ और यह ज़िम्मा उसे सौप देता हूँ। सच्चाई का ज़ल्द ही पता चल जायेगा।

ठीक है सर, हमलोग कुछ दिनों के लिए अपनी गतिविधियाँ अपने स्टाफ से भी गुप्त रखेंगे। अच्छा हुआ आज हमारे साथ ड्राईवर भी नहीं है। वर्ना आज की हमारी बातें भी लीक हो जाती ...कल्याणी ने राहत की सांस लेते हुए कहा।

घटना पर पहुँचते ही साहब का शक यकीन में बदल गया। पुलिया को उड़ाने के लिए शक्तिशाली बिस्फोटक का इस्तेमाल किया गया था।

दुर्घटनाग्रस्त गाड़ी भी पुलिस के जीप जैसी दिख रही है थी। उस गाड़ी में सिर्फ ड्राईवर था जिसकी मौके पर ही मृत्यु हो गयी थी।

कालिंदी को उस ड्राईवर की मौत पर बहुत दुःख हो रहा था क्योकि कालिंदी की जान के बदले ही उसकी जान चली गयी थी.....

32

अपराधियों के खिलाफ ज़रूरी सावधानियाँ

"मुझे इतनी फुर्सत कहाँ कि अपनी तकदीर का लिखा देख सकूँ..
बस माँ की मुस्कराहट देख कर समझ जाता हूँ कि मेरी तकदीर
बुलंद है ..."

आज सुबह कालिंदी देर तक सो रही थी, क्यों कि कल की भागा दौड़ी में उसे काफी थकान हो गयी थी। ..तभी माँ ने गरमा गर्म चाय बना कर लाई और कालिंदी को जगाते हुए कहा.. कालिंदी बेटी, उठो और चाय पी लो। इससे तुम्हारी थकान दूर हो जाएगी और नींद भी पूरी तरह खुल जाएगी।

कालिंदी अलसाए हुए उठी और माँ के हांथो से चाय लेकर पीने लगी।

माँ उसके पास ही बैठ कर खुद भी चाय पीने लगी।

बातों का सिलसिला शुरू करते हुए माँ ने कहा ... कुछ दिनों से मेरे मन में एक बात घूम रही है जिसे मैं कहना चाह रही थी।

तो कहो ना माँ, इसमें अपनी बेटी से कहने में संकोच कैसा ?..कालिंदी माँ को समझाते हुए कहा।

तो सुन, मेरी बात ध्यान से सुन। एक सप्ताह पहले तुम्हारे पिता जी से फ़ोन पर बात हो रही थी, तो उन्होंने कहा ... अब मैं चाहता हूँ कि कालिंदी की शादी कर दूँ।

हमारे परिवार और समाज में लड़की को जल्द ही शादी के बंधन में बाँध देते है। उन्होंने तो एक लड़का भी देख रखा है।

तुम कहो तो उनके परिवार वालों से तुम्हारे रिश्ते की बात करूँ।

इतनी ज़ल्दी भी क्या है माँ...कालिंदी बात को टालना चाह रही थी।

जल्दी है बेटी, अब तुम्हारे पिता जी भी रिटायर हो रहे है इसलिए मैं भी चाहती हूँ कि तुम्हारी शादी करके निश्चिन्त हो जाऊं। और फिर हमलोग आराम से तीर्थ यात्रा पर निकल जायेंगे।

नहीं माँ, मैं अभी शादी नहीं करना चाहती हूँ ... कालिंदी ने कुछ शरमाते हुए कहा।

शादी तो तुम्हारी करनी है।

हाँ, अगर तुम्हे कोई पसंद है तो मुझे बताओ। मैं तुम्हारे पिता जी को बता दूंगी। वे हमारे ज़बाब की प्रतीक्षा कर रहे है।

एक तुम्ही तो हो माँ, जिससे मैं दिल की बात बताती हूँ। मैं तुमसे कुछ भी नहीं छुपाती।

मुझे एक लड़के से प्यार हो गया है ... कालिंदी कहते हुए माँ की गोद में सिर छुपा लिया।
अच्छा – अच्छा, वह कौन है और उसका फोटो तो दिखाओ ?.. ..माँ ने कालिंदी के सिर पर हाँथ रखते हुए पूछा।

माँ, सच बताऊँ तो मैं भी आज तक उससे नहीं मिली हूँ और ना ही उसे देखा है। बस फ़ोन पर उसकी आवाज़ सुनती हूँ .... कालिंदी ने अपनी सच्चाई बता दी।

ऐसा कैसे हो सकता है ?

ना तुम मिली हो और ना उसके बारे में पूरी तरह जानती ही हो .. .माँ ने आश्चर्य प्रकट करते हुए पूछा।

इसी को इश्क कहते है माँ ... कालिंदी ने हँसते हुए माँ से कहा।

ठीक है , अब तो उसे बुला कर मेरे पास लाओ।

मैं भी तो देखूं वह कौन है ? ... माँ उसे समझाते हुए कहा।

ठीक है माँ, अगली बार जब बात होगी तो तुम्हारा सन्देश उसे पहुँचा दूंगी ... इतना बोल कर कालिंदी ड्यूटी जाने की तैयारी करने लगी।

कालिंदी अपने ऑफिस में बैठे एक अपराधी के फाइल स्टडी कर रही थी तभी चपरासी चाय लाकर मैडम के टेबल पर रखा।

फाइल को पेपर वेट से दबा कर कालिंदी चाय पिने लगी तभी उसके मन में एक विचार कौंधा ... इन अपराधियों के धड – पकड़ के कारण यहाँ अपराधी तत्व हमसे काफी नाराज़ है।

तभी तो उनलोगों ने मुझे मारने का पूरा प्लान बना लिया था। हालाँकि उनका प्लान सफल नहीं हो सका। लेकिन यह लोग चुप नहीं बैठेंगे और पुनः मुझे जान से मारने की कोशिश करेंगे।

हमारी गुप्त प्लान की भी जानकारी हो जाती है इन्हें। इसका मतलब है कि इन लोगों की जड़ें काफी गहरी है जिसे उखाड़ फेकने में काफी मिहनत तो करनी ही होगी साथ ही चौकन्ना भी रहना पड़ेगा।

तभी कालिंदी के फ़ोन की घंटी बज उठी। उसने फ़ोन देखा तो चौक पड़ी.... अरे, यह तो बैंक के मैनेजर गुप्ता जी का फ़ोन है। वैसे गुप्ता जी से कालिंदी की जान पहचान है। उसी बैंक में तो कालिंदी का भी अकाउंट है।

कालिंदी फ़ोन उठाकर कहा .. .हाँ गुप्ता जी, आपने कैसे फ़ोन किया ?

मैडम यहाँ बहुत गड़बड़ घोटाला चल रहा है .. .गुप्ता जी फ़ोन पर धीरे धीरे बोल रहे थे।

ऐसी क्या बात हो गई, गुप्ता जी ..कालिंदी आश्चर्य प्रकट करते हुई बोली।

हमारे यहाँ कोयला खदान में काम करने वाले मजदूरों का खाता है।

यहाँ अक्सर दलाल लोग मजदूरों को शराब पीने के लिए और किसी काम के लिए कुछ पैसे उधार देते है और फिर उलटे सीधे ब्याज लगा कर एक के दस वसूलते है।

उनका बहुत शोषण करते है। मजदूरों के पास क़र्ज़ वापस करने के लिए पैसे तो होते नहीं है, इसलिए उसके नाम से उनके ऑफिस में मिली भगत से PF लोन स्वीकृत करा कर बैंक के खाते में पैसे जमा कराते है और फिर मजदूरों को शराब पिला कर बैंक में लाते है।

नशे की हालत में मजदूर से चेक पर अंगूठा लगवा कर सभी पैसे खुद ही रख लेते है।

आज ऐसे ही कुछ दलाल किस्म के लोग बहुत सारे मजदूरों के साथ आये हुए है और उनसे रकम निकलवा कर खुद हड़पना चाह रहे है।

आप अगर इसी वक़्त यहाँ आ जाएँ तो उन मजदूरों का पैसा उन दलालों के हाथ में जाने से बच सकता है।

कालिंदी मजदूरों पर हो रहे ज़ुल्म को बर्दास्त नहीं कर सकती थी, यही तो उसका संकल्प है।

वह तुरंत ही अपनी जीप पर बैठी और कुछ सिपाही के साथ बैंक में धावा बोल दिया।

बैंक में पहुँचते ही वहाँ हडकंप मच गया। कालिंदी ने देखा कि पैसा निकालने आये

कुछ मजदूर इतना ज्यादा शराब पी रखी है कि उसे कुछ होश ही नहीं है .. और उसके सारे पैसे साथ आये दलाल के पास है। शराब पीने के जुर्म में मजदूरों और उसके साथ आये दलाल को गिरफ्तार कर पुलिस थाना ले कर आ गयी।

उन दलालों को धोखा धडी के चार्ज में FIR कर हवालात में डाल दिया ताकि और दुसरे बदमाश लोगो के मन में डर पैदा हो सके और वे मजदूरों पर जुर्म करने से बाज आये।

कुछ ही देर के बाद एक दबंग किस्म का आदमी कालिंदी के सामने आकर खड़ा हो गया।

अपने को उसने लोकल नेता बताया और मैडम से कहा .... आप ने जिसे अभी अभी हवालात में बंद किया है उसे छोड़ दें। ये लोग हमारे आदमी है।

और हाँ, हम चाहते है कि आप भी यहाँ शांति से नौकरी करें और हमलोगों का जैसा काम चल रहा है वैसा ही चलने दे।

यहाँ आप से पहले भी कई साहब लोग आये और अपना समय काट कर और पैसा कमा कर ख़ुशी ख़ुशी विदा हो गए।

कालिंदी को पता चल चूका था कि दलाल और नेता सब आपस में मिले हुए है और गरीब मजदूरों का शोषण करते है।

इसलिए कालिंदी ने कहा ... देखिये नेता जी, हम आपके आदमी को नहीं छोड़ सकते है क्योकि इनके खिलाफ FIR रजिस्टर में दर्ज हो चूका है और इन्हें कल कोर्ट में पेश किया जायेगा।

इसलिए अब जो कुछ भी आपको कहना और करना होगा वह कोर्ट में .कीजियेगा।

और हाँ , एक बात और सुन लीजिये ... मुझे आप की नसीहत की ज़रुरत भी नहीं है।

लेकिन आपलोग आगे से कुछ भी अनैतिक कार्य करने से पहले अपने मन में एक

बार सोच लीजियेगा कि मेरा नाम कालिंदी है। भलाई इसी में है कि आप गलत काम करना छोड़ दें।.

कालिंदी की धमकी भरी बातों को सुन कर उसका चेहरा गुस्से से लाल हो गया। लेकिन कुछ भी हरकत करने का अंजाम उस नेता को अच्छी तरह पता था इसलिए वह मैडम के बातों का कुछ ज़बाब नहीं दे सका और चुप चाप वहाँ से चला गया।

कालिंदी चपरासी को बुला कर एक कप चाय लाने को कहा और फिर सामने पड़े फाइल में खो गई।

यह फाइल उसी अपराधी मंगलू का था.. .जिसने उस पत्रकार पर पिस्तौल तान दिया था और उसे कालिंदी ने गिरफ्तार कर जेल भेज दिया था।

33

जान बचाने से लेकर अपराधियों का ढेर

मंगलू के इतिहास और काले कारनामो की लिस्ट लम्बी थी। कालिंदी बड़े ध्यान से उसके फाइल का अध्ययन कर रही थी तभी उस के मोबाइल की घंटी बजी।

कालिंदी ने जैसे ही फ़ोन उठाया तो उधर से आवाज़ आया... हेल्लो मैडम, आप ने तो आज फिर कमाल कर दिखाया। यह उसी अनजान आदमी का फ़ोन था जिसने गुप्त सुचना देकर कल कालिंदी की जान बचाई थी।

कालिंदी ने ज़बाब में कहा... मैं कुछ समझी नहीं ?

अभी अभी आपने जिस नेता को बेइज्जत कर भगा दिया और उसके आदमी को भी नहीं छोड़ा ... वाकई काबिले तारीफ है। क्या आप को अपने जान की परवाह नहीं है। मैं कब तक आप को बचाता रहूँगा।

पहले तो आप को बहुत बहुत धन्यवाद, मेरी जान बचाने के लिए। लेकिन मैं आप से मिलना चाहती हूँ.। मुझे से कुछ ज़रूरी बातें करनी है।

नहीं नही ...अभी आप मुझसे मिलने की कोशिश मत कीजिये। पहले आप अपने मकसद में कामयाब हो जाइए फिर आप को बधाई देने के लिए मैं खुद आपसे मिलने आऊंगा ... उस अनजान व्यक्ति ने कहा।

अच्छा ठीक है, लेकिन मेरे मन में दो सवाल उठ रहे है उसका ज़बाब चाहिए ..कालिंदी ने हँसते हुए कहा।

ठीक है मैडम , आप पूछ सकती है ... उसने कहा।

आप मुझे मरने से क्यों बचाना चाहते है ...कालिंदी ने पहला प्रश्न किया।

इस प्रश्न का ज़बाब वह देना नहीं चाहता था इसलिए कहा ...आप दूसरा सवाल पूछिये।

नहीं, पहले मैं इस प्रश्न का ज़बाब चाहती हूँ ...कालिंदी ने जोर देकर कहा।

वह आदमी पहले तो हँसा , फिर उसने कुछ सोच कर कहा ..अगर सच बता दूंगा तो आप मेरा एनकाउंटर कर देंगी।

फिर भी मुझे सच जानना है ...कालिंदी ने जोर देकर कहा।

कालिंदी जी, पहले तो मैं आपके काम करने के तरीके से बहुत प्रभावित हूँ और साथ ही मैंने आपको बहादुरी पूर्वक अपराधियों से टकराते हुए देखा है।

इसी कारण से मेरे दिल में आपके प्रति बहुत स्नेह और इज्जत है ... और इस रिश्ते को क्या नाम दूँ ...मुझे खुद पता नहीं। ..लेकिन हाँ, आप मुझे बहुत अच्छी लगती है और मैं नहीं चाहता कि आप का कोई ज़रा सा भी नुक्सान करे।

उसकी बात सुन कर कालिंदी चौक गयी और उसे तो विश्वास ही नहीं हुआ कि जो वह उसके बारे में सोच रही है वही बात वो अपरिचित आदमी कालिंदी के बारे में सोच रहा है।

आखिर बात क्या है ? वह समझ नहीं पा रही थी। , क्या सचमुच वो भी मुझसे प्यार करने लगा है ?...

तभी कालिंदी ने अपनी जिज्ञासा को विराम देते हुए और अपनी भावना पर

नियंत्रण करते हुए बोली.. अच्छा, मेरा दूसरा प्रश्न ... आप अपनी जान को जोखिम में डाल कर पुलिस की मदद क्यों करना चाहते है ?

वह व्यक्ति तुरंत बोला .... मैं पुलिस की नहीं आप की मदद करना चाहता हूँ।

इसलिए कि आप एक ईमानदार पुलिस ऑफिसर है और आप के दिल में हम गरीब लोगों के लिए बहुत स्नेह है। और हाँ आप अपने ड्राईवर से सतर्क रहिएगा।

यह सब तो ठीक है पर आप अपने बारे में भी तो कुछ बताएं ...कालिंदी ने फिर पूछा।

समय आने पर आप को सब पता चल जायेगा .. इतना बोल कर उसने फ़ोन काट दिया।

अचानक कालिंदी को ख्याल आया कि वह तो माँ वाली बात उसे बताना ही भूल गयी। यह सोच कर कालिंदी के चेहरे पर मुस्कराहट बिखर गयी।

अगली बार ज़रूर माँ का सन्देश उसे पहुँचा दूंगी और मैं भी अपने दिल की बात कह दूँगी।

वह इन्ही ख्यालों में खोई थी कि तभी पुलिस के एक आला ऑफिसर कालिंदी के चैम्बर में दाखिल हुआ।

उन्होंने अपना परिचय देते हुए कहा.. मैं राम सिंह, SP खुफिया विभाग। इतना बोल कर कालिंदी के सामने कुर्सी पर बैठ गया।

कालिंदी समझ गई कि साहब ने हमारे ऑफिस की सुचना लीक करने वाले व्यक्ति को पकड़ने के लिए ज़िम्मा इन्हें सौपा है।

तभी उन्होंने कहा ... कालिंदी, हम सब मिल कर एक प्लान बनाते है और कल ही उस पर अमल करेंगे। मैंने बड़े साहब से इस विषय में बात कर ली है।

कालिंदी अपनी सहमती जताते हुए हामी भरी और कुछ देर के आपसी बात –

विचार के बाद प्लान को अंतिम रूप दे दिया गया जिसे कल ही लागू करना होगा।

आज कालिंदी सुबह सुबह ऑफिस आयी और अपने चैम्बर में स्थान ग्रहण करते ही बड़े साहब को फ़ोन लगा कर जोर जोर से बात करने लगी। बात करते हुए उसने बड़े साहब को बोली ... . सर, लखनपुर पुलिया ब्लास्ट करने वाले लोगों का पता चल चूका है, इसलिए मैं अभी वहाँ जा रहीं हूँ उसे गिरफ्तार करने।

आपकी परमिशन चाहिए।

कालिंदी का ड्राईवर जो चैम्बर के बाहर स्टूल पर बैठा था, कालिंदी की साहब से बाते करते हुए सुन कर उसके कान खड़े हो गए। वह जल्द से जल्द यह खबर उन बदमासो तक पहूँचाने की सोचने लगा।

तभी कालिंदी ने उस ड्राईवर को आवाज़ लगाई। वह भाग कर कालिंदी के सामने आ गया। उसके चेहरे पर चिंता के भाव दिख रहे थे। कालिंदी को तो पहले से ही उस पर शक था क्योंकि उस गुप्त सुचना देने वाले शख्स ने भी उस पर शंका ज़ाहिर की थी।

फिर भी अनजान बनते हुए कालिंदी ने कहा ... अभी लखनपुर चलने की तैयारी करो।

कुछ ही देर में पाँच सिपाही को लेकर कालिंदी लखनपुर के लिए रवाना हो गयी।

रास्ते में ड्राईवर मन ही मन सोच रहा था कि अगर वह उन तक खबर नहीं पहूँचाया तो वे लोग पकडे जायेंगे।

तभी उसके दिमाग में एक आईडिया आया और उसने मैडम से कहा .. अगर आप इज़ाज़त दे तो रुक कर थोडा चाय पी लूँ, ... मुझे थोड़ी नींद की झपकी आ रही है।

कालिंदी तो उसके चेहरे को पढ ली थी और उसे पता था कि उसके मन में क्या चल रहा है।

कालिंदी के प्लान के मुताबित ही सब कुछ हो रहा था। उसके ड्राईवर को इज़ाज़त

देते हुए कहा .. हाँ हाँ, तुम चाय पीकर आओ, तब तक पास वाले थाना का मैं निरक्षण कर लेती हूँ।

फिर क्या था .. ड्राईवर पेशाब करने के बहाने पेड़ की ओट में चला गया और अपने मोबाइल से उन अपराधियों को सूचित कर दिया, जिन्होंने पुलिया को उड़ा दिया था।

और बातों – बातों में यह भी बताया कि मैडम दो बजे शंकर ढाबा में हमलोगों के साथ ही खाना खाएँगी।

उन बदमाशों को अपनी गिरफ़्तारी का डर सताने लगा। तभी उनलोगों ने प्लान बनाया कि शंकर ढाबा में मैडम को घेर लिया जाए। और मैडम हमें आकर गिरफ्तार करें उससे पहले ही वहाँ गोली मार कर उन्हें वही ढेर कर दिया जाए।

उनके साथ जो पुलिस है वो भी तो हमलोगों से मिली हुई है, इसलिए वह ज़बाबी करवाई भी नहीं करेगी।

उन बदमाशों के द्वारा प्लान को अंजाम देने के लिए पूरी तैयारी हो चुकी थी।

ड्राईवर अपनी गति से जीप को भगा रहा था लेकिन उसके चेहरे पर चिंता के भाव साफ़ झलक रहे थे। वह तो मन ही मन सोच रहा था कि आज मैडम का मरना तय है।

पहले से बनाए प्लान के अनुसार कालिंदी करीब दो बजे शंकर ढाबा के पास पहुँची।

जैसे ही कालिंदी अपने गाड़ी से उतर रही थी तभी देखा कि कुछ बदमाश उस पर हमला करने का प्रयास कर रहे थे।

वह तुरंत एक्शन में आयी और अपनी गाड़ी की ओट में पोजीशन ले ली। कुछ देर ही फायरिंग चली कि पहले से वहाँ छुपे सादे वेश में पुलिस वाले ताबड़तोड़ फायरिंग कर पाँचो बदमाश को ढेर कर दिया।

वहाँ उपस्थित लोगों को कुछ समझ में नहीं आया कि अचानक यह क्या हो गया।

उस इलाके के खतरनाक अपराधियों की लाशें वहाँ पड़ी थी।

थोड़ी ही देर में बड़े साहब और SP, खुफिया विभाग भी घटनास्थल पर पहुँच गए और सबसे पहले कालिंदी के ड्राईवर को गिरफ्तार कर लिया।

उसके बाद पांचो अपराधियों का पंचनामा कर आवश्यक कार्यवाही की गयी......

34

कार्यभार में सम्मान

उन पाँच खतरनाक अपराधियों के मारे जाने की खबर चारो तरह आग की तरह फ़ैल गयी। खबर पाकर आम जनता और व्यापारी वर्ग में ख़ुशी की लहर दौड़ गयी।

घटनास्थल पर लोगों की भीड़ लग गयी। सभी लोग कालिंदी के साहसिक कारनामे की प्रशंसा कर रहे थे।

और इसी बीच कालिंदी ने अपने ही ड्राईवर को अपराधियों को सुचना पहुँचाने के जुर्म में गिरफ्तार कर लिया। उससे पूछ ताछ में थोड़ी ही सख्ती की गयी तो उसने सच्चाई तुरंत ही बयान कर दिया।

उसने कबूल किया कि वह पैसों के लालच में यहाँ की सूचनाएं उन तक पहुँचाता था।

सभी लोग घटनास्थल पर आवश्यक कार्यवाही करने के बाद वापस लौट आये। कालिंदी ने राहत की सांस ली कि अब हमारे डिपार्टमेंट में किसी की हिम्मत नहीं होगी कि हमारे गुप्त कार्यवाही की अग्रिम सुचना किसी अपराधी को दे पाए।

दुसरे दिन अखबार की सुर्खियाँ कालिंदी के नाम ही थी। अपराधियों को चकमा देने और अपनी सूझ बुझ से उन लोगों को ठिकाने लगाने के लिए बड़े साहब ने भी बधाई दी।

कालिंदी एक एक कर अपराधियों का सफाया करती रही। हाँ, इसमें गुप्त सुचना देने वाले उस इंसान की अहम भूमिका रहती थी। उसने तो कितने मौकों पर कालिंदी को चौकन्ना किया जिससे हर बार वह मौत के मुँह से निकल जाती थी।

कालिंदी अब उससे मिलने के लिए मौके की तलाश कर रही थी। पता नहीं क्यों उस व्यक्ति के लिए कालिंदी के दिल में एक अजीब बेचैनी महसूस होने लगी।

यह सच है कि उसके बारे में ज्यादा कुछ भी नहीं जानती है फिर भी उसके लिए एक अनजाना बंधन महसूस किया करती है।

वह अपने ऑफिस में बैठे चाय पी रही थी और मन में यही सब बातें चल रही थी तभी उसके मोबाइल की घंटी बज उठी ... कालिंदी, जैसे ही मोबाइल पर उसकी आवाज़ सुनी तो वह चौक गयी और कहा ....क्या बात है,, इस बार आपने बधाई देने में देर कर दी।

नहीं मैडम , मैंने देर नहीं किया है, बल्कि मैं यह पता लगा रहा था कि उन अपराधियों का अगला कदम क्या होगा। वे लोग अब आर पार की लड़ाई लड़ना चाहते है।

इतने दिनों का बनाया हुआ उनका साम्राज्य इतनी आसानी से समाप्त नहीं होने

देंगे। इसलिए आप अभी भी चौकन्ना रहें।

तभी कालिंदी ने उससे कहा ... मैं आपसे मिलना चाहती हूँ। मिलने का और आपको देखने का मुझे भी बहुत मन करता है।

लेकिन मैडम, इससे आपका खतरा और बढ़ जायेगा। और मैं आपको हमेशा सलामत देखना चाहता हूँ। अगर भगवान् की मर्ज़ी होगी तो आप की इच्छा ज़रूर पूरी होगी। इतना बोल कर उसने ज़ल्दी से फ़ोन काट दिया।

और इस तरह देखते देखते साल भर गुज़र गए ...

पुलिस को अपराधियों से आँख मिचौली खेलते हुए एक साल गुज़र गया। कालिंदी के अथक प्रयास और सूझ बुझ से इलाके में अमन और शांति कायम हो गयी।

परन्तु कालिंदी के मन में हमेशा अशांति बनी रही। वह उस युवक से एक बार मिल कर अपने दिल की बात कहना चाहती थी, लेकिन इतने दिन बीत जाने के बाद भी ऐसा मौका नहीं मिल सका था।

अचानक घर से माँ का फ़ोन आया। उन्होंने कालिंदी से कहा ...तुम्हारे पिताजी यहाँ आये हुए है। शाम को ज़ल्दी घर आने की कोशिश करना।

माँ का सन्देश पाकर कालिंदी बहुत खुश हुई। आज पहली बार पिता जी यहाँ आये थे और बहुत दिनों के बाद मौका मिला है कि परिवार के सभी लोग एक साथ मिल कर रात का भोजन करेंगे।

कालिंदी घर पहुँचते ही पिता जी के पैर छू कर आशीर्वाद लिया। पिता जी इतने दिनों में पहली बार यहाँ आये थे। शायद कालिंदी के शादी की बात उससे करना चाहते थे।

सभी लोग एक साथ रात का भोजन कर रहे थे तभी माँ ने कालिंदी की ओर देखते हुए कहा ...तुम्हारे पिता जी कह रहे है कि एक बहुत ही अच्छा रिश्ता तुम्हारे लिए आया है। लड़का IAS ऑफिसर है उसके पिता तुम्हारे पिता के बचपन के मित्र है। इसलिए वे लोग रिश्ता बनाना चाहते है। पिताजी तुम्हारी अपनी राय जानना चाहते है।

कालिंदी कुछ बोलना चाह रही थी तभी उसके फ़ोन की घंटी बजने लगी।

कालिंदी ने फ़ोन का नम्बर देखा तो हडबडा कर बोली ... सर, मैं कालिंदी बोल रही हूँ। आपने इतनी रात में फ़ोन किया तो मैं घबरा गयी कि फिर कही कुछ अप्रिय घटना तो नहीं हुई है।

नहीं नहीं, ऐसी कोई बात नहीं है। मैंने तो तुम्हे बधाई देने के लिए फ़ोन किया है ...बड़े साहब ने हँसते हुए कहा।

किस बात की बधाई सर ? .....कालिंदी आश्चर्य प्रकट करते हुए पूछी।

कालिंदी, तुम्हारा प्रमोशन हो गया है। अभी अभी खबर आयी है कि तुम अब S P बन गयी हो। और अब तुम हमारे कुर्सी पर बैठोगी।

यह आप क्या कह रहें है सर, आप की जगह मैं कैसे ले सकती हूँ ..कालिंदी हडबडा कर बोली।

तुम सही सुन रही हो, कालिंदी।

क्योकि मेरा भी प्रमोशन हो गया है और मुझे होम मिनिस्ट्री में कल ही ज्वाइन करने के लिए बुलाया गया है ...बड़े साहब कालिंदी की जिज्ञासा शांत करते हुए कहा।

मुबारक हो सर, आपके प्रमोशन की खबर पाकर मुझे बहुत ख़ुशी हुई। आपके

मार्गदर्शन में काम करके मुझे हमेशा ही ख़ुशी का एहसास हुआ है।

लेकिन कल ही तुम्हे मेरी जगह ज्वाइन करनी होगी और मुझसे कार्यभार ग्रहण करना होगा .. बड़े साहब ने निर्देश देते हुए कहा।

ठीक है सर, मैं कल सुबह ऑफिस में हाज़िर हो जाउंगी .... कालिंदी ने साहब को बोल कर फ़ोन बंद कर दिया।

वह जैसे ही वापस खाने के टेबल पर आई, पिता जी ने उसे बधाई देते हुए कहा ... तुमने अपनी जान की परवाह ना करते हुए जो मिहनत और लगन से अपने कर्त्तव्य का पालन किया है उसका यह फल मिला और तुम्हारा प्रमोशन SP के पद पर हुआ है।

जी पिता जी, आप का यहाँ आना मेरे लिए शुभ रहा। आपका आशीर्वाद सदा मुझे निर्भय होकर अपने कर्त्तव्य पालन करने को प्रेरित करता है .. कालिंदी खुश होते हुए पिताजी से कहा।

तभी माँ बीच में ही बोल पड़ी.. .तो लगे हाथ शादी के लिए भी हाँ कर दो कालिंदी।

नहीं माँ, अभी नया कार्यभार मुझे सौंपा जा रहा है इसलिए कुछ दिनों तक काफी व्यस्तता रहेगी। ऐसे में अभी अपनी शादी की बात सोच भी नहीं सकती।

तुम ठीक कहती हो बेटी, अभी प्रमोशन होने से निश्चय ही तुम्हारी जिम्मेवारी बढ़ गयी है। इसलिए मैं कुछ दिन और इंतज़ार कर लेता हूँ। फिर तुम्हे मेरी बात माननी होगी ...पिता जी ने कहा।

कालिंदी भोजन समाप्त कर सीधे अपने पूजा घर में गयी और माँ दुर्गा की मूर्ति के सामने अपना मस्तक झुका कर माँ दुर्गा को प्रणाम कर मन ही मन बोली... माँ, मुझे तुमसे ही प्रेरणा मिलती है। मैं आने वाले समय में भी अच्छी तरह अपने

कर्तव्यों का निर्वाह कर सकूँ ऐसी आशीर्वाद दो माँ।

माँ भी पीछे पीछे आ गयी और कालिंदी के सिर पर प्यार से हाथ रखते हुए कहा ....माँ दुर्गा , सब की माँ है तुम्हारी रक्षा वही तो करती है। उनका आशीर्वाद तुम पर हमेशा बना रहेगा।

कालिंदी माँ के भी पैर छू कर आशीर्वाद लिया , फिर कालिंदी देर रात तक पिताजी से बातें करती रही।

सुबह सुबह कालिंदी जिला मुख्यालय जाने के लिए तैयार हो रही थी तभी माँ ने उस IAS ऑफिसर लड़के की फोटो कालिंदी को देते हुए बोली ...यह लड़का तो कलेक्टर बन गया है। जब फुर्सत मिले तो इस लड़के से अपनी शादी के लिए विचार करना।

कालिंदी ने माँ से फोटो लेकर उस पर एक नज़र डाली. ... लेकिन तभी उस गुप्त सुचना देने वाले इंसान की उसे याद आ गयी और कालिंदी उस फोटो को देख कर कुछ भी टिपण्णी नहीं की और माँ को फोटो वापस करते हुए बोली...अभी इसे तुम ही अपने पास रखो।

35

एक अनोखा राजनीतिक षड़्यंत्र

"कौन कहता है कि इंसान किस्मत खुद लिखता है
अगर यह सच है तो किस्मत में दर्द कौन लिखता है .."

कालिंदी ऑफिस में पहुँच कर बड़े साहब का अभिवादन किया। कालिंदी को देखते ही बड़े साहब अपने कुर्सी से उठ कर उसके पास आये और उसे उसकी पदोन्नति पर बधाई दी।

तुम्हारी इयूटी के प्रति निष्ठां और बहादुरी का तुम्हे ईनाम मिला है कालिंदी।

तुम अब मेरी कुर्सी पर बैठने जा रही हो, इसका मुझे गर्व है .....बड़े साहब खुश होते हुए बोले।

साहब के चैम्बर के बाहर गणमान्य लोग उन दोनों को बधाई देने के लिए बड़ी संख्या में आये हुए थे। दिन भर बधाई देने वालों का तांता लगा रहा।

बड़े साहब को भी इस जगह से जाने का दुःख हो रहा था। उन्होंने कालिंदी के साथ मिल कर अपराधियों पर बहुत हद तक अंकुश लगा दिया था और अब इस इलाके में अमन और शांति का वातावरण था।

दूसरी तरफ सख्ती होने के कारण अपराधी किस्म के लोग पुलिस वालों से काफी नाराज़ थे। और फिर कालिंदी को इसी जगह में S P का पदभार सँभालने से वे बदमाश लोग काफी बौखला गए थे।

इसलिए वे सभी इस इलाके में दहशत फैलाने की योजना बना रहे थे, ताकि कालिंदी की बदनामी हो और इसी बहाने उसका यहाँ से स्थानातरण हो जाए।

आज कालिंदी सुबह से ही परेशान थी। उसके ऊपर अचानक कार्य का बोझ बढ़ गया था क्योंकि अब काफी बड़ा क्षेत्र को संभालना पड़ रहा था।

वह रात – दिन मेहनत में लग गई क्योंकि अब तो बड़े साहब भी नहीं थे जो उसका मार्गदर्शन किया करते थे।

एक सप्ताह बड़े आराम से बीत गया और कालिंदी को रोज़ नए अनुभव हो रहे थे। फिर भी अब तक सभी कुछ ठीक ठाक चल रहा था।

कालिंदी ऑफिस में बैठे अपने फाइल में खोई थी तभी कालिंदी की मोबाइल पर फ़ोन आया। उसकी आवाज़ सुनते ही कालिंदी का मन खिल उठा क्योंकि फ़ोन करने वाला और कोई नहीं बल्कि वही गुप्त सुचना देने वाल इंसान था।

कालिंदी ने ज़ल्दी से कहा ...मैं सात दिनों से तुम्हारे फ़ोन का इंतज़ार कर रही थी।

मैं समझ सकता हूँ मैडम, पहले तो आपको दिल से बधाई देता हूँ कि आप इसी जगह S P का पद भार ग्रहण कर लिया है। लेकिन मेरा काम तो आप ने और बढ़ा दिया है .. उस अपरिचित आदमी ने कहा।

मैं समझी नहीं... कालिंदी ने तुरंत प्रश्न किया।

दरअसल आप का अधिकार क्षेत्र काफी बढ़ गया है इसलिए मुझे भी पुरे जिले से गुप्त रूप से सुचना इकट्ठा करना पड़ रहा है।

और हाँ, मुझे ऐसी सुचना मिली है कि पारसपुर इलाके में उन अपराधियों ने बम ब्लास्ट करने की योजना बनाई है। आप सतर्क हो जाये और जितनी ज़ल्द हो सके उस इलाके की नाकेबंदी कर दें।

कालिंदी इस सिलसिले में कुछ और जानकारी हासिल करना चाह रही थी लेकिन तब तक उसने फ़ोन काट दिया।

कालिंदी को ऐसी खबर सुन कर चिंता होने लगी क्योकि वह जानती थी कि उस व्यक्ति की सुचना कभी गलत नहीं होती है।

कालिंदी के चेहरे पर चिंता की लकीरें थी इसलिए उसने तुरंत पारसपुर थाने में फ़ोन लगाई।

तभी वहाँ के थाना प्रभारी की आवाज़ सुनाई दी।

कालिंदी ने अपना संक्षिप्त परिचय दिया और ज़ल्दी से उससे पूछी ... वहाँ के हालात कैसे है ?

यहाँ तो बिलकुल ठीक है मैडम, ... थाना प्रभारी ने उतर दिया।

मेरी बात ध्यान से सुनिए ... मुझे गुप्त सुचना मिली है कि कुछ अपराधी गिरोह आपके इलाके में बम ब्लास्ट कर दहशत फ़ैलाने की कोशिश में लगे है। आप तुरंत अपने सिपाहियों के साथ उस इलाके को चारो तरफ से सील कर दीजिये , मैं भी

और फ़ोर्स लेकर पहुँच रही हूँ।

ठीक है मैडम, मैं तुरंत उचित कारवाई करता हूँ।

कालिंदी भी त्वरित गति से अपने पुलिस फ़ोर्स को लेकर थोड़ी ही देर में पारसपुर पहुँच गई। लेकिन यह क्या ? शायद अपराधियों को कालिंदी के आने का अनुमान था। इसलिए कालिंदी पारस पुर पहुँची ही थी कि उनलोगों ने ताबड़तोड़ पाँच बम ब्लास्ट किये ताकि इलाके में पूरी तरह दहशत फ़ैल जाए।

भीड़ भाड़ वाला इलाका था इसलिए बम विस्फोट होते ही वहाँ काफी अफरा तफरी मच गया। लेकिन वहाँ पुलिस ने पहले से ही घेरा बंदी कर रखी थी।

कालिंदी ने भी ज़बाबी कारवाही के लिए पोजीशन ले ली। सभी अपराधी घटना स्थल से भागना चाह रहे थे लेकिन पुलिस की सक्रियता से चार अपराधी उनकी गोली से ढेर हो गए और पाँचवा अपराधी जिंदा पकड़ा गया।

लेकिन यह बम ब्लास्ट इतना शक्तिशाली था कि इससे काफी खून खराबा हुआ। इस विस्फोट में आठ लोगों के मारे जाने की पुष्टि की गयी लेकिन साथ ही साथ चार अपराधी भी ढेर हो चुके थे और पाँचवा पकड़ा गया था।

कालिंदी उस अपराधी से पूछ ताछ के लिए वहाँ से पकड़ कर अपने साथ ले आयी।

काफी डराने धमकाने के बाद उसने कबूल किया कि उनलोगों का इरादा दहशत फैलाने का था ताकि कानून व्यवस्था की स्थिति बिगड़ सके।

और उसने यह भी बताया कि उस गिरोह का बॉस वहाँ से बच कर निकल भागा है।

कालिंदी के मन में विचार आया कि उस गिरोह के मुखिया को अब किसी तरह गिरफ्तार करना ज़रूरी है , वर्ना वह बदले की कारवाई ज़रूर करेगा।

और सचमुच दूसरी तरफ वह इन अपराधियों का सरदार अपने साथियों के मारे जाने पर बहुत गुस्से में था। उसके गिरोह को कालिंदी ने अपनी सूझ बूझ से ख़त्म कर दिया था।

इसलिए उसने मन ही मन सोचा.... हमारे सभी साथी को उस SP ने मार दिया है। इसका अंजाम तो उसे भुगतना ही पड़ेगा। मैं उसे किसी भी कीमत पर नहीं छोड़ सकता।

बस, मुझे बदला लेना है , सिर्फ बदला ...यह मेरी प्रतिज्ञा है ..।

दुसरे दिन लोकल अखबार की सुख़ियों में पारस पुर में पुलिस और अपराधियों के बीच मुठभेड़ की चर्चा थी। लेकिन साथ ही साथ आम जनता के मारे जाने से पहली बार पुलिस के विरूद्ध रोष प्रकट किया गया था।

इस घटना से कालिंदी काफी परेशान थी। वह ऑफिस में बैठी आगे की "लॉ एंड आर्डर" की स्थिति के बारे में सोच रही थी तभी उसकी फ़ोन की घंटी बज उठी।

फ़ोन होम – मिनिस्ट्री से था। कालिंदी ने फ़ोन उठा कर कुछ बोलना चाहा तभी उधर से मंत्री जी की आवाज़ आयी .... आप के वहाँ कार्यभार सँभालते ही यह क्या हो गया ?

आप के काम करने के तरीके की सभी ओर काफी शिकायत हो रही है। मुझे भी आगे ज़बाब देना पड़ रहा है कि इतने निर्दोष लोगो की जान कैसे चली गयी।

कालिंदी अपने सफाई में कुछ कहना चाह रही थी लेकिन उसे कुछ कहने का मौका ही नहीं मिला , उल्टे नेता जी ने निर्देश दिया कि आज ही प्रेस conference कर अपनी आगे की सख्त कार्यवाही की सुचना लोगों तक पहुंचाए ताकि आम लोगों में जो डर का माहौल बन चूका वह ख़त्म हो सके और अपराधियों में क़ानून का डर पैदा हो सके।

कालिंदी के पास और कोई चारा नहीं था सिवाए इसके कि उनके निर्देश का पालन किया जाए। कालिंदी ने आनन् – फानन में Press conference को बुलाने का निश्चय किया।

काफी माथा पच्ची करने के बाद, शाम के चार बजे का समय तय किया गया। इतने कम समय में कोई ज्यादा arrangement नहीं हो सकता था। इसलिए अपने ऑफिस के प्रांगन में ही प्रेस वालों के लिए व्यवस्था की गयी।

शाम के ठीक चार बजे Press conference की शुरुआत की गई। सबसे पहले प्रेस से आये सभी लोगों का स्वागत किया गया।

उसके बाद कालिंदी ने हाल में घटी घटना और उसके बाद पुलिस द्वारा किये गए कारवाई की जानकारी दी और साथ ही उन्होंने वहाँ की जनता को भी आश्वस्त किया कि अब घबराने की ज़रुरत नहीं है।

यहाँ के लगभग सारे अपराधी मारे जा चुके है और जो थोड़े कुछ बचे है उन्हें भी शीघ्र ही गिरफ्तार कर लिया जायेगा और आगे से कोई भी इस तरह की अप्रिय घटना ना हो इसका पूरा इंतज़ाम किया जा रहा है।

अभी Press conference चल ही रहा था कि एक अजीब घटना घटी। प्रेस वालों के बीच वह अपराधियों का सरदार भी पत्रकार बन कर मौजूद था जिसके साथी को कालिंदी ने सफाया कर दिया था।

थोड़े ही दुरी पर खड़ा वह सरदार मैडम की बातों को सुनकर,, अपने गुस्से को काबू में नहीं रख सका। और वह तुरंत ही चिल्लाते हुए अपना रिवाल्वर मैडम की ओर तान दिया और गोली चला दी।

तभी कालिंदी के बिलकुल पास खड़े एक पत्रकार ने जैसे ही यह स्थिति देखा तो

बिजली की गति से कालिंदी के सामने दीवार बन कर खड़ा हो गया।

मैडम यह देख कर आवाक रह गयी। गोली उस पत्रकार को आकर लगी।

लेकिन वह अपराधी इतने गुस्से में था कि उसने एक नहीं ताबड़तोड़ गोलियां चलाते हुआ अपना रिवाल्वर खाली कर दिया।

रिवाल्वर की गोलियों से उस पत्रकार का शरीर छलनी हो गया था। वहाँ मौजूद सभी लोग इधर उधर भाग रहे थे। लेकिन कालिंदी सोच रही थी ...खून से लथपथ वह पत्रकार कौन है और मैडम से उसका क्या नाता है वह उसे क्यों बचाना चाहता है ?

36

अलविदा, मेरे दोस्त

वह पत्रकार अचानक कालिंदी के सामने दीवार बन कर खड़ा हो गया, जिसके कारण सारी की सारी गोलियां उसके पीठ में जा लगी।

उसका शरीर खून से लथ – पथ हो गया और वह बेहोश होकर गिर पड़ा।

वहाँ उपस्थित सब लोग यह देख कर स्तब्ध रह गए। कुछ पल के लिए तो किसी को कुछ समझ में नहीं आया कि यह सब क्या हो रहा है।

इसी बीच कालिंदी का बॉडी गार्ड जो कालिंदी के पीछे ही सतर्क खड़ा था, उसने तुरंत अपने रिवाल्वर से उस अपराधी पर गोली चला दिया। रिवाल्वर की गोली उस अपराधी के सिर में जा लगी और वह वही गिर कर दम तोड़ दिया।

वहाँ अफरा तफरी का माहौल हो गया। कालिंदी ने तुरंत ही अपने को संभाला।

स्थिति की गंभीरता को देखते हुए तुरंत उसने एम्बुलेंस को बुलाकर उस घायल पत्रकार को हॉस्पिटल भिजवाया।

घटना के बाद की स्थिति को सँभालने के लिए कालिंदी ने अपने सभी पुलिस वालों को आवश्यक निर्देश दिए।

उसके बाद उसने तुरंत वही से DIG को फ़ोन लगा कर वहाँ की स्थिति से उन्हें अवगत कराया और उनसे ज़रूरी निर्देश प्राप्त किया।

कालिंदी अपने ऑफिस में आ गयी और अपने कुर्सी पर बैठ कर कुछ देर पहले घटी घटना के बारे में विचार करने लगी।

पत्रकार के बुरी तरह घायल होने पर उसे काफी अफ़सोस हो रहा था। उसे समझ में नहीं आ रहा था कि गोली चलाने वाले और

उसके बीच में इस पत्रकार का आना मात्र एक संयोग था या फिर जान बुझ कर मेरी जान बचाने का प्रयास ....??

क्योकि गोली उसके पीठ में लगने के बाद भी वह टस से मस नहीं हुआ और पिस्तौल की सारी गोलियाँ उसने अपनी पीठ पर झेल ली थी।

कालिंदी अभी यह सब सोच ही रही थी कि जैसे बिजली की तरह एक बात उसके दिमाग में कौंधी।

यह वही पत्रकार तो नहीं है जो मुझे गुप्त सूचनाएं देता है ? .और जिसने पहले भी कई बार मेरी जान बचाई है ? .

उसके मन में इस विचारों के आते ही वह काफी परेशान हो गयी। उसने तुरंत ही अपने ड्राईवर को बुलाया और हॉस्पिटल चलने का निर्देश दिया।

कुछ देर में वह हॉस्पिटल पहुँच गयी। उसने डॉक्टर के पास जाकर उस पत्रकार के स्थिति की जानकारी चाहीं।

डॉक्टर साहब चिंतित मुद्रा में कालिंदी से बोले .. अभी कुछ कहा नहीं जा सकता। अभी तक उसे होश नहीं आया है।

चार गोलियां तो निकाल दिया गया है। लेकिन पांचवी गोली उसके शरीर के ऐसी जगह में फंस गया है कि उसे तुरंत निकालना मुमकिन नहीं है क्योंकि उसके शरीर से खून काफी बह गया है ...

अभी खून और ज़रूरी दवाइयाँ चढाई जा रहा है, हालाँकि उसकी हालत अभी नाज़ुक बनी हुई है। उसे बीच – बीच में होश तो आता है लेकिन फिर वह बेहोश हो जाता है। ...

उससे आप मिलना चाहती है तो मिल सकती है ...लेकिन वह अपना ब्यान रिकॉर्ड कराने की स्थिति में नहीं है।

फिर भी कालिंदी अपने को रोक न सकी और उससे मिलने उसके बेड के पास चली गयी। उसने देखा कि उस पत्रकार को पाइप के द्वारा खून और दवाइयां चढाई जा रही है।

कालिंदी आज पहली बार उसे सामने से देख रही थी जिसने उसकी जान बचाई थी।

तभी उस पत्रकार के शरीर में हलचल हुई। उसने अपनी आँखे खोली और सामने कालिंदी को देख कर उसके चेहरे पर हलकी मुस्कान बिखर गयी। ..

वह कराहते हुए धीरे से बोला ... आप आ गयी मैडम जी ?

मुझे आप का इंतज़ार था ... मैं इस दुनिया से रुखसत होने से पहले आपका शुक्रिया अदा करना चाह रहा था। आप ने मेरी मुराद पूरी कर दी।

उसकी आवाज़ सुनते ही कालिंदी चौंक उठी ... उसके आँखों से आँसू बहने लगे।

यह तो वही पत्रकार है जो मुझे गुप्त सूचनाएं दिया करता था और कितने ही मौकों पर मेरी जान बचाई है। आज तो मेरी जान बचाने के लिए उसने अपने शरीर पर रिवाल्वर की सारी गोलियाँ झेल ली।

तभी पत्रकार बोल उठा ... मैडम, आप तो मुझसे मिलना चाहती थी ना ?

कालिंदी अपने अन्दर की पीड़ा को रोक न सकी और रोते हुए बोली .. . हाँ, मैं तुम्हारे बारे में जानना चाहती थी. और तुमसे मिलना चाहती थी ....लेकिन इस स्थिति में नहीं .... आखिर तुमने अपनी जान जोखिम में डाल कर आज मेरी जान क्यों बचाई ?..

इस पर वह पत्रकार ने दर्द से कराहते हुए कहा ... क्योंकि मेरी नज़रों में आप एक बहादुर पुलिस ऑफिसर हो .. जो समाज के गरीब और दबे कुचलों की रक्षा पूरी ईमानदारी और बहादुरी से करता है।

पता नहीं क्यों, मेरे दिल में आप के लिए बहुत सारा प्यार है ...हाँ, इस प्यार को और इस रिश्ते को क्या नाम दूँ... मुझे पता नहीं।

इस पर कालिंदी रोते हुए बोली ... मैंने तो अब तक तुम्हारी आवाज़ ही सुनी थी और मन ही मन तुमसे प्यार करने लगी थी। .. माँ ने कई बार तुमसे मिलाने को कहा था और आज जब तुमसे मिली तो इस रूप में ......

यह कह कर कालिंदी फुट फुट कर रोने लगी।

इस पर पत्रकार बोल उठा ... शायद नियति को हमारा मिलना मंज़ूर नहीं था ,,,

शायद मैं अब इस दुनिया में न रहूँ लेकिन आज मैं अपने मन की बात बता कर अपने अशांत मन को शांत करना चाहता हूँ।

मैं पारस पुर का रहने वाला हूँ। मेरे पिता यहीं खान में मजदूर थे और यहाँ के मजदूर -यूनियन के नेता। इस कारण खान मालिक से कभी कभी उनकी झड़प हो जाया करती थी।

एक दिन खान मालिक के इशारे पर पुलिस ने मेरे पिता को झूठे केस में फंसाने के बाद उन्हें हवालात में बंद कर दिया।

उन्हें इतनी यातना (torture) दी गयी कि उन्होंने हवालात में ही दम तोड़ दिया। माँ बेचारी असहाय कुछ नहीं कर सकी और तब मैं भी बहुत छोटा था।

ना ही प्रशासन ने और ना ही न्यायपालिका ने गरीबों और मजदूरों का साथ दिया। परिणाम यह हुआ कि मुझ जैसे बहुत सारे लोगों के मन में व्यवस्थाओं और न्यायपालिका से विस्वास उठ गया ...

पुलिस से तो मुझे नफरत सी हो गयी थी और पुलिस वालों से बदले की भावना के साथ में बड़ा हुआ।

में बड़ा होकर उन तथाकथित क्रांतिकारियों के ग्रुप में शामिल हो गया जो बन्दुक के बल पर सत्ता और व्यवस्था में परिवर्तन लाना चाहते थे ताकि गरीबो मजदूरों और किसानो को न्याय मिल सके।

कुछ ही दिनों बाद इस क्रांतिकारियों से मेरा मोह भंग हो गया .. क्योकि यह लोग क्रांति के मार्ग से भटक कर अपराधी गिरोहों की तरह काम करने लगे और निर्दोषों और गरीबों को सताने लगे।

चूँकि यह सब खून खराबा मुझे पसंद नहीं था अतः मैं इस सबो से बाहर निकलना चाहता था ..लेकिन मैं जानता था कि अगर इनकी जानकारी में यह बात आयी तो यह मुझे जिंदा नहीं छोड़ेंगे।

बस, मैंने इन सबो को यह विश्वास दिलाया कि पत्रकार बन कर उन्हें प्रशासन की सारी सूचनाएं पहुँचाता रहूँगा .. अतः मैं सबकी नज़रों में पत्रकार बन गया।

तभी आपकी इस इलाके में पोस्टिंग हुई और आप के ईमानदारी और निष्ठां से काम करने के तरीके से मैं बहुत प्रभावित हुआ।

आप को कितनी ही बार गरीबों और असहाय लोगों की मदद करते हुए देखा। तब से मेरे मन में आपके प्रति आदर और प्रेम हो गया।

दूसरी तरफ अपराधी लोग पर सख्ती होने से वे लोग आपके दुश्मन बन गए। और वह तरह तरह की योजनायें बना कर आपकी जान लेने की कोशिश करने लगे।

तभी मैंने मन ही मन यह फैसला किया कि मैं अपराधी लोगों के बीच रह कर भी आप की हिफाजत करूँगा और मेरे साथी अपराधियों को इसकी खबर ना लग सके इसलिए गुप्त रूप से आप को सूचनाएं देता रहा।

लेकिन आज मुझे उस अपराधी के प्लान की भनक नहीं लग सकी थी क्यो कि उस सरदार ने अकेले ही प्लान बनाया था।

लेकिन मुझे शक था कि कोई जबाबी करवाई वह ज़रूर करेगा .. इसीलिए मैं गुप्त रूप से आप के पास मौजूद था और जैसे ही मुझे आभास हुआ कि कोई आप पर गोली चलाने वाला है तो मैं आप के सामने खड़ा हो गया ताकि आप की जान बचा सकूँ।

वह बोलते बोलते भावुक हो गया और उसके आँखों से आँसू बहने लगे।

कालिंदी एक टक उसे देखे जा रही थी। अचानक उसके शरीर में कम्पन हुई और उसकी आँखे स्थिर हो गयी और शायद उसके प्राण पखेरू उड़ गए...।

"कालिंदी देर तक बस उसे निहारती रही....
फिर वह सावधान की मुद्रा में खड़ी हो गयी और कालिंदी ने उसे
सैल्यूट दिया...
और फिर बोली... अलविदा मेरे दोस्त... अलविदा....."

लेखक विवरण

मैं विजय वर्मा, कोलकाता वासी, वही कोलकाता जो खुशियों का शहर कहलाता है। सन 1985 में एक बैंक के साथ जुड़ा और 32 वर्षों तक विभिन्न पदों पर कार्य करने के बाद अब मैं सेवानिवृत्त जीवन का आनंद ले रहा हूँ ।

सेवानिवृती के बाद ही मुझे अपने कलम और मन के सृजनात्मक होने का एहसास हुआ और तब मैंने यह निर्णय किया कि क्यों न मैं अपने प्रतिभा का उपयोग जन कल्याण के कामों में लगाऊँ यानि कि अपने लेखों और जानकारियों को लोगों तक पहुंचाऊँ, उनमें जागरूकता पैदा करूँ। उनके ज्ञान वर्धन के साथ साथ उनका मनोरंजन भी करूँ ।

इन्हीं सब उद्देश्यों को ले कर मैं कविता, कहानी, लेख अपनी अपनी पेंटिंग इत्यादि को अपने ब्लॉग के माध्यम से आप तक पहुंचाने के लिए प्रयासरत रहता हूँ ।

मैं अपनी कहानियों और साहित्यिक रचनाओं के माध्यम से न केवल अपने दोस्तों अपने परिवार, और अपने आस पास के लोगों से जुड़ना चाहता हूँ, बल्कि खुद अपने आप को भी समझना चाहता हूँ ।

आरंभ में तो लिखना मुझे आसान लग रहा था लेकिन ज्यों ज्यों मैं इसकी गहराइयों में उतरता गया , त्यों त्यों मुझे यह लगने लगा कि मंज़िल अभी दूर है । मुझे अभी और आगे जाना है, अपने अनुभवों को लेखनी बद्ध करने के लिए ।

लिखने के क्रम में मुझे समझ आया कि कुछ लिखने के लिए ज़िंदगी के सबक, सच्ची सीख, चोटें, अनुभव, और उनसे निकले लफ़्ज़ की बुनियाद चाहिए। सच्ची कविताएँ और नज्में इनसे ही बनती हैं। दिल से निकली बातें ही दिल तक पहुंचती हैं। जीवन की नदी में, उतार-चढ़ाव और ठहराव की रूपरेखा आवश्यक हैं। जिन कविताओं में ज़िंदगी की विविधता होती है, वे ही बोलती हैं।

खुद को आईना बनाने की कोशिश में ही हम इन शब्दों और लफ़्जों का जामा लिबास पहनते है। जीवन के अनुभव को इन कविताओं में ढालने की कोशिश भी यहाँ से शुरू होती है ।

मेरी बातें कैसी लगी, कैसा एहसास हुआ, पढ़ कर अवश्य बताएं, यह मेरी गुजारिश है ।

आपका साथी
विजय वर्मा
retiredkalam.com

www.ingramcontent.com/pod-product-compliance
Lightning Source LLC
Chambersburg PA
CBHW031534150726
47990CB00001B/171